DU MÊME AUTEUR

Aux Éditions Gallimard

PAS FACILE DE VOLER DES CHEVAUX

MAUDIT SOIT LE FLEUVE DU TEMPS

Aux Éditions Circé

JUSQU'EN SIBÉRIE

DANS LE SILLAGE

Du monde entier

PER PETTERSON

JE REFUSE

roman

Traduit du norvégien
par Terje Sinding

nrf

GALLIMARD

Titre original :
JEG NEKTER

À Øivind

Oh sister am I not a brother to you
and one deserving of affection?

BOB DYLAN

I

JIM. SEPTEMBRE. 2006

Obscurité. Quatre heures et demie du matin. Je venais de Hauketo et je me dirigeais vers Herregårdsveien. Avant la gare de Ljan, j'ai tourné à gauche et j'ai pris le pont qui enjambe les rails ; le feu était au rouge, mais il n'y avait personne et je n'ai pas hésité. Après le pont, au moment où je passais devant la supérette en contrebas, un homme a surgi du noir pour se précipiter dans la lumière de mes phares. J'étais sur le point de le renverser quand je l'ai vu. J'ai freiné, les roues se sont bloquées et la voiture s'est déportée ; dans un crissement de pneus, elle a dérapé sur quelques mètres, et elle s'est immobilisée. J'ai calé. J'étais persuadé d'avoir heurté le type avec mon pare-chocs.

Mais il n'est pas tombé. Il s'est appuyé sur le capot, puis il a fait trois pas en arrière et il s'est mis à tanguer. J'ai vu la lumière pénétrer dans ses yeux ; il regardait fixement le pare-brise, mais il ne me voyait pas, il ne voyait rien. Il avait les cheveux longs et une grande barbe, et il serrait une sacoche grise sous le bras. Pendant un instant, j'ai cru que c'était mon père. Mais ce n'était pas lui. Mon père, je ne l'ai jamais connu.

Puis il s'est engouffré dans l'obscurité, sur le sentier qui descend en pente raide vers Ljansdalen. Je suis resté sans bouger, les bras figés, les mains agrippées au volant. Ma voiture empiétait sur la voie opposée. Il faisait toujours noir, plus noir que tout à l'heure. Dans la côte, deux phares approchaient. J'ai tourné la clé de contact, une fois, deux fois, et j'ai enfin entendu le déclic. Ma respiration s'accélérait, je haletais comme un chien. J'ai fait marche arrière et j'ai pu regagner ma file à temps, puis j'ai roulé au pas jusqu'à Mosseveien. Et en bas j'ai pris à droite, en direction d'Oslo.

Je vivais alors au nord-est d'Oslo, à Romerike ; c'était à l'époque du premier gouvernement de Jens Stoltenberg. Pour aller en ville, il m'arrivait pourtant rarement de prendre le chemin le plus court ; au lieu de filer sur l'E6, je contournais la capitale par l'est, en passant par Lillestrøm, Enebakk et Hauketo. Ça me rappelait de bons souvenirs.

C'était plus long par là, mais peu importe ; j'étais en congé de maladie depuis un an. J'ignorais ce que j'allais devenir. J'avais bien reçu une convocation de la Sécurité sociale, mais je ne retournerais sans doute pas travailler dans l'immédiat. Tant que je n'oubliais pas mes pilules, ça allait ; les journées se suivaient et se ressemblaient.

J'ai roulé à moins de soixante jusqu'au pont suspendu d'Ulvøya. Il y avait encore peu de circulation. En m'engageant sur le pont, je l'ai senti tanguer sous moi ; c'était une sensation agréable, comme si j'étais sur un bateau.

Après le tournant, je me suis garé sur le parking de l'autre côté de la route, à droite. Je me suis renversé en arrière, j'ai fermé les yeux et j'ai attendu. J'ai respiré avec le ventre. Puis j'ai fini par ouvrir la portière, passer mes jambes à l'extérieur, ouvrir le coffre et en sortir la vieille sacoche noire contenant mon matériel de pêche.

Rien de sophistiqué, juste une ligne avec une vingtaine d'hameçons et un plomb à l'extrémité.

Quelques habitués se tenaient déjà le long du parapet; ils venaient là depuis dix ans, voire plus. Je devais être le seul nouveau, mais personne ne m'a jamais demandé pourquoi j'avais surgi tout à coup. Cela faisait trois mois maintenant que je pêchais là au moins deux fois par semaine.

Alors que je m'engageais sur le pont, ma sacoche à la main, le premier type s'est retourné. Il m'a salué en touchant sa casquette avec trois doigts, comme les scouts. Il portait deux pulls, l'un par-dessus l'autre; celui du dessus était bleu, tandis que celui du dessous devait être blanc ou presque, je crois. Tous les deux s'effilochaient. On l'appelait Container-Jon. Aux mains il avait des mitaines, ou des gants ordinaires dont il avait coupé les doigts. J'ai vu des porteurs de journaux avec des mitaines comme ça. Les siennes étaient d'un rouge assez surprenant, presque rose.

— Ça mord? lui ai-je demandé.

Il s'est contenté de sourire en montrant du doigt le journal déplié à ses pieds. Gisaient là un cabillaud de taille moyenne et deux lisettes, dont l'une frétillait encore. Clignant de l'œil gauche, il a brandi la main droite en écartant trois fois les cinq doigts.

— En un quart d'heure! ai-je dit en sifflant doucement.

Un sac en plastique, ICA, COOP ou je ne sais quoi, traînait au pied du parapet; il n'était pas à lui, j'en étais certain. Il y avait aussi deux gobelets en carton à moitié écrasés, une serviette en papier tachée de ketchup et de moutarde, et un enchevêtrement de mauvais fils de nylon. Pris d'une quinte de toux qui n'augurait rien de bon, Container-Jon s'est couvert la bouche de ses mitaines. Puis il s'est retourné, s'adressant à l'obscurité :

— Saletés d'immigrés. Ils viennent pêcher dans la journée.

Je me suis posté entre deux haubans, plus près de la terre ferme. J'ai défait l'hameçon qui maintenait ma ligne à l'enrouleur, puis j'en ai libéré cinquante centimètres et je me suis penché par-dessus le parapet. Avec quelques torsions maladroites du poignet, j'ai laissé la ligne munie de son plomb se dévider lentement et plonger dans l'eau. Sur chaque hameçon j'avais fixé un bout de scotch rouge brillant. À l'époque où mon oncle passait son temps à pêcher en bas de la villa de Roald Amundsen, dans une barque qu'il louait pour pas cher, il utilisait des moules comme appât. Il voulait pêcher dans la mer, c'était au tout début des années soixante, et il faisait des kilomètres dans sa Volvo PV grise pour patauger en cuissardes à l'embarcadère de Bekkensten. L'eau arrivait presque en haut de la tige de ses bottes ; penché en avant, ses manches de chemise retroussées dans une vaine tentative de les garder au sec, il ramassait des moules qu'il entassait dans un seau dont il avait coupé le haut et qu'il faisait flotter devant lui. Mais tout ça, c'était trop compliqué pour moi, pas question d'aller aussi loin pour trouver des appâts. D'ailleurs, j'attrapais autant de poisson que mon oncle. T'as pas besoin d'appâts, m'ont dit les types du pont, ça mord sur tout ce qui brille.

J'ai serré les rayons d'un moyeu de bicyclette autour de la main courante, et je l'ai fixé sur le parapet. Cela faisait une sorte de cabestan, comme ceux que l'on voit sur le plat-bord des bateaux de pêche, un accessoire qu'on devait sûrement pouvoir acheter dans les magasins spécialisés si on voulait. Sauf que, là, c'était une invention maison. J'y ai passé ma ligne, de cette façon je pouvais facilement la manipuler sans que le bois la rogne et que le fil se casse d'un coup sec. Ça m'était déjà arrivé, à l'hilarité générale.

Le jour commençait à poindre. J'étais là depuis deux heures et je n'avais encore rien attrapé. Ça m'énervait un peu, mais à vrai dire je n'aimais plus tellement le poisson. Ce n'était pas comme avant. Maintenant, le poisson, je le donnais.

D'habitude, je rentrais avant l'arrivée des premières voitures, mais ce jour-là je me suis attardé. Je n'avais même pas commencé à ranger mon matériel quand je les ai vues se diriger vers le pont. De belles bagnoles, chères. Je tournais le dos à la route dans mon vieux caban bleu. Ce caban, je l'avais depuis ma jeunesse, il ne lui restait plus qu'un seul de ses boutons dorés d'origine, et j'avais aussi un bonnet en tricot, bleu également, que je portais enfoncé jusqu'aux oreilles ; de dos, je devais ressembler à la plupart des autres pêcheurs.

J'ai fixé ma ligne sur la main courante, puis je me suis retourné. Et je me suis baissé pour prendre une cigarette dans ma sacoche. Il fallait que j'arrête de fumer, je toussais maintenant tous les matins, c'était mauvais signe. Et c'est alors qu'une voiture s'est arrêtée devant moi. La vitre du conducteur était à la hauteur de mon visage. J'ai lentement redressé le dos, la cigarette aux lèvres ; tout en me remettant debout, j'ai allumé la clope à l'abri de ma main. Avec une allumette. J'utilisais toujours des allumettes, les briquets en plastique, j'ai horreur de ça.

C'était une Mercedes grise, flambant neuve ; sa peinture était chatoyante comme la peau peut l'être parfois, dans certaines situations. La vitre s'est abaissée sans aucun bruit.

— C'est bien toi, Jim ? a-t-il demandé.

Je l'ai reconnu tout de suite. C'était Tommy. Il avait les cheveux plus clairsemés, et il commençait à grisonner. Mais on voyait toujours sa cicatrice horizontale au-dessus de l'œil gauche ; blanche et luisante, elle brillait comme de l'argent. Il portait un pardessus mauve boutonné jusqu'au menton. Un pardessus qui ne devait pas être bon marché. Il n'avait pas beaucoup changé, mais il ressemblait maintenant à Jon Voight dans *Ennemi d'État*. Gants en cuir. Regard bleu. Légèrement myope.

— C'est bien moi, oui.

— Ça alors ! Ça fait combien de temps ? Vingt-cinq ans ? trente ?

— À peu près. Un peu plus, même.

Il a souri :

— À l'époque, on a pris des chemins différents, hein ?

C'était dit sans sous-entendus.

— C'est vrai.

Il souriait, il était content de me voir, c'est l'impression que j'ai eue.

— Et maintenant tu es là, sur le pont, en train de pêcher, et moi je me ramène dans cette bagnole. Elle m'a coûté un sacré paquet de fric, ça je peux te le dire. Mais j'en ai les moyens. J'aurais pu m'en acheter plusieurs, si j'avais voulu. En payant cash. C'est bizarre, hein ?

Il souriait toujours.

— Qu'est-ce qui est bizarre ?

— Que les choses puissent tourner comme ça. En s'inversant.

En s'inversant, ai-je pensé. C'était donc ça ? Mais il ne voulait pas m'enfoncer. Jamais il n'aurait fait ça, pas s'il était resté tel que je l'avais connu. Il trouvait ça bizarre, c'était tout.

— Oui. Tu as raison. C'est assez bizarre.

— Tu attrapes quelque chose ?

— Que dalle. Ça ne doit pas être mon jour.

— Mais tu n'as quand même pas besoin de ce poisson ? Pour te nourrir, je veux dire.

— Bien sûr que non.

— Parce que, dans ce cas, je pourrais peut-être t'aider.

Je n'ai pas répondu, et du coup il a dit :

— Pardon, je n'aurais pas dû.

Il a rougi, et j'ai pensé qu'il devait sans doute boire un peu trop.

— C'est OK, ai-je dit.

Ce n'était pas OK, mais il avait tellement compté pour moi. On s'était toujours serré les coudes.

D'autres voitures arrivaient, il n'y avait qu'une seule file et un bouchon était en train de se former ; quelqu'un klaxonnait furieusement.

— Ça m'a fait plaisir de te revoir. Peut-être à une autre fois, Jim, a-t-il dit.

J'ai eu une drôle de sensation quand il a prononcé mon nom, un peu comme si on m'avait braqué une lampe torche sur le visage, et je n'étais pas sûr d'avoir compris ce qu'il voulait dire par une autre fois ; qu'allait-il se passer ? Puis la vitre fumée s'est relevée. Il m'a fait un signe de la main, la voiture a redémarré, puis elle a traversé le pont et elle a bifurqué vers Oslo. Il faisait presque jour maintenant. Le ciel était dégagé.

Avec les mêmes gestes maladroits que tout à l'heure, j'ai rembobiné ma ligne et je l'ai fixée à l'enrouleur à l'aide du dernier hameçon, puis j'ai longé le parapet en laissant pendre le plomb. J'ai fini ma cigarette sans aucun plaisir et j'ai jeté le mégot, qui s'est envolé vers l'eau en décrivant un arc incandescent. J'ai remis l'enrouleur et la sacoche dans le coffre, puis j'ai contourné la voiture et je me suis enfoncé dans les broussailles. Et là, je suis tombé à genoux en me tenant le ventre des deux mains, m'efforçant en vain de respirer calmement. J'ai éclaté en sanglots. J'ai gardé la bouche grande ouverte : ça faisait moins de bruit, l'air entrait et sortait plus facilement et mes gémissements étaient plus discrets. Tout ça n'avait rien de normal.

La crise a mis un certain temps à passer ; il a d'abord fallu que la fatigue me gagne. Et j'ai laissé les choses suivre leur cours. C'est étrange, on s'habitue à tout. J'ai enfin pu me redresser, je me suis essuyé le visage, puis j'ai de nouveau contourné la voiture. Sur le pont, les autres pêcheurs vaquaient à leurs occupations. Trois d'entre eux s'apprêtaient à partir. Je me suis installé au volant. En dehors de moi, personne n'avait de voiture. J'ignorais où habitaient les autres, mais ils vivaient sans doute tout près, puisqu'ils pouvaient venir à pied. Une fois j'ai proposé à quelques-uns de les ramener, mais ils m'ont tous dit non, merci.

Après avoir traversé le pont, j'ai décidé de prendre le chemin le plus court et je me suis dirigé vers le centre d'Oslo, malgré les embouteillages de Mosseveien. Du coup il me faudrait payer le péage urbain, vingt couronnes. Ça aurait été plus simple de passer par Lørenskog et Furuset, mais là-bas il y avait aussi un péage. Alors ça revenait au même.

J'ai quitté Oslo par l'est. Sur ma voie, ça circulait facilement, il n'y avait pas grand monde. Sur l'autre voie, les gens se dirigeaient tous vers le centre-ville ; ils roulaient péniblement pare-chocs contre pare-chocs. Je me suis engouffré dans les tunnels de Vålerenga et d'Etterstad, puis j'ai ressurgi dans la lumière matinale sur l'E6 et j'ai tourné à droite à Karihaugen, en direction de Lillestrøm et de Lørenskog, qu'on allait entièrement reconstruire. On y avait tout rasé ; des centres commerciaux et des immeubles de parking n'allaient pas tarder à sortir de terre, il y avait des cratères et des grues partout, et après le carrefour de Solheim les collines étaient ratiboisées comme des quignons de pain. Et on était déjà en automne. Septembre était bien avancé ; au bord de l'autoroute, les rares bosquets d'arbres déployaient un sombre flamboiement rouge et jaune, et un air froid et humide pénétrait par la vitre baissée alors que je me dirigeais vers le tunnel de Rælingen.

Je me suis garé au sous-sol, puis j'ai grimpé les deux escaliers raides jusqu'au rez-de-chaussée et j'ai pénétré dans le trois-pièces où je vivais seul. J'étais fatigué. Je me suis étiré la nuque et j'ai fait plusieurs rotations de la tête, puis j'ai enlevé mes chaussures et je les ai posées, talons contre la plinthe, sous les vestes pendues aux patères. J'ai accroché mon caban à une des patères et j'ai rangé mon matériel de pêche dans une grande boîte métallique qui avait contenu un assortiment de biscuits de chez Sætre, et dont le couvercle était orné d'un joli coq. J'ai posé la boîte sur une étagère du placard, puis je suis allé dans la salle de bains et je me suis soigneusement rincé le visage. Je me suis examiné dans la glace. J'avais les yeux cernés et rouges ; j'avais sûrement conduit avec trop d'alcool dans le sang. L'idée ne m'avait même pas effleuré.

Je me suis frotté le visage avec une serviette, puis j'ai traversé le séjour pour jeter un œil dans la chambre. Elle dormait toujours. Ses cheveux bruns sur l'oreiller. Sa bouche étrangère. Je me suis attardé sur le seuil, une minute, deux minutes, puis je suis allé m'asseoir sur le canapé et j'ai allumé une cigarette. Je n'ai pu en fumer que la moitié. Il fallait que j'arrête. Je pourrais essayer cette semaine.

J'ai écrasé ma cigarette et je me suis levé. Je suis allé chercher un plaid dans le placard de l'entrée, puis je suis retourné m'allonger sur le canapé. Mes yeux me faisaient mal. Mes paupières s'ouvraient et se refermaient à contre-cœur, et sur mes pommettes la peau était sèche et rigide comme un masque. J'étais sûr que je n'arriverais pas à dormir, mais j'ai quand même fini par m'assoupir. Et, quand je me suis réveillé, elle était partie. J'ai essayé de me souvenir de son nom, mais il s'était effacé de ma mémoire.

TOMMY. 1962

Tommy, Tommy! Dépêche-toi, Tommy!

C'était Tya qui criait. Ma mère. Je l'entendais, je m'en souviens parfaitement, mais le timbre qui distinguait sa voix des autres, je ne l'entends plus. Tout cela s'est effacé depuis longtemps.

Celui qui se souvient, c'est moi, Tommy Berggren. Je me souviens du froid qu'il faisait ce jour-là, au-dessous de zéro, et je me souviens que c'était le jour de mes dix ans, et elle criait *Tommy, Tommy! Dépêche-toi, Tommy!* et je me suis précipité dans l'allée et j'ai couru jusqu'à la boîte aux lettres et j'ai déboulé dans la rue et j'ai vu les draps raidis sur les fils à linge; ils se tendaient comme des toiles devant chaque maison, et ils seraient encore gelés quand les femmes se décideraient enfin à les rentrer. Ils se déployaient à l'horizontale, comme des drapeaux, des drapeaux blancs; nous nous rendons, disaient-ils.

J'ai couru comme s'il y allait de ma vie quand je l'ai entendue crier, *Tommy, Tommy!* criait-elle, mais je ne la voyais pas, et je ne parvenais pas à localiser sa voix. J'ai tourné en rond dans la rue, j'ai regardé vers le haut, j'ai regardé vers le bas, mais il n'y avait personne, et je me suis lancé sur le sentier qui séparait notre maison de celle des voisins. J'ai continué à travers les champs qui succédaient au vallon où nous avions l'habitude de jouer, Jim et moi, car on ne pouvait pas nous y voir depuis les fenêtres. Et puis elle était là, près des rochers ; entre les troncs des bouleaux j'ai aperçu ma mère dans son manteau gris. Enveloppée dans son manteau bien chaud, elle se tenait dans Birkelunden, comme nous appelions le bosquet de bouleaux, et il y avait un grand pin qui s'élevait au-dessus des autres arbres, et ce pin était fendu à partir du haut jusqu'au milieu du tronc ; on aurait dit deux arbres distincts dont l'un ignorait l'autre. On racontait qu'il avait été frappé par la foudre le jour de ma naissance ; c'était peut-être mon père qui m'avait dit ça, mais je n'en ai jamais cru un mot. La foudre, le jour de ma naissance, tu parles : des orages en cette période de l'année, ça n'existait pas. Et tout à l'heure Jim allait venir ; après le déjeuner il serait là, et on mangerait des gâteaux.

Après le bosquet, les champs s'étendaient jusqu'à la colline, et j'ai couru aussi vite que j'ai pu. Et l'école était au-delà de la colline, à Mørk, et le car scolaire nous y emmenait chaque matin, sauf le dimanche. Autrefois, il y avait eu une ferme près de Birkelunden, elle s'appelait Bjørkerud, mais elle avait disparu depuis longtemps, avec sa grange et son poulailler et tout ce qui faisait partie d'une ferme ; disparus le tracteur et la charrue derrière l'étable, disparu le harnachement pendu au mur de l'écurie, disparus le grenier sur pilotis et le fil où on attachait le chien ; tout cela avait disparu bien avant ma naissance et il n'en restait plus rien. Il y avait un étang qui avait appartenu à la ferme, et sur l'étang il y avait eu des canards, m'a raconté mon père, et des cabanes pour les abriter, des cabanes pour les canards, parfaitement, quand la ferme existait encore.

Les gens de la ferme utilisaient l'eau de l'étang comme eau potable, m'a dit mon père; qu'on ait pu boire cette eau verte où nageaient les canards et où ils faisaient leurs besoins, ça m'a paru dégoûtant.

Et c'est à ça que je pensais en courant à toutes jambes, que les gens aient pu avaler cette horrible eau verte. Je les voyais tout en courant, je les voyais boire, je voyais leur bouche s'ouvrir au-dessus du verre, et c'est au bord de cet étang que se tenait ma mère. *Tommy, Tommy! Dépêche-toi, Tommy, il va se noyer!* criait-elle. Et je courais encore plus vite, je sentais à peine mes pieds toucher le sol, mais ils devaient bien le faire, car je ne savais pas voler. Sur le sentier de l'étang, je courais pourtant comme si je n'avais plus de pieds, car là-bas quelqu'un allait se noyer, et ma mère ne savait pas nager.

C'était un chien. C'était Lobo, là-bas, dans l'eau. Je voyais sa tête foncée, et ses moustaches grises qui émergeaient à peine, et il tendait le cou de toutes ses forces. Il semblait épuisé, il était vieux et ses pattes étaient si percluses de rhumatismes qu'il n'arrivait plus à plier les articulations. Et sur ses quatre pattes raides il montait tous les jours jusque chez Sletten pour renifler sa chienne au cas où elle serait en chaleur. Il mettait vingt minutes pour y aller et vingt minutes pour revenir, et la chienne était bel et bien en chaleur; deux fois par an à peu près elle l'était, comme toutes les chiennes en âge de se reproduire, mais Lobo parvenait à peine à lui grimper dessus et ce n'était pas joli à voir. De toute façon il n'était plus fécond, tout le monde le savait, et personne ne prenait la peine de le chasser. À quoi bon? Laissez le clebs s'amuser un peu, disait Sletten, il n'en a plus pour longtemps.

Il gardait un pistolet dans un tiroir de sa cuisine, disait mon père. Il parlait de Sletten.

Elle ne savait pas nager et Lobo non plus, avec les béquilles qui lui servaient de pattes. Du coup j'ai foncé, laissant ma mère derrière moi dans son manteau gris, et j'ai plongé dans l'étang. Pendant la nuit, une fine pellicule de glace s'était formée à la surface de l'eau ; elle n'avait pas encore fondu et elle s'est brisée comme un biscuit quand je m'y suis jeté. L'eau était glaciale. En nageant debout, j'ai pu attraper le collier de Lobo ; tout habillé et chaussé, j'ai eu du mal. Lobo n'avait pas pied et moi non plus. Et, de toute façon, le fond était glissant et plein de vase. J'ai dû traîner le chien derrière moi en nageant ; de temps à autre j'essayais de prendre mon élan en posant le bout du pied, comme je l'avais fait en passant mon brevet de natation, mais l'étang était trop profond et ce n'était pas Lobo qui allait m'aider. Il faisait ce qu'il pouvait, mais son corps était comme une ancre, un grappin qu'il fallait tirer à travers l'eau, et il devait être raidi par le froid avec son poil court. Comme si sa raideur générale ne suffisait pas. Je n'étais qu'un gamin à l'époque, le chien était plus âgé que moi, mais nous avions toujours été amis. Je le trouvais pourtant faux-jeton ; c'était un vieux dégueulasse qui ne pensait qu'à tirer un coup. Qu'est-ce que tu es venu foutre dans cet étang ? ai-je dit. T'avais soif, Lobo ? Mais j'aimais ce chien, je ne pouvais pas me passer de lui. Pourquoi t'as voulu boire ici, Lobo, ai-je dit, t'avais trop soif ? C'était trop compliqué de rentrer à la maison ?

À la fin j'ai repris pied et j'ai pu hisser le chien sur le rocher au bord de l'étang, à l'endroit où le double pin s'accrochait avec ses racines noueuses. Je claquais des dents, j'avais l'impression qu'elles avaient grandi dans ma bouche, et Lobo s'est renversé dans l'herbe comme un chien en bois, un jouet taillé dans une bûche. Il respirait bruyamment, par à-coups, avec un sifflement dans la gorge. Il allait bientôt pousser son dernier soupir, plus qu'un gémissement et ce serait fini, il n'y avait aucun doute. Mais il a continué de respirer, et je me suis redressé dans mes vêtements trempés. J'étais transi. Tout était vert et poisseux, il y avait des traînées vertes sur mon pull bleu, pas une dent de plus n'aurait pu tenir dans ma bouche, et ma mère a dit *bravo, Tommy.*

TOMMY, 2006. PRINTEMPS, 1966

Le téléphone sonnait dans mon bureau. J'avais laissé la voiture au garage et je venais à peine de sortir de l'ascenseur au neuvième étage de la nouvelle tour sur le bord des quais, à Oslo. Je pensais encore à Jim. Sa sacoche fatiguée. Son caban. Son bonnet en tricot. Lui qui, dans le temps, était toujours si bien fringué, le premier d'entre nous à se laisser pousser les cheveux, le premier à porter des cabans et des pantalons pattes d'ef à taille basse, le premier à se nouer un foulard autour du cou. Un marin descendu à terre. Il avait une classe incroyable.

C'était le commissariat d'Øvre Romerike. J'ai répondu :

— Oui, c'est Tommy Berggren.

J'étais hors d'haleine alors que je n'avais même pas couru un mètre. Je buvais trop, c'était pour ça.

— Vous pouvez venir chercher votre père?

— Je ne pense pas que mon père soit encore en vie.

— Il n'est peut-être pas très en forme, mais il n'est pas mort.

— Vous êtes sûr que c'est mon père? Comment pouvez-vous le savoir?

— Qui voulez-vous que ce soit, sinon?

J'étais persuadé qu'il était mort. J'ai essayé de calculer l'âge qu'il devait avoir maintenant. Soixante-quinze ans. Peut-être plus. Il était en vie. J'avais du mal à le croire.

Nous habitions Mørk à l'époque. C'était en 1966. Mon père était éboueur. Il travaillait sur un camion à ordures. L'homme qui se tenait sur le marchepied, c'était lui ; il portait des gants, et de ses gants il s'accrochait à la barre à l'arrière du camion, là où le hayon articulé retombait avec fracas dès que le chauffeur démarrait, et se relevait en grinçant quand mon père sautait du marchepied pour courir jusqu'au local à poubelles ou se précipiter vers les conteneurs qui s'alignaient sur le bas-côté de la route. Il tirait les gros récipients cubiques derrière lui, les trimbalait sur le gravier, les hissait sur son épaule et déversait les ordures dans la benne, puis il repartait en courant avec les poubelles vides et en rapportait d'autres. Parfois il en prenait deux en même temps, une dans chaque main ; il les soulevait dans un mouvement parallèle, puis il regagnait le camion où il s'inclinait fièrement, faisant gicler les ordures de chaque côté de sa tête. Je l'ai souvent vu faire. Ça m'a toujours dégoûté.

Mon père n'a jamais pu monter en grade, il n'a jamais pu rejoindre les chauffeurs qui trônaient là-haut dans leur cabine bien propre sans même le regarder quand il s'épuisait à courir, ou quand il faisait son numéro à deux poubelles. Sans spectateurs, il les soulevait sur ses épaules, et il devenait l'homme le plus fort du village. Pas même à ce moment-là ils ne daignaient tourner la tête et jeter un œil à travers la vitre ; ils préféraient rester tranquillement assis, les mains sur les genoux, à moitié endormis sur leur volant, attendant que mon père remette les conteneurs à leur emplacement et revienne frapper contre la porte métallique. Puis ils avançaient de cinquante mètres, cent mètres, deux cents mètres, jusqu'au prochain arrêt. Il avait son permis, mon père, mais jamais on ne l'a laissé conduire. Jamais il n'a pu s'élever jusque-là.

Il avait le haut du corps incroyablement musclé. Le soir, quand les hommes comparaient leur force, quand ils soulevaient tout ce qu'ils avaient sous la main, des bidons à lait ou des pneus, plusieurs à la fois, des dalles ou de la ferraille, quand ils faisaient jouer leurs bras comme des pistons et gonflaient leurs biceps jusqu'à en faire éclater la peau, il était imbattable. Du coup, on pouvait se demander pourquoi il ne se servait pas de ses bras et de ses poings pour nous frapper. Or il ne le faisait pas, il se servait de ses jambes. Et ses jambes ne manquaient pas de force non plus. Quand on y réfléchit, c'était logique : de courir avec les poubelles, il s'était musclé les jambes aussi.

Il se servait de ses bottes. Il nous donnait des coups de pied. Il nous donnait des coups de pied au cul et ça nous faisait un mal fou; pour Siri et les jumelles, c'était terrible. Elles le supportaient moins bien que moi, elles n'avaient pas les fesses assez dures pour amortir les coups. Mais il ne discriminait personne, il ne faisait aucune différence entre garçons et filles. Il nous flanquait des coups de pied à tous les quatre.

Le soir, quand mon père s'était endormi dans son fauteuil devant la télé, on se retrouvait dans la chambre qu'on partageait à l'étage, on baissait nos pantalons et on s'allongeait à tour de rôle sur un des lits, les fesses à l'air, pour montrer aux autres les hématomes et les croûtes qui s'étaient formées aux endroits où la peau avait éclaté et où les blessures n'avaient pas eu le temps de guérir. Et on comparait les couleurs et l'étendue des dégâts, et alors on savait qui avait pris la pire raclée ce jour-là. Ou n'importe quel autre jour, quand il était de cette humeur. Ce qui était souvent le cas. Tous, nous recevions des coups de bottes, mais j'en prenais quand même plus que les autres, car j'étais l'aîné.

Ça me faisait de la peine de voir mes sœurs dans cet état. Je les consolais et je tentais de les rassurer, je leur disais que ce n'était sûrement pas aussi grave qu'elles le pensaient, je leur racontais que ça allait vite s'arranger et que leurs fesses seraient aussi jolies qu'avant. Si c'était ça qui les inquiétait. Et ça les inquiétait en effet ; elles avaient peur que ça ne s'améliore pas assez vite, car c'était pénible de devoir se faufiler dans la douche après la gym et de ne pas pouvoir se retourner, d'être obligées de rester le dos contre le mur et de ne pas savoir quoi dire si jamais on leur posait des questions. Moi, je m'en foutais, j'aurais dit la vérité, mais des questions, on ne m'en posait jamais, ou presque. On n'osait pas. Je passais pour un dur.

Mais pour mes sœurs ce n'était pas aussi simple.

Un soir, alors qu'on était tous dans notre chambre et que j'allais leur caresser les fesses et leur dire que, même comme ça, elles étaient jolies, j'ai soudain éprouvé le *désir* de les consoler de cette manière, j'ai éprouvé le *désir* de les caresser là où elles avaient le plus mal. Et ce désir s'est abattu sur moi, il m'a pris au dépourvu. Je les ai de nouveau caressées, je les ai caressées toutes les trois à tour de rôle, et je me suis tourné vers la fenêtre, la gorge nouée, et c'était Pâques et la neige était haute et elle brillait comme de l'or sous la lampe de la porte d'entrée, et partout ailleurs c'était le noir. Et c'était beau ; j'ai toujours aimé la neige quand elle est comme ça, jaune et chaude comme dans un film plein de lumière, un de ces films de Noël que nous aimions regarder ensemble, et qui passait tous les ans, le vingt-cinq décembre, à la télévision. Mais dans la chambre les lampes étaient allumées, et j'ai encore caressé mes trois sœurs. Et même comme ça leurs fesses étaient jolies, et j'avais plus que jamais envie de les consoler de cette manière. Et je me suis vu, assis sur le bord du lit, en train de leur passer la main sur les fesses, et j'ai compris que je ne pouvais pas continuer. Et je l'ai dit à voix haute, j'ai dit que je ne pouvais plus les consoler de cette manière, et les jumelles n'ont pas compris et se sont mises à pleurer. Elles avaient besoin de ça, disaient-elles, il faut que tu fasses comme d'habitude, sinon ce sera pire, disaient-elles, et j'ai bien compris qu'elles disaient vrai, mais c'était trop tard. C'était trop tard, car j'avais soudain senti une chaleur dans le bas-ventre ; je brûlais d'envie de leur caresser le derrière et je l'avais déjà trop fait ce soir-là. Je sentais dans mes paumes combien ça me plaisait. Et, du coup, tout était différent. Seule Siri s'est retournée pour me regarder, et j'ai su qu'elle avait compris ce que j'avais compris. Que je ne pouvais pas continuer à lui caresser le derrière et qu'elle ne pouvait pas continuer à me le faire non plus.

J'ai rarement autant haï mon père, car c'était lui qui m'avait précipité à coups de pied dans cette chambre, en compagnie des filles. Cette chambre secrète, cette chambre à la fois réelle et irréelle que je devais maintenant quitter à contrecœur. Car c'était trop tard ; je m'étais vu comme dans un miroir, j'avais vu ma main basanée sur la peau blanche des filles, sur leur peau rendue bleu et rouge par les bottes de mon père. Et il me chassait maintenant de la chambre à coups de pied. C'est ainsi que je l'ai ressenti, et je le haïssais aussi pour ça.

Je haïssais mon père. Tout le monde savait que je le haïssais. Jonsen, mon seul ami adulte, le savait. Tous les voisins, jusqu'au bout de la rue, le savaient, et ils me jetaient des regards prudents en sortant de chez eux, le soir, et il y en avait qui se retrouvaient avec mon père pour soulever de la ferraille, et ensuite ils rentraient lâchement à la maison et se plantaient devant la télé. Et le matin ils partaient au boulot, et ils revenaient en fin d'après-midi, et ils attendaient l'inéluctable. Et mes rares amis faisaient l'aller-retour avec le car scolaire, comme moi, et le soir ils se penchaient sur leurs devoirs, et à sept heures et demie ils regardaient *Le Grand Chaparral* à la télévision suédoise, comme je le faisais aussi quand mon père était d'accord, et ils attendaient tous l'inéluctable. Mais je n'étais pas prêt.

La nuit, quand je n'arrivais pas à dormir, je passais en revue les différentes manières de le tuer, et mes projets m'accompagnaient jusqu'au fond de mes rêves, où ils se déformaient et devenaient encore plus monstrueux. Et c'était tant mieux. Voilà ce que je me disais. Tant mieux. J'avais encore peur de lui, mais la peur n'allait pas tarder à me lâcher. Dans un an, peut-être même dans six mois. J'attendais, moi aussi.

Et le jour allait venir, et une lumière éblouissante allait apparaître dans le ciel, et des mains puissantes allaient déchirer les nuages. Et puis, sans crier gare, le jour est venu, et tout s'est mis en place. Le soleil brillait effectivement dans un ciel blanc, il m'a ébloui quand je suis sorti sur le perron, c'était le mardi de Pentecôte. Je suis monté dans le car scolaire, et je savais déjà que ce n'était pas un jour comme les autres. Avant même de quitter la maison, alors que mon père n'était pas encore parti au travail, j'étais déjà sur les nerfs. Mon père commençait tard ce jour-là, il était encore au lit, et les heures de cours m'ont paru longues comme des décennies de malheur. Au retour, quand j'ai enfin sauté du car devant notre boîte aux lettres, j'étais impatient et surexcité.

Deux de mes camarades descendaient au même arrêt. On s'est dit salut en levant la main droite, puis mes copains se sont dirigés vers leurs petites maisons respectives, l'une en haut de la rue et l'autre tout en bas. Ils n'avaient pas peur de moi. Ni Willy, qui n'avait pas assez d'imagination pour ça, ni Jim. Surtout pas Jim, il me connaissait à fond, c'était mon meilleur ami. Il m'a quitté à reculons en me regardant d'un drôle d'air. Il m'observait depuis que j'avais débarqué dans la cour de l'école, le matin ; il se doutait qu'il allait se passer quelque chose, mais il ne savait ni quoi ni de quelle manière.

— Tu as quelque chose à me dire ? m'a-t-il demandé.

— Non, ai-je répondu.

Mais j'aurais peut-être dû lui donner un indice, lui offrir un tout petit signe qu'il aurait à peine su déchiffrer, et qu'il aurait gardé dans un coin de sa tête en rentrant chez lui, un peu comme une minuscule fourmi. Après tout, il s'agissait de Jim. Je l'ai pourtant laissé sur sa faim.

— Bon, a-t-il dit d'un air déçu.

Puis il s'est retourné, sa sacoche à la main ; on avait cessé de porter des cartables, ça nous aurait fait honte. Et il s'est dirigé vers la maison où il vivait avec sa mère. Sa mère était prof dans notre école, elle enseignait le norvégien et la religion, elle venait de la côte ouest et prononçait les *r* d'une autre façon que nous ; elle n'avait jamais réussi à se débarrasser de son accent. Son père, je ne l'ai jamais vu.

— Jim, ai-je dit.

Il s'est arrêté, puis il s'est retourné, et j'ai souri :

— Ça ira. N'y pense plus.

Il m'a regardé. Il s'est frotté la joue avec le dos de la

main. Ça m'a paru bizarre. Comme s'il avait les paumes endolories.

— OK, a-t-il dit.

J'ai encore souri.

— Ça ira, ai-je dit.

— OK.

Il a légèrement hoché la tête, puis il s'est retourné, balançant sa sacoche par-dessus l'épaule, et il a continué vers la maison où il habitait.

J'ai remonté la petite allée, et j'ai trouvé la porte entrouverte. J'ai pénétré dans l'entrée, j'ai laissé tomber ma sacoche par terre et j'ai vu que ses vêtements étaient suspendus sous l'étagère à chapeaux, exactement comme lorsque j'avais quitté la maison. Ils étaient usés et propres, mais ils sentaient les ordures. L'odeur ne le quittait jamais, aucun de nous ne parvenait à s'en défaire, elle imprégnait tout ce que nous possédions, et ça faisait jaser dans notre dos. Elle avait pris possession de la maison une bonne fois pour toutes. Je ne sais pas comment j'ai pu me rendre compte que ses vêtements n'avaient pas bougé. Sa combinaison de travail et sa veste. Je devais être voyant.

Les jumelles étaient assises dans l'escalier, les mains entre les genoux, silencieuses et sur le qui-vive. Pendant mon absence, il était peut-être arrivé quelque chose, et elles avaient pris peur. J'espérais que non. Mais elles devaient avoir un pressentiment, elles aussi.

Du coup je leur ai dit :

— Allez chez les Lien.

Et elles ont fait comme je leur ai dit.

J'ai traversé le rez-de-chaussée ; il y avait juste l'entrée et le séjour. À l'arrière, la porte donnant sur la petite pelouse était grande ouverte. Il était assis sur une chaise déglinguée, dos au mur, les coudes sur les genoux, et ses mains se balançaient mollement au-dessus des dalles carrées. Il avait une clope au bec; il avait dû la rouler distraitement, car elle était un peu tordue, on aurait dit une trompette. Mais il ne fumait pas. La clope pendait seulement à ses lèvres.

Il ne s'est pas retourné, alors qu'il m'avait certainement entendu. Je me suis arrêté derrière lui et j'ai dit :

— On t'a viré ou quoi?

Je n'aurais jamais dû dire ça. C'était comme si j'avais donné un coup de marteau dans une serrure; le pêne s'est coincé, impossible de le débloquer, plus moyen de revenir en arrière. Il s'est levé en prenant son temps. Je n'ai pas bougé. Je respirais par la bouche, j'étais hors d'haleine, je courais depuis deux ans, depuis que ma mère avait disparu. Et maintenant j'étais là, immobile. Il s'est retourné, et son visage affichait une sorte d'aveuglement ou d'incompréhension qui m'aurait sans doute touché dans n'importe quelle autre situation, ou sur n'importe quel autre visage. C'est vrai, il y avait là un désespoir que je n'avais jamais connu chez mon père.

Il m'a pris par le bras, presque tendrement, et il m'a conduit jusqu'au séjour. Puis il a soigneusement fermé la porte derrière nous, et il s'est retourné. Et il s'est mis à me projeter à travers la pièce, entre les rares meubles que nous possédions. Et il courait pour me rattraper, et il me frappait à l'épaule et au cou, et il m'envoyait contre le mur où ma tête se fracassait sur le lambris. Et il ne se servait pas de ses pieds. Je ne m'étais pas préparé à ça; je me suis dit, réfléchis, réfléchis, et j'ai pensé que je m'en sortirais peut-être si je parvenais à faire semblant de ne pas avoir mal, si je réussissais à me persuader que tout ça arrivait à quelqu'un d'autre. On m'avait dit que c'était possible, et il a hurlé :

— Je vais te clouer le bec.

Et il s'est tourné vers moi, et son visage était d'une dureté comme je n'en avais jamais vu. Il n'avait plus aucune retenue; il m'a de nouveau envoyé contre le mur, et tout l'air m'est sorti de la bouche dans un gémissement venant des tréfonds de mon corps. Mais je ne voulais rien ressentir, je ne voulais rien entendre, et j'ai rempli ma tête d'un rêve que mon père ne voyait pas. Et ça a marché, je vous le jure. Et je me suis engouffré dans mon rêve, et il me croyait dans la même pièce que lui, dans la même maison que lui, alors que j'étais ailleurs. Et je faisais comme si la douleur n'existait pas, comme si je ne sentais rien, ni au visage, ni aux bras, ni à la poitrine, et je m'envolais dans mon rêve, et dans mon rêve un vent balayait la pièce; il balayait le pré et la forêt, et il soufflait si fort qu'on n'entendait aucun autre bruit, et Jim est venu vers moi, porté par le vent. Il chantait, et son chant se confondait avec le vent; non, je ne raconte pas des bêtises, il chantait :

Confie à Dieu ta route,
Tes vœux et tes travaux

et d'autres chants que sa mère lui avait appris, des cantiques où il était question d'anges musiciens. Et le vent rendait ma peau insensible et tiède. Elle n'était ni froide ni chaude, comme on aurait pu l'imaginer; d'ailleurs, je n'aurais plus été capable de distinguer le froid du chaud. Et mon père, qui se servait toujours de ses pieds pour nous donner des coups, qui n'avait jamais fait autrement, me frappait avec ses poings. Je sentais pourtant comme dans une ivresse que je n'avais plus peur de lui. Je jubilais.

Il pouvait me frapper, me frapper sans cesse, la peur allait bientôt me lâcher, et alors il ne lui resterait plus aucun recours, à moins de me tuer.

J'ai senti son poing s'abattre sur mon œil, et j'ai été expulsé de mon rêve aussi vite que je m'y étais engouffré. Il y a eu une espèce de bruit de succion, et mes paupières sont restées collées. De l'autre œil, j'ai vu Siri arriver du couloir; elle se tenait dans l'embrasure de la porte et elle nous regardait, bouche bée. Tout en me protégeant le visage de mon bras, je lui ai fait signe de monter l'escalier. Mon père en a profité pour me décocher un coup à la poitrine, et je me suis écroulé par-dessus un fauteuil. Mon coude a heurté la table du salon, la table s'est renversée et le fauteuil aussi, et Siri a grimpé l'escalier quatre à quatre. Je me suis roulé en boule sur le sol pour éviter les bottes de mon père, au cas où il se servirait à nouveau de ses pieds, mais il est allé redresser le fauteuil, puis il s'y est assis, et il s'est mis à souffler bruyamment, les coudes posés sur les genoux. Il fixait du regard un point du mur, au-dessus du canapé. J'avais horriblement mal; l'air ne pénétrait plus dans mes poumons, mon père avait dû me casser une côte. Et j'étais borgne, et j'avançais à tâtons. Du sang chaud coulait de mon arcade sourcilière, il m'inondait l'œil blessé et la joue, tandis que de l'autre œil sortait un liquide salé. En me donnant un coup de langue, je me suis rendu compte que je pleurais. À quatre pattes, j'ai pu gagner l'escalier, et j'ai commencé à le gravir, marche après marche. Je ne me souvenais pas qu'il y en avait autant.

Siri m'attendait devant notre chambre.

— On fait quoi maintenant? a-t-elle dit.

J'étais incapable de lui répondre. Je me suis redressé; j'avais mal au cou, mal à la gorge, à l'endroit où ses mains m'avaient maintenu contre le mur pendant qu'il me frappait.

— Sous mon lit, ai-je dit.

Elle a pénétré dans la chambre. Elle s'est dirigée vers le lit, et elle s'est accroupie pour se glisser en dessous. Je n'y cachais qu'un seul objet. Au bout d'un moment elle a reculé, les fesses en l'air, puis elle s'est redressée, la batte de base-ball à la main. J'étais le meilleur joueur de l'école, celui qui frappait le plus fort; je touchais la balle à la bonne hauteur à tous les coups, et alors elle s'envolait à travers la cour et disparaissait dans l'infini, et personne n'aurait pu la retrouver.

— Tu crois que c'est une bonne idée, Tommy? a dit Siri.

Elle avait douze ans, j'en avais treize et demi, bientôt quatorze. Nous étions plus vieux que ça.

— Je ne sais pas, ai-je répondu.

Je me suis dirigé vers la porte, et alors elle a dit :

— Je peux rester ici pendant ce temps?

— Bien sûr.

Il était toujours assis dans son fauteuil. Il savait que j'allais venir, j'en suis sûr, mais il n'a pas bougé. Arrivé à sa hauteur, j'ai levé la batte de base-ball par-dessus mon épaule, et la batte a frôlé mon oreille. Et j'ai mobilisé toutes les forces qui me restaient pour le frapper d'un seul coup à la jambe droite, celle dont il se servait pour nous donner des coups de pied. Et la batte lui a heurté la jambe avec un bruit dont je me souviendrai toujours. Et il est tombé en avant, par-dessus ses genoux, puis il s'est écroulé par terre, et il est resté étendu sur le dos. Il ne s'est pas tâté la jambe, alors que sa cheville formait un drôle d'angle. Et pas le moindre son n'a franchi ses lèvres, pas même un gémissement ou un soupir. Je me suis mis à genoux et je lui ai pris la tête dans mes mains.

— Tu as mal, papa ? ai-je dit.

Puis :

— Papa, papa, tu as très mal ?

Et j'ignorais pourquoi il était resté à la maison ce jour-là, alors qu'il aurait dû être au boulot. Si ça se trouve, on l'avait vraiment viré, pour quelque chose dont il n'était même pas responsable. À moins qu'il n'ait donné un coup de pied au cul à un des chauffeurs, qui l'aurait bien mérité. Un de ceux qui le regardaient de haut parce qu'il n'avait jamais pu s'élever jusqu'à eux et se retrouver au volant du rutilant camion, et qu'il s'épuisait à courir, une poubelle sur chaque épaule, en jouant à l'homme le plus fort du village. Et il était seul avec nous depuis bientôt deux ans, et nous venions de fêter Pentecôte, comme d'habitude, et tout ça était triste à pleurer. Pourtant, les lilas étaient en fleur et ils embaumaient les maisons, et peut-être voulait-il nous cacher ce qui s'était réellement passé la veille. Ça pouvait être beaucoup de choses. J'ignorais ce que c'était, et je n'ai posé aucune question.

J'étais assis à califourchon sur sa puissante cage thoracique, ses larges épaules entre mes genoux. Et, de mes mains engourdies, rouges et éraflées, j'enserrais sa tête massive et couvrais ses oreilles. Il ne bougeait pas. Il m'a soudain paru petit, j'étais plus grand que lui, je venais seulement de m'en rendre compte, et il gardait les yeux clos. Avec ma batte je lui avais brisé la cheville ; il sentait vaguement les ordures, et je me suis dit qu'il faisait quand même un boulot honnête, il fallait bien que quelqu'un s'en charge, autrement les immondices s'accumuleraient et empesteraient à cause de la chaleur. Mais je ne supportais plus cette odeur. Elle me donnait la nausée, elle me mettait hors de moi; elle enveloppait son corps des pieds à la tête comme des bandelettes sales, elle imprégnerait ses bottes à tout jamais.

Je me suis redressé. J'ai laissé la batte par terre, à côté de sa jambe brisée, pour qu'on n'ait aucun doute sur ce qui s'était passé. Puis j'ai appelé Siri.

Elle est descendue d'un pas prudent. Elle pleurait et souriait en même temps, elle devait ressentir la même chose que moi derrière mon unique œil. Dans mon dos, elle a glissé ses bras sous les miens, et je n'ai rien dit malgré la douleur que j'ai ressentie quand elle m'a soulevé comme nous l'avions vu faire au cinéma, pour aider un soldat blessé à sortir de la tranchée alors que la guerre était gagnée et la bataille perdue. Elle était trop légère et j'étais trop lourd, mais c'est ainsi que nous avons parcouru l'entrée, franchi la porte et regagné la lumière du dehors. Et le soleil m'a doucement frappé le visage; il brillait dans le ciel blanc et éblouissant comme il le faisait depuis le matin, arrêté dans sa course au milieu de cette journée particulière où allait enfin se produire ce que tout le monde attendait. Et maintenant cela s'était produit.

Et c'est ainsi que nous sommes montés jusqu'à la maison un peu plus haut, où Jim vivait avec sa mère; c'était le seul endroit où nous pouvions aller. Des voisins sont sortis sur le pas de leur porte pour nous regarder passer, tels deux éclopés, mais personne ne s'est approché pour nous venir en aide. Et si quelqu'un nous avait tendu la main, je l'aurais refusée. Tout net.

DERRIÈRE LE MOULIN. 1966

Tu crois que c'est vrai, cette histoire de conscience et de roue dentée ?
Qu'est-ce que tu veux dire ?
Que la conscience est une sorte de roue dentée ou de scie circulaire qui tourne dans l'âme et te fait souffrir l'enfer, et quand tu fais quelque chose de mal il y a le sang qui gicle, mais toi tu t'obstines, et les dents finissent par s'user, et ça fait des durillons à l'âme et la rend insensible, et toi t'es devenu un type comme ça.
Un type comment ?
Un type qui fait des choses horribles sans même s'en rendre compte.
Tu veux parler de ce qui s'est passé avec ton père ?
Oui.
Mais tu dois bien t'en rendre compte si tu fais quelque chose d'horrible, non ?
Je ne sais pas. Sur le coup je m'en suis peut-être rendu compte, mais maintenant je ne sens plus rien. C'est comme si je n'avais rien fait d'horrible. Je n'ai mal nulle part, sauf à l'œil et aux côtes, mais ça, c'est à cause de lui.
Peut-être que tu sentiras quelque chose plus tard.
Je ne crois pas. Peut-être que je n'ai pas d'âme.

Bien sûr que t'en as une. Ou alors ce n'était peut-être pas si horrible. Si ça se trouve, tu étais obligé de faire ce que tu as fait. Je te connais.
T'en es sûr ?
Sûr et certain. De nous deux, c'est moi le plus chrétien. Du coup, je le sais.
J'ai fait ce qui est écrit. J'ai tendu l'autre joue. Héhé. C'est vrai.
T'as fait ça ? Tourne-toi, que je voie. Merde alors, c'est pas beau.
Ça commence à se cicatriser. Je peux toucher la plaie, maintenant.
Tant mieux. Mais alors ça n'a servi à rien de tendre l'autre joue. Et du coup tu étais obligé de faire ce que tu as fait.
Jésus n'aurait pas fait ce que j'ai fait, à mon avis.
Déconne pas. T'es pas Jésus.
Non, bien sûr. Je ne suis pas Jésus. Manquerait plus que ça. Héhé. Jésus de Mørk, non mais.

JIM. TOMMY. 1966

Ils se redressèrent, époussetèrent leur pantalon et prirent le chemin du retour en contournant le moulin, qui sentait le fourrage et la poussière et autre chose que seuls sentaient les moulins, du malt peut-être, une odeur qui faisait penser à la bière. Et ils longèrent la rivière jusqu'à la cascade qui, autrefois, faisait tourner les meules pour réduire le grain en farine, et qui se jetait maintenant du haut de la falaise sans but ni profit, comme disait le patron du moulin. Il ne pensait qu'à l'utilité des choses, à l'argent qu'elles rapportaient ; la lune sur la neige fraîche, les anémones des sous-bois, les prés fleuris, la brise sur le lac, le vent dans les champs de seigle, les collines qui rougissaient à l'automne et les oiseaux qui partaient et qui revenaient, tout cela n'avait aucun sens pour lui. Ce n'était pas chiffrable ; une cascade qui ne faisait que retomber, elle retombait dans le néant. Et le patron n'était pas le seul de cet avis. Alors que ces choses-là, un enfant les sentait dans ses paumes, dans ses hanches, dans ses jambes. Un enfant, même aveugle, voyait ces choses-là.

Ils récupérèrent leurs vélos appuyés contre le parapet du barrage et restèrent quelques instants à côté de leurs montures pour contempler la cascade. Tommy se passa délicatement la main sur l'arcade sourcilière, sur son estafilade, sur les croûtes de ses joues, et il dit qu'on aurait presque envie de sauter, hein, de sauter et de planer au-dessus de la cascade comme un oiseau. Je sais, répondit Jim, il suffit de grimper sur le parapet et de se jeter dans le vide. D'après ma mère, ce n'est pas dangereux; tu peux sauter d'un gratte-ciel si tu veux. C'est quand tu atterris qu'il y a un problème. Celle-là, je l'ai déjà entendue, dit Tommy. Je sais, dit Jim. Tout le monde la connaît.

Ils enfourchèrent leurs vélos et se lancèrent dans les virages qui bordaient la rivière. C'était une petite rivière, mais c'était la leur; on l'appelait le ruisseau à castors, mais elle était quand même plus large qu'un ruisseau. Des castors, il y en avait bien eu autrefois, mais c'était fini; seuls les anciens du village se souvenaient d'en avoir vu. C'était malheureux, disaient-ils, vous auriez été là, vous auriez vu les castors abattre des arbres hauts comme des immeubles, puis manger seulement les pousses de la cime avant de s'attaquer à un autre. Et les arbres pourrissaient là. C'était un triste spectacle, disaient les anciens, une honte, tout ce bois perdu, heureusement qu'elles ont disparu, ces sales bêtes; j'en ai même tué quelques-unes, disait un vieux. Mais Jim et Tommy auraient bien aimé voir un castor abattre un arbre, ne serait-ce qu'une seule fois; ils auraient bien aimé savoir combien de temps il mettait. Et ils arrivèrent à Mørk par le sud au lieu de passer par le hameau où ils habitaient, comme ils le faisaient d'habitude. Et ils s'arrêtèrent à la station-service BP, posèrent leurs vélos contre les pompes à essence et pénétrèrent dans la boutique pour acheter des glaces avec leur argent. C'était en juin, il faisait chaud et le père de Tommy s'était volatilisé. Personne ne l'avait vu depuis le mardi de Pentecôte, et on se demandait comment il avait fait pour ficher le camp, étant donné l'état de sa jambe. Surtout sans se faire remarquer. Le jour suivant, quand les enfants étaient retournés dans la maison, il avait disparu. Sinon, tout était comme ils l'avaient laissé, les tables et les chaises renversées, les morceaux bleu ciel d'un vase qui jonchaient le sol, les cadres qui pendaient de guingois. La batte de base-ball était toujours là. Tout le monde était au courant pour Tommy et sa batte de base-ball. Tout le monde était au courant pour la jambe de son père.

Et ton visage, comment il va ? demanda le garagiste. Tu as encore mal ? Non, ça va, dit Tommy. Mais ça n'allait pas, il souffrait toujours, et le garagiste dit tiens, prends ça aussi, et il lui glissa dans la main une barre chocolatée. Mange-la tout de suite, dit l'homme, et laisse tomber le dîner, pour une fois, ça ne va pas te tuer. Merci, dit Tommy, mais j'aimerais mieux la garder pour ce soir et la manger devant la télé. Ce n'est peut-être pas plus bête, dit le garagiste, qui s'appelait Lysbu. Tu t'en sortiras, dit-il. Bientôt ça va s'arranger pour vous, tu n'auras plus à t'occuper de tout. Tu peux manger chez nous, dit Jim, on a des perches, je les ai attrapées moi-même. Et ta mère, dit Tommy, elle dira quoi si je viens ? Elle est chrétienne, répliqua Jim, elle ne peut pas refuser. J'aurais bien aimé, mais je ne peux pas, Siri et moi on doit faire à manger aux jumelles ; on se débrouille, j'ai trouvé de l'argent, on a fait des courses et on a de quoi se nourrir. Bientôt tu n'auras plus à t'inquiéter de tout ça, dit le garagiste. Moi ça m'est égal, dit Tommy, on s'en sort. Merci pour le chocolat, c'était sympa, dit-il, alors qu'il aurait préféré dire non merci ; il ne voulait rien accepter de personne. Mais Lysbu n'était pas comme les autres adultes, il écoutait ce qu'on lui racontait.

Une fois dehors, Tommy ôta le papier de la barre chocolatée et la partagea en deux parts égales, deux fois deux rectangles de chocolat avec du biscuit à l'intérieur. Puis il en tendit une part à Jim, mais Jim secoua la tête : Vous pourriez peut-être en manger chacun un morceau ce soir devant la télé, comme tu as dit. Tommy réfléchit ; il regarda Jim, puis le chocolat. Celui-ci était déjà mou au toucher. Il sourit. Ça va fondre, dit-il. On va le manger maintenant. Et Jim accepta sans se faire prier, et ils mangèrent le chocolat, et Lysbu les observait derrière son comptoir. Il les vit grimper sur leurs vélos, leurs glaces dans la main gauche, puis ils s'éloignèrent, la main droite sur le guidon. Lysbu secoua la tête. Ça finira bien par s'arranger, dit-il à voix haute. C'est pas possible autrement.

Et il retourna à l'atelier. L'Opel Kapitän de Jonsen l'y attendait. Elle était rutilante, sans la moindre tache de rouille, mais Jonsen était nul en mécanique, il ne savait même pas serrer un écrou. Il était pourtant capable de réparer n'importe quoi, mais pas une bagnole. Quand il lui arrivait d'en soulever le capot, il avait un trou noir et il le refermait aussi sec. Et il emmenait la voiture chez Lysbu pour le moindre pépin. En général il n'y avait pas grand-chose, juste une bricole qu'il aurait pu arranger tout seul s'il avait pris le temps d'y jeter un œil. Et qu'est-ce qu'il allait faire de sa voiture, maintenant que Lysbu s'apprêtait à prendre sa retraite ? C'était pour bientôt, le garagiste en avait marre de tout. Marre des bonnes femmes braillardes avec des biceps de culturistes, marre des crapules comme le père de Tommy Berggren, marre des Wartburg et des Skoda pourries, marre des moissonneuses-batteuses et des camions Volvo qui fonçaient en direction du moulin et en revenaient dans un nuage de poussière de blé qui s'élevait de leurs remorques ou de leurs plateaux ouverts et s'infiltrait jusque dans sa maison, tandis que les conducteurs s'arrêtaient au milieu de la route et bloquaient la circulation, car ils avaient envie de bavarder et la flemme de se garer sur le côté. Il en avait marre des paysans rusés à qui il ne savait pas adresser la parole sans se troubler ou se mettre en colère. Jamais il ne s'habituerait à leur façon de parler; au lieu d'aller droit au but ils tournaient autour du pot avec un sourire patelin. Il était de Sarpsborg et il ne comprenait rien à leurs histoires; ça devait être drôle, mais il y avait toujours un truc qui lui échappait. Maintenant, ça suffisait, il allait prendre sa retraite et s'installer chez sa sœur à Oslo, Lakkegata 7, près d'Akerselva et des brasseries Schou avec leurs grosses cuves en cuivre brillant qu'on apercevait à travers les fenêtres quand on passait en bas de Trondhjemsveien. Seigneur Jésus, comme il avait hâte.

Ils pédalaient avec entrain. On était vendredi, c'était le jour du polar à la télé, et sur le chemin du retour ça sentait déjà l'été. Dans quinze jours ce seraient les vacances, et tout était vert; les feuillus étaient verts, les conifères étaient verts, partout où on se tournait il y avait du vert, et les champs étaient verts et pas encore dorés comme au début de l'automne. Tommy était retourné à l'école. Après la Pentecôte il avait séché les cours pendant une semaine; il ne voyait le monde qu'à travers un seul œil. Le docteur de Mørk était venu lui faire des points de suture, puis il était reparti; sinon, Jim était le seul à leur rendre visite et à leur donner un coup de main. Depuis que Tommy et les filles étaient seuls à la maison, personne d'autre n'avait le droit d'y pénétrer. Le brigadier de gendarmerie s'était pointé, mais il était reparti bredouille; on va s'occuper de vous, avait-il dit, vous ne pouvez pas continuer à vivre comme ça. Mais il n'avait pas pu franchir le seuil, Tommy ne l'avait pas laissé entrer. Qu'il aille au diable, ce gamin, avait-il juré en regagnant sa voiture, qu'est-ce qu'on va faire de lui ? Tommy n'avait pas bougé d'un pouce, et les voisins n'avaient pas osé s'approcher. Ils allaient et venaient, ils vaquaient à leurs occupations, partaient au travail et rentraient chez eux, avalaient leur dîner et se plantaient devant la télé ; ils regardaient *Le Grand Chaparral* à la télé suédoise à sept heures et demie chaque vendredi, et Victoria a de si jolies dents. Qui avait dit ça ? Ce devait être Sletten. Drôle de réflexion, mais ce n'était pas faux : elle avait de très jolies dents, on s'en rendait compte quand elle souriait ; à Mørk, personne n'avait des dents comme ça. Et en passant devant les poubelles et les dalles de l'allée ils ne pouvaient s'empêcher de jeter un œil sur la maison où les Berggren avaient vécu au grand complet, et où Tommy et ses sœurs étaient seuls, désormais. C'était un scandale.

Jim et Tommy abordèrent le dernier tournant, puis ils prirent le chemin de terre qui passait devant chez Sletten. Assis avec son accordéon devant sa fenêtre, Sletten les observait, une bière à la main. Il n'avait pas tondu sa pelouse depuis plusieurs semaines ; ça faisait sale, mais il s'en foutait. Il coulait à pic depuis que sa femme était partie à Oslo avec les enfants. Il y avait les deux sœurs et Egil. Et Audun, qui était dans la même classe que Jim et Tommy. Mais Audun avait beau être un voisin, ce n'était pas un copain. Dans la vie de Jim et de Tommy, il n'y avait pas de place pour quelqu'un d'autre.

C'est alors que Tommy vit Siri et le brigadier de gendarmerie. Ils étaient devant la maison, au soleil. Les jumelles étaient assises sur les marches, et elles serraient les bras autour d'elles comme si elles avaient froid ; à les regarder, on se serait cru en automne. Mais on n'était pas en automne, on était en plein été, et le brigadier avait les bras croisés et les manches de chemise retroussées jusqu'aux aisselles. Il était costaud, ça se voyait, et il voulait qu'on s'en rende compte. Il attendait ; c'était Tommy qu'il attendait, et Tommy le comprit tout de suite ; c'était lui qu'ils attendaient tous. Et il se dit : moi aussi je suis fort, et je suis plus agile que ce type. Si je cours assez vite, il n'arrivera peut-être pas à me coincer. Tommy aurait pu tourner les talons, mais ce n'était pas possible, car Siri était là, et les jumelles aussi. Une voiture étrangère était garée à côté de celle du brigadier. La voiture de la gendarmerie était une Volvo noire, tandis que l'autre était rouge comme un drapeau communiste ; c'était une fourgonnette avec des lettres peintes sur la carrosserie, mais les garçons ne parvenaient pas à lire ce qui était écrit. Qu'est-ce qui est marqué sur la bagnole ? demanda Tommy. T'es hypermétrope, non ? Jim était toujours assis au fond de la classe, près de la grande fenêtre. Si, répondit-il, mais je ne vois pas bien ; ça doit être un menuisier, il y a un marteau sur sa voiture. Et c'était effectivement un menuisier ; il devait être nouveau à Mørk, car cette voiture, ils ne l'avaient jamais vue. Ils s'en seraient souvenus, une voiture rouge vif avec un marteau jaune dessus. Le type était sûrement communiste.

Jim accompagna Tommy jusque chez lui, alors que sa mère les suivait du regard, debout sur le perron. Ils freinèrent, mirent pied à terre devant chez Tommy et garèrent leurs vélos contre les poubelles. Et juste derrière les poubelles se tenait le brigadier avec ses lunettes de soleil. Il décroisa lentement les bras et les laissa retomber contre ses flancs, prenant une pose de pistolero, les mains légèrement écartées des cuisses et l'index presque imperceptiblement pointé en avant de manière peu naturelle. Il souriait. Son pantalon était maintenu par une grosse ceinture avec une large boucle, et sur la boucle argentée on voyait une tête de mort avec deux yeux rouges en verre.

Quatre sacs de voyage étaient posés sur les dalles, devant les marches. Le plus gros était celui de Siri, celui de Tommy était un peu moins volumineux, et ceux des jumelles nettement plus petits, on aurait dit des sacs de poupée. Tous les quatre étaient pleins à craquer. Dans l'herbe, il y avait leurs sacoches d'écolier. Qu'est-ce qui se passe ? dit Tommy. Vous déménagez, dit le brigadier. On ne peut pas, c'est notre maison. Bien sûr que vous pouvez, pas question de vous laisser seuls, vous êtes incapables de prendre soin de vous. Si, on en est capables. Raconte pas de bêtises, d'ailleurs t'as pas voix au chapitre, t'as moins de seize ans. J'aurai seize ans dans peu de temps. T'en as treize, tu crois que je ne connais pas ton âge, t'es en première année de collège, tu me prends pour un con ? Il me reste que deux semaines de cours, après je me tire. Écoute, ça suffit maintenant, prenez vos sacs, et on s'en va. Enfin, pas vous deux, dit le brigadier à l'intention des jumelles. Vous, vous ramassez les vôtres et vous traversez la rue. Il fit un geste de la main, et Tommy se retourna. De l'autre côté de la rue, il vit M. et Mme Lien ; sur leur perron, ils observaient attentivement la scène, mais sans bouger. On en a discuté avec eux, et aussi avec les services de protection de l'enfance, et ils veulent bien vous prendre toutes les deux, dit le brigadier aux jumelles. Mais vous pouvez quand même pas leur faire cadeau de mes sœurs, dit Tommy. Du coin de l'œil il vit que le menuisier était descendu de voiture ; il fumait, appuyé contre le capot. Le hayon était ouvert ; à l'intérieur, on apercevait une boîte à outils et un empilement de planches, et le menuisier attendait, le regard dans le vague, laissant sa fumée s'envoler au soleil dans des volutes légères et translucides.

Les jumelles prirent leurs sacs et se mirent en marche. Attendez, les filles, dit Tommy. Elles s'arrêtèrent et se tournèrent vers lui en souriant. On te téléphonera, dirent-elles. Mais enfin, dit Tommy, personne n'a le téléphone ici, tout ça c'est un truc que vous avez vu dans les films, il n'y a qu'au cinéma que les gens se téléphonent. Elles haussèrent les épaules en faisant de drôles de grimaces identiques. Ça aussi, c'était un truc qu'elles avaient vu au cinéma ; il y avait un film avec deux jumelles qui faisaient ça, Tommy ne se rappelait plus lequel. Et elles se remirent en marche. Elles descendirent jusqu'à la rue, la traversèrent et remontèrent l'allée d'en face. Et quand elles arrivèrent sur le perron, M. et Mme Lien prirent chacun une jumelle par la main. Puis ils les emmenèrent à l'intérieur et fermèrent la porte.

C'est tout ce qu'on prend avec nous ? demanda Tommy. On a plein d'autres affaires. Mais le brigadier dit qu'ils devaient repartir de zéro dans un nouveau lieu ; d'après les services de protection de l'enfance il y avait eu trop d'histoires chez eux, et le lieutenant de gendarmerie était du même avis. Et du coup, les sacs, ça suffit largement, dit le brigadier. Non, ça ne suffit pas, dit Tommy. Et il s'élança vers la porte, l'ouvrit en grand et se précipita dans le séjour, où tout était propre et astiqué et bien rangé ; ils avaient fait ça le samedi précédent, quand Tommy avait commencé à se sentir mieux. Tout seuls, ils avaient rendu la maison agréable, Siri et lui ; ils avaient chassé l'odeur de tabac de toutes les pièces, nettoyé partout, fait à manger et surveillé les jumelles, et le soir ils avaient regardé la télé tous ensemble, et personne n'aurait pu être plus heureux. Et il grimpa l'escalier quatre à quatre, courut dans leur chambre et se glissa sous le lit, où la batte de base-ball avait retrouvé sa place. Et il prit un livre de John Steinbeck que Jim lui avait offert, mais qu'il n'avait pas encore lu. Puis il courut jusqu'à la fenêtre et cria à Siri, tu veux quelque chose? Mon journal, cria-t-elle. Il se dirigea vers le lit de sa sœur et souleva l'oreiller; il savait qu'elle le cachait là. Il aurait facilement pu le lire, mais il ne l'avait jamais fait. Puis il redescendit.

En voyant Tommy apparaître avec la batte de base-ball, le brigadier s'écria, non, non, mais ça va pas, t'es cinglé ou quoi? Mais Tommy refusa de s'en séparer et le brigadier ne voulut pas se battre, pas dans la rue où tout le monde les voyait, car il craignait de ne pas avoir le dessus. Tu crois que c'est une bonne idée d'emporter la batte? demanda Jim. Je ne sais pas, dit Tommy. Peut-être pas. Mais il ne la rendit pas pour autant. Allez, en voiture, dit le brigadier, et Siri y monta et Tommy dit à Jim, salut Jim, à demain. À demain, dit Jim, ne sois pas triste, Tommy. Je ne suis pas triste, répliqua Tommy, puis il monta lui aussi dans la voiture. Il tendit à Siri son journal, et elle le serra contre sa poitrine. Merci, dit-elle. On va où? demanda Tommy. À Mørk. On va rester ensemble, Siri et moi? T'es bête ou quoi? Bien sûr que vous n'allez pas rester ensemble, elle peut pas rester avec toi, t'as rien compris? dit le brigadier en embrayant. Et la voiture se mit à rouler, lentement d'abord, puis plus vite.

Deux ou trois cents mètres plus haut, ils virent Jonsen débouler de sa maison, il était balourd, c'était un spectacle inhabituel. Il courut jusque dans la rue et se planta au milieu de la chaussée, les mains sur les hanches. Le brigadier poussa un soupir et freina d'un coup sec. Puis il abaissa la vitre. Qu'est-ce qu'il y a? dit-il. Jonsen contourna la voiture; je suis bien obligé, pensa-t-il, je ne peux pas faire autrement. Et il se pencha, posa une main sur la portière et dit à travers la vitre ouverte, je prends Tommy avec moi. Quoi? dit le brigadier. Je prends Tommy avec moi. C'est impossible, on s'est déjà arrangés avec quelqu'un d'autre. Avec qui? Le brigadier prononça un nom. Il rougit. Quoi? dit Tommy sur le siège arrière. Non, ça ne va pas, dit Jonsen.

Le brigadier regardait droit devant lui à travers le pare-brise. Il prit une profonde inspiration, puis il expira lentement. Je sais, dit-il. Il se renversa en arrière et parut contempler le plafond de la voiture. Quelqu'un a le téléphone ici? demanda-t-il. Non, répondit Jonsen. Ah si, il y a Høiland, se reprit-il en montrant du doigt une maison de l'autre côté de la rue. Il vient de se le faire installer, et bientôt il y en aura d'autres, ils vont commencer à creuser, ajouta-t-il. Le brigadier secoua mollement la tête, il se sentit tout à coup épuisé, pourquoi était-ce à lui de s'occuper de tout ça? Poussant un soupir, il s'extirpa de son siège. Quel merdier, grommela-t-il. Sans couper le moteur, il laissa la voiture au milieu de la chaussée, la portière ouverte, et se dirigea vers la maison de Høiland. Tout en marchant, il rabaissa ses manches de chemise jusqu'aux poignets. Du coup, il ressemblait à quelqu'un d'autre, quelqu'un de plus familier; il était comme eux. D'ailleurs, Jonsen était allé à l'école avec son grand frère.

Tommy sortit de la voiture et regarda la maison où il avait toujours vécu. Le menuisier avait déjà cloué des planches sur une des fenêtres et il s'attaquait maintenant à une deuxième. La maison paraissait différente, aveugle, ce n'était plus un endroit où on pouvait vivre. Il sentit la nausée le gagner. Comme si on le faisait voltiger. Comme s'il tombait. Je tombe, pensa-t-il, c'est bizarre. J'ai la nausée. Il s'accroupit. Il se pencha en avant, posa ses mains sur le gravillon. Et il vomit. J'ai treize ans, pensa-t-il, cet automne j'en aurai quatorze. Mais il n'avait plus d'âge.

Il entendit les pas du brigadier, qui revenait de chez Høiland. Merde, dit le brigadier, puis il soupira à plusieurs reprises, comme il le faisait souvent; il ressentait un poids au cœur, ça ne le lâchait jamais. Tommy se redressa et fit le tour de la voiture. Jonsen était là. J'ai parlé au lieutenant de gendarmerie, dit le brigadier. Il dévisagea Tommy sans ciller. Puis il se tourna vers Jonsen. Il peut rester chez vous jusqu'à nouvel ordre. En attendant que les services de protection de l'enfance trouvent un autre endroit. Vous ne pourrez pas le garder, vous vivez seul, il doit aller dans une famille, c'est ce qu'ils ont décidé. Vous comprenez? Jonsen ne dit rien. Puis il dit d'accord. Tu peux prendre ton sac, dit le brigadier à Tommy. Tommy ouvrit le hayon de la voiture et en sortit son sac. Puis il revint, posa le sac par terre et ouvrit la portière arrière. Siri se pelotonnait dans un coin, serrant son journal contre sa poitrine. Il se pencha à l'intérieur. Ils échangèrent un regard. Salut, dit-il. Elle sourit. Elle peut rester avec moi chez Jonsen en attendant? dit-il à voix haute. Mais enfin, t'as toujours pas compris, elle ne peut pas rester avec toi, tu n'écoutes pas ce qu'on te dit? Ça va aller, Tommy, dit Siri, t'en fais pas pour moi. Tu en es sûre? dit Tommy. Tu sais chez qui tu dois aller? Oui, dit Siri, il me l'a dit juste avant que tu reviennes avec Jim. Je vais chez les Lydersen. Ah bon, dit Tommy, c'est qui? Je les connais pas, dit Siri. Tommy se redressa et posa une main sur le haut de la portière. À demain, Siri, dit-il. À demain, Tommy. Puis il claqua la portière, et le brigadier s'installa au volant. Il embraya, et la voiture se mit à rouler.

Viens, on va aller chez moi, dit Jonsen. Et Tommy ramassa son sac, puis ils remontèrent jusqu'à la maison.

TOMMY. 1966

Mørk, ça aurait pu être n'importe où. En Norvège, des centaines d'endroits s'appelaient Mørk, on pouvait le constater en consultant l'index de n'importe quel atlas. Pourtant, nous vivions bel et bien à Mørk ; il y avait peut-être d'autres patelins qui s'appelaient pareil, mais celui-ci était notre village. En réalité, nous habitions six kilomètres plus à l'est, au bout d'un chemin de terre où les maisons se succédaient pour former un petit hameau. Mais il fallait aller à Mørk pour tout. À Mørk il y avait une supérette et un moulin, à Mørk il y avait un garage et une station-service BP pour ceux qui avaient une bagnole, à Mørk il y avait une école pour ceux qui devaient y aller et une église pour ceux qui étaient chrétiens. Et des chrétiens, il y en avait plein. Moi aussi j'étais chrétien. Je me sentais chrétien. Peut-être pas aussi chrétien que Jim, d'accord. Sinon, j'aurais été quoi ? On ne pouvait pas être autre chose. Sur une échelle de un à dix, je devais me situer à six, peut-être à sept. Mais je ne passais pas mon temps à réfléchir à ça.

À Mørk il y avait aussi une gare, et les bonnes femmes disaient que c'était une malédiction. Pensez donc, avec toute cette racaille que le train nous amenait d'Oslo, des voleurs de voitures et des communistes et des garçons aux cheveux si longs qu'on aurait dit des filles, impossible de les distinguer les uns des autres. Il y avait un car scolaire qui nous emmenait à Mørk, mais il n'y avait pas de bus, ce qui était ennuyeux quand on avait de mauvaises jambes, quand on était vieux et qu'on manquait de souffle. Mais c'était comme ça depuis toujours. Et en s'armant de patience on pouvait toujours se rendre à Mørk à pied en un peu plus d'une heure. À moins d'être boiteux ou éclopé.

On pouvait aussi y aller à vélo, bien sûr, et c'était ce que nous faisions quand il y avait foot le soir ou un film au gymnase. Ou alors on y allait simplement pour traîner devant les pompes à essence de Lysbu, à discuter et à raconter des blagues. On y allait à vélo, Jim et moi, et Willy parfois, et on y était en un clin d'œil.

Jim et moi, on était tout le temps ensemble, c'était comme ça depuis toujours, on voyait rarement l'un sans l'autre. Quand Tommy se pointait, Jim n'était pas loin, et vice versa. Les vieux du hameau n'y comprenaient rien : on était si différents; le soir, derrière nos portes fermées, on menait des vies si différentes. Mais nos différences nous apportaient beaucoup. Qui se ressemble s'assemble, dit-on souvent; nous, on s'était aperçus que c'était faux.

Mon père avait disparu, plus personne ne l'avait revu. Quand on pense à sa jambe, c'est étrange qu'il ait pu se volatiliser comme ça. Pendant quinze jours on s'est débrouillés seuls, tous les quatre; Siri et moi, on s'occupait des jumelles. Puis je me suis installé chez Jonsen, en haut de la rue. On était amis depuis longtemps. Il était célibataire, il devait avoir l'âge de ma mère et il habitait la maison après celle de Jim. Je devais rester chez lui en attendant que les services de protection de l'enfance trouvent une autre solution. Mais ils n'en ont jamais trouvé, et le temps a passé.

Les jumelles sont restées chez les Lien, en face de notre ancienne maison. Le jour où on est partis tous les quatre, le brigadier de gendarmerie est venu dans sa Volvo, suivi d'un menuisier dans une fourgonnette communiste avec plein d'outils dans le coffre. Le menuisier a cloué des planches aux fenêtres, et il a mis une barre en fer et un cadenas à la porte. Personne ne nous avait prévenus ; presque toutes nos affaires étaient restées à l'intérieur.

Les Lien n'avaient pas d'enfants et ils étaient sans doute un peu vieux pour être parents d'accueil, mais je les aimais bien et ils me laissaient parler aux filles tous les jours, ils ne refusaient jamais. Parfois ils m'invitaient chez eux, et je m'asseyais sur le canapé, une petite sœur de chaque côté. Elles avaient six ans à l'époque et les mêmes couettes qui pointaient à l'horizontale au-dessus des oreilles ; seuls les nœuds étaient différents, rouges pour l'une et bleus pour l'autre. Et on regardait le film du lundi soir quand il n'était pas interdit aux enfants ; c'étaient de vieux films en noir et blanc avec Fred Astaire ou Cary Grant et parfois avec Humphrey Bogart, ils se passaient dans un monde qui n'avait rien à voir avec le nôtre, et les jumelles applaudissaient chaque fois qu'un homme embrassait une femme à l'écran. Et elles échangeaient des regards et riaient à en tomber par terre, mais elles ne comprenaient rien.

Siri habitait à Mørk, dans une famille que je n'aimais pas du tout. Eux, en tout cas, ils ne m'aimaient pas, ils disaient que j'avais une mauvaise influence sur elle. Et pas seulement sur elle, d'après certains. Je n'avais même pas le droit de m'approcher de la maison. Lydersen, ils s'appelaient ; quand je traversais la rue après la coopérative, prenais le passage entre le comptoir agricole et la maison de retraite et me pointais à la barrière en bois devant chez eux, le vieux sortait sur son perron et criait *va-t'en!*

Je n'ai jamais compris pourquoi les services de protection de l'enfance avaient décidé que c'était bon pour Siri de rester chez ces gens-là. C'étaient des chrétiens modèles, ce devait être la raison, et ceux qu'ils fréquentaient l'étaient tout autant; ils formaient une caste à part et n'adressaient la parole qu'à leurs semblables. Sauf quand ils ne pouvaient pas faire autrement. Ils avaient même changé Siri d'école; elle allait maintenant à Valmo, à dix kilomètres de Mørk, et prenait un autre car scolaire. Mais je la voyais quand même à peu près deux fois par semaine, le soir; tant qu'on était encore en été et qu'il faisait jour tard, on se planquait derrière la coopérative ou derrière le bureau de poste. Et après, quand l'automne est arrivé, je prenais mon vélo et j'allais à Mørk dans le noir et le froid. Et il y avait des gelées blanches, on s'en rendait compte en roulant sur le bitume; les pneus chantaient autrement qu'en été et les seules lumières qu'on voyait étaient celles des maisons au bord de la route et celles des fermes un peu plus haut, à la lisière de la forêt. Et l'obscurité n'en paraissait que plus dense.

Au moment d'arriver, je bifurquais vers la station-service de Lysbu, qui n'avait pas encore pris sa retraite, puis je garais mon vélo contre les pompes et j'attendais. Parfois, quand j'étais en avance, j'entrais bavarder un peu avec Lysbu, s'il était encore là. En général, il y était. Ça ne le dérangeait pas, il m'aimait bien, je crois, et il ne me posait jamais de questions. De toute façon, il savait pourquoi je venais si tard, et il trouvait ça normal; ce n'est que justice que vous puissiez vous retrouver, disait-il, vous êtes quand même frère et sœur. Et il n'en parlait à personne; pourquoi diable irais-je raconter ça, disait-il.

Quand je voyais Siri arriver par la petite rue et traverser au carrefour, je sortais. Je prenais mon vélo et le garais derrière la station-service, puis nous allions nous asseoir dans la pente qui descendait vers le lac, où personne ne pouvait nous voir. On n'a jamais eu de problèmes. Et puis, elle n'était quand même pas séquestrée.

SIRI. NOVEMBRE. 1967

Non. Je n'étais pas séquestrée. En cas de problème, j'avais la batte de base-ball que Tommy m'avait donnée; s'il le faut, tu t'en sers, m'avait-il dit, tu n'hésites pas une seconde, sinon tu ne sais pas ce qui peut t'arriver. Je l'avais cachée sous le lit, comme il le faisait à la maison quand nous y habitions tous ensemble. Mais ce n'était pas comme il l'imaginait. Je n'ai pas eu besoin de me défendre, pas de cette manière-là; Lydersen n'est jamais venu me surprendre sous la douche et il n'a jamais pénétré dans ma chambre au moment où je me mettais au lit. Mais Tommy voulait me protéger; le soir, quand il pensait que c'était nécessaire, il prenait son vélo et il venait me soutenir et me consoler. Or je m'en sortais très bien toute seule. J'en étais la première étonnée. À la maison, Tommy et moi, on s'était toujours serré les coudes.

On était assis chacun sur une pierre, derrière la coopérative. Un an avait passé, on était en automne et il faisait un froid de loup. On portait des vestes chaudes et des bonnets, j'avais commencé à fumer en cachette, et je mâchais des chewing-gums sur le chemin du retour. En soufflant de la fumée et de la buée de froid au-dessus du lac, j'ai annoncé :

— Quand j'aurai seize ans, je m'engagerai dans la marine marchande.

Ça l'a rendu tout triste :

— Mais avec qui je vais parler quand tu ne seras plus là ?

— Tu as Jim.

— C'est vrai. J'ai Jim, mais ce n'est pas ça que je voulais dire.

— Je sais.

— Ça me plaît d'avoir des sœurs.

— Je sais. Mais tu as les jumelles.

— Oui, mais elles ont leurs trucs à elles ; quand je passe devant chez Lien pour rentrer chez Jonsen, elles me sourient et me font signe de la main, elles me disent salut Tommy, puis elles retournent à leurs jeux bizarres auxquels je ne comprends rien. Et quand elles me disent salut, c'est comme si j'étais n'importe quel voisin, et elles rentrent en courant pour dîner. Même quand je suis là pour regarder un film avec elles, j'ai l'impression d'être un étranger. Mais elles vont bien. Je crois qu'elles ont oublié comment c'était à la maison, avec papa, comment c'était réellement. Elles ne se souviennent même pas de maman.

— Elles étaient si petites quand elle est partie. Moi aussi, je m'en souviens à peine.

— Bien sûr que tu t'en souviens.

— Oui, mais je ne veux pas.

— C'était en hiver. Juste avant Noël. Il y avait des tonnes de neige. Le car scolaire avait du mal à remonter la côte. Tu ne te rappelles pas ? On n'arrêtait pas de déblayer, tous les jours, pour dégager la porte.

— Non, je ne me rappelle pas.

— Moi je me souviens de tout, a dit Tommy. De tout.

Puis il s'est tu. Son silence s'est éternisé, et je ne voyais même pas son visage. Et comme il ne parlait pas, je n'ai pas soufflé mot non plus. Je ne savais pas quoi dire. J'attendais. Déjà il me faisait pitié, car je savais ce qu'il dirait quand il ouvrirait enfin la bouche. Et il m'a demandé :

— Comment tu vas t'en sortir sans moi ?

C'était bien ça.

— Je n'en sais rien, ai-je répondu avec circonspection. Je suppose que ça ira. Tu ne crois pas ?

Alors il a fondu en larmes. Il venait d'avoir quinze ans, et j'ai dit, allons, Tommy, allons, et j'ai mis mon bras autour de ses épaules, et je l'ai serré contre moi en répétant, allons, Tommy, qu'est-ce qu'il y a ? Mais il n'a pas voulu me répondre et on est restés là sans bouger. Je lui entourais les épaules avec mon bras, alors que ça aurait dû être le contraire ; c'était pour ça qu'il avait fait tout ce chemin pour venir me voir. C'était mon grand frère, c'était lui qui tenait le gouvernail et il ne fallait pas qu'il en soit autrement. Je ne l'avais jamais vu pleurer, croix de bois, croix de fer, et quand il a fini, il s'est levé en se raclant la gorge.

— Je suis crevé, a-t-il dit.

Et il a fait quelques pas, puis il s'est fondu dans l'obscurité. Je ne voyais plus son visage, je ne savais même pas quelle tête il faisait.

— Demain, je ne pourrai pas venir, a-t-il dit.

— Alors on se verra un autre jour, hein ?

— Mercredi, peut-être.

— D'accord. Mercredi. Je t'attendrai.

— D'accord.

Et il a continué à remonter la côte ; il ne m'a même pas attendue, alors que d'habitude on remontait main dans la main jusqu'à la coopérative, puis on traversait ensemble le carrefour et on se séparait devant la station-service. Et du coup j'ai dit :

— Sans toi ça va être difficile, Tommy. Peut-être que ça n'ira pas du tout.

Et j'étais certaine qu'il esquisserait un sourire, car c'était exactement ce qu'il voulait entendre. Et qu'il dirait, mais non, Siri, tu t'en sortiras, j'en suis sûr. Mais je ne l'ai pas vu sourire, et il n'a rien dit. Il a continué à grimper, puis il a tourné au coin de la coopérative pour se diriger vers la station-service, où Lysbu se tenait sans doute encore derrière le comptoir bien éclairé. Puis il a dû récupérer son vélo devant les pompes à essence, avant de se mettre à pédaler pour parcourir de nuit les six kilomètres qui l'attendaient. J'ai pris une autre Carlton sans filtre dans mon paquet de dix, et j'ai fumé ma cigarette jusqu'au bout avant de me lever et de remonter la côte. Je voyais parfaitement dans le noir maintenant, je distinguais chaque arbre, chaque pierre. Et quand j'ai débouché dans la lumière, sous les réverbères du carrefour, j'ai dû fermer les yeux.

JIM. SEPTEMBRE. 2006

Jim dormait d'un sommeil agité. Cherchant une position où son corps trouverait le repos, il se retournait comme un chien dans son panier. Il pleurait, mais il n'en était pas conscient. Au fond de son sommeil, il allait mourir, il était au désespoir ; il essayait de lui faire comprendre qu'il allait mourir, de lui expliquer pourquoi, et elle en fut si triste qu'il se sentit presque consolé. Comme si elle était plus affectée que lui par sa mort future. Mais il ignorait pourquoi il allait mourir, et il était inconsolable. Il était seul. Lui seul allait mourir. Et il savait qu'un jour elle surmonterait son deuil. En peu de temps, à la surprise de tous, elle aurait pris du recul, oublié sa peine, elle l'aurait enfouie en elle comme un objet aussi menu qu'un bouton de chemise.

À son réveil, il allait toujours mourir. C'était fini. Tout était fini. L'avenir n'était plus que des miettes ; il les avait balayées de la table de cuisine, puis il en avait rempli deux seaux qu'il avait déversés au pied de la haie. Il avait mis son existence en berne. Le haut de son crâne atteignait péniblement le niveau de ses hanches. Il se traînait à genoux. Sa croix lui pesait et lui écorchait l'épaule. J'ai soif, pensa-t-il, mais on ne me donne à boire que du vinaigre.

Il ouvrit les yeux et fixa le plafond. Dans son rêve, il était encore à Mørk. Oh mon Dieu, pensa-t-il. L'école du dimanche, le petit pavillon jaune près de la rivière, la Grondeuse, on l'appelait, car au printemps on l'entendait gronder et bourdonner à travers les fenêtres fermées. Quand on avait un peu de bon sens, on se précipitait dehors pour la voir enfler ; les gens pataugeaient dans les tourbillons, l'eau leur arrivait jusqu'en haut des bottes, et le courant leur caressait les paumes avec une douceur si violente qu'ils devaient lutter pour garder leurs mains immobiles.

Sa mère lui avait dit que ces deux heures du dimanche matin lui seraient d'un grand profit ; plus tard, quand il penserait à cette salle mal éclairée avec ses chaises en demi-cercle face au mur, quand il penserait à la Grondeuse sortant de son lit au-delà du même mur, il en tirerait un grand réconfort. Et elle n'avait peut-être pas tort. Pourtant, Tommy n'allait pas à l'école du dimanche, son père était contre. Son père disait que Jésus et tout ça, c'était du baratin.

À l'école du dimanche, il y avait un tableau de feutre à trois pieds, avec ses palmiers, ses croissants de lune et ses disciples en feutre. Dans la boîte rangée en dessous, le Bon Samaritain se tenait prêt à entrer en scène, et il y avait aussi Lazare qui sortait de son tombeau, frais comme un gardon, et Jésus qui entrait dans Jérusalem, foulant les rameaux en feutre que l'immense foule posait devant l'âne en feutre qu'il chevauchait. Car il était le roi des Juifs. Il était le fils de David. Descendant du mont des Oliviers, il avançait dignement sur son âne, tournant le dos à Jéricho.

Et il se dirigeait lentement vers Gethsémani, ses oliviers noueux et ses fiers cyprès en feutre. Gethsémani, où des événements décisifs allaient bientôt se produire. Et il continuait ensuite vers les murailles et la porte des Lions, ou la porte de Damas, ou une autre porte qui ne s'appelait pas pareil, mais qui se trouvait dans le même quartier. Si ces portes existaient à l'époque. Et le pire n'allait pas tarder à arriver. Quelques jours plus tard il allait s'effondrer. Puis il gravirait la Via Dolorosa en s'écorchant les genoux sur les pierres, et le baiser de Judas lui brûlerait la joue et la lourde croix lui blesserait l'épaule. Et tout ça pour trente malheureux deniers : je ne vaux donc pas davantage, devait-il penser. Mon Dieu, que ma volonté ne se fasse pas, mais la tienne, avait-il dit à son père la nuit précédente, car Jésus n'avait pas décidé tout seul de parcourir à genoux le dur chemin de pierres. Et la peur le tenaillait, bien sûr, et Jim s'envolait à travers son propre rêve, les yeux ouverts, et un homme accourut pour soulager Jésus de son fardeau en lui ôtant sa croix de l'épaule; peut-être même lui proposa-t-il de la porter à sa place pendant un bout de chemin. Et celui qui s'empara de la croix s'appelait Simon de Cyrène. Il était père d'Alexandre et de Rufus, est-il écrit, mais qui se souciait d'eux, qu'avaient-ils fait pour figurer dans le plus grand des livres? Tu dois te rendre digne, c'est ça le fond de la question, pensa Jim. Tu dois te rendre digne, sinon, rien n'est mesurable, tout est flou. Mais peut-être étaient-ils amis, Simon et Jésus, peut-être Jésus avait-il donné un coup de main à Simon, peut-être même avait-il accompli un miracle rien que pour lui; on pouvait imaginer qu'ils se soutenaient comme Jim et Tommy s'étaient toujours soutenus, assis derrière le moulin ou allongés sur le dos dans le vallon où personne ne les voyait, jusqu'à l'âge de dix-huit ans.

Mais il n'en fut pas ainsi. Le fameux Simon n'aida personne de son plein gré. Les soldats d'occupation durent le forcer à soulever la croix, *at gunpoint*, pour ainsi dire, ou plutôt en lui mettant une épée sur la gorge, car Jésus devait arriver vivant au sommet de la colline du Crâne, du Golgotha, du Calvaire, pour y être cloué sur la croix entre les deux brigands, et non pas périr en chemin. Et Simon de Cyrène ne faisait même pas partie des disciples, des douze élus, il ne s'appelait pas Simon-Pierre et n'était pas pêcheur. Il venait de la campagne, et les gens qui venaient de la campagne, qui venaient de Mørk et d'endroits pareils, étaient des gens flegmatiques et lents ; ils ne se révoltaient jamais et ne prenaient aucun risque, du moins quand ils pouvaient l'éviter sans se départir de leur honneur. Et même leur honneur, ils étaient prêts à le sacrifier. Si bien qu'il fallait les forcer ; il en avait toujours été ainsi, il fallait manier la carotte et le bâton.

À un moment, il avait dû quitter le canapé pour s'allonger sur le lit. La chambre sentait le renfermé et le tabac, et ses propres cigarettes n'étaient pas seules en cause ; l'air était si compact qu'il semblait pousser les murs et le plafond. Il se redressa, la bouche sèche, puis il posa maladroitement les pieds sur la moquette, traversa le séjour et se dirigea vers la porte-fenêtre du balcon. À l'extérieur, l'air frais se massait contre la vitre ; dès l'ouverture de la fenêtre, le froid s'engouffra à l'intérieur et la fumée s'échappa. Pendant un bref instant, son corps fut enveloppé de courants d'air ; il dut de nouveau se réfugier dans son lit et se glisser sous la couette. La matinée était déjà bien avancée, mais l'odeur d'un corps étranger persistait entre les draps. Et sur l'oreiller traînaient des cheveux étrangers. Il avait craint de trouver cela désagréable, mais ce ne fut pas le cas. Au contraire. Il resta allongé sur le dos, à contempler le plafond. Il tenta de se rappeler comment elle s'appelait, mais son nom s'était effacé de sa mémoire. Peut-être n'avait-il jamais été prononcé. Ce serait surprenant, pourtant, il avait dû se présenter ; Jim, avait-il certainement dit, lui serrant la main en s'inclinant un peu trop cérémonieusement, comme il le faisait parfois après un double whisky. Il referma les yeux. Le bar de l'hôtel Olavsgaard. Le grand hôtel ressemblant à un château de dessin animé trônant au sommet d'une colline déserte et ventée. Il se trouvait au bord de l'autoroute, à la sortie de la ville nouvelle, surplombant une des trois rivières qui s'écoulaient paresseusement vers le grand lac. Le gros bourg avait récemment gagné le statut de ville, et l'hôtel avait une réputation assez douteuse, du moins le bar du rez-de-chaussée ; il était rare d'en revenir bredouille, disait-on, et il l'y avait rencontrée la veille. Il se rappelait parfaitement qu'ils étaient partis ensemble.

Il avait la cinquantaine bien sonnée. Depuis six mois, il courait pourtant les bars et les restaurants au moins deux fois par semaine. Il y pénétrait, regardait autour de lui, se demandait où il allait passer la nuit, et il se retrouvait en général dans le lit d'une femme qu'il ne connaissait ni d'Ève ni d'Adam et dont le mari était en déplacement. Ce pouvait être un chauffeur de poids lourd en route vers Hambourg, ou un type qui travaillait sur une plateforme pétrolière de la mer du Nord. Ou alors la dame était *single*, comme on disait, pas célibataire, mais *single*. Une fois, il s'était réveillé à Hemnes, au sud de Høland, en compagnie d'une personne avec qui il avait pu avoir une conversation, ce qui l'avait beaucoup surpris. Il ne l'avait pas revue, et il n'avait jamais pu retrouver la maison où elle habitait.

Il avait essayé, pourtant, mais la villa semblait s'être volatilisée.

Allongé sous la couette, les mains sous la nuque, il contemplait le plafond. Puis il ferma les yeux. Je finirai par me le rappeler, se dit-il. Sinon, je pourrai toujours appeler l'hôtel. Et puis non, je ferais mieux de retourner à Hemnes et continuer mes recherches. Au fait, il y a combien de maisons à Hemnes? Là-dessus, il se rendormit. Puis il se réveilla de nouveau, et cette femme de Høland lui revint encore à l'esprit; c'était à elle qu'il avait tenté d'expliquer qu'il allait mourir, ce devait être un signe. Et cet homme aperçu le matin même dans Herregårdsveien, pourquoi s'était-il mis dans la tête que c'était son père? Quand le souvenir de votre père surgit, c'est généralement un homme jeune que vous voyez, un homme encore beau, dont le visage s'est gravé dans votre mémoire. Un homme dont l'image est physiquement présente dans votre cerveau, à tel point qu'elle serait visible sur une radiographie, cela, il en était persuadé. Si rien n'est venu perturber l'ordre des choses, si cet homme est encore parmi nous, il aura pourtant vieilli, ce sera un homme marqué par les épreuves subies, par le poids des ans. Mais un beau jour cet homme a disparu. Peut-être s'est-il engagé dans la marine marchande; la dernière fois qu'on l'a aperçu, c'était sur un autre continent, à Shanghai ou à Port-Saïd, alors qu'il tournait au coin d'un entrepôt sur les quais. À moins qu'il ne soit mort dans un grave accident, dans une collision à cent à l'heure sur l'E6, entre Jessheim et Kløfta; ambulances et flashes de photographes, voitures de police et hordes de journalistes envahissant la région. Inévitablement, la vie du garçon avait été bouleversée, il s'était retrouvé seul, les mains vides et endolories, privé d'idéal masculin : un joueur de football, un skieur de fond, les jambes bien plantées au sol, ne baissant jamais les yeux, regardant fièrement les gens en face. Cet homme était mort, il n'était plus qu'une légende à laquelle il était difficile de se mesurer. Sous une forme ou une autre, il continuait pourtant de vivre dans l'esprit du garçon, et il surgissait parfois de manière inattendue. Comme ce matin, dans la descente de Herregårdsveien. Mais aucune image ne s'était gravée dans l'esprit de Jim ; sur la radio de son cerveau, on ne verrait rien. En lui, tout était demeuré vierge. Il n'avait jamais connu ce père-là, ni aucun autre père, et ce vide avait certainement fait de lui un être faible, un être efféminé. D'autant qu'il avait grandi sans frères et sœurs, avec une femme comme seul modèle. Une femme qui affichait publiquement sa foi, qui militait au Parti chrétien populaire, qui figurait en bonne place sur la liste de son parti aux élections municipales et qui enseignait justement la religion à l'école qu'il se voyait obligé de fréquenter.

Pour qui éprouver du regret ? Était-il possible d'éprouver du regret pour quelqu'un qu'on n'avait jamais connu, pour quelqu'un qui n'avait même pas laissé un vide, une empreinte visible ? Cette sensation, était-ce la sensation d'un manque ? On voyait bien que Tommy possédait quelque chose qui faisait défaut à Jim. Le père de Tommy ne passait pas inaperçu ; les femmes étaient nombreuses à le regarder tous les jours, quand il courait en soulevant les poubelles, et les hommes étaient nombreux à participer à ses jeux de force. D'un autre côté, Tommy recevait souvent des raclées, ce qui n'avait rien d'enviable. Jim n'avait jamais reçu de raclées, pas encore ; sa mère n'était pas du genre à le frapper, elle était contre les punitions corporelles. Elle se refusait à châtier son fils.

Il s'extirpa de son lit et alla dans la cuisine. Au-dessus de la porte, l'horloge pendait comme une méduse gélatineuse et turgescente. Seigneur, je dois vraiment aller mal, dit-il en tournant les talons. Puis il courut dans la salle de bains, se réfugia sous la douche et laissa l'eau glacée lui cingler le crâne pendant trois minutes. Il regarda de nouveau l'horloge ; ce n'était pas la même, et elle affichait une heure bien plus avancée que celle de la cuisine. À travers le rideau, elle ressemblait à la montre molle de Dalí, et elle surplombait la glace où il se voyait tous les matins alors qu'il s'apprêtait à affronter la vie, le rasoir électrique à la main quand il n'allait pas pêcher au pont. Il ne devait plus avoir d'alcool dans le sang ; peut-être l'avait-il déjà évacué avant de rentrer. Si on l'avait arrêté, il ne se serait donc pas vu retirer des points en plein milieu de la forêt d'Enebakk ou sur le chemin de Hauketo. Il se précipita dans l'entrée et enfila son vieux caban, qu'il boutonna non sans mal avant de le déboutonner aussitôt. Bon Dieu, s'exclama-t-il, ça sent le poisson, faudrait pas le laisser là avec les vêtements de ville. Et il décrocha un trois-quarts gris, anonyme et propre, qu'il n'avait mis que deux fois. Puis il sortit sur le palier, descendit l'escalier quatre à quatre jusqu'au deuxième sous-sol, s'installa au volant, remonta à la lumière du jour et fila en direction de Lillestrøm en dévalant les pentes qui se succédaient jusqu'à l'une des trois rivières. Il était déjà tard.

Il trouva une place sur le parking de la gare ; c'était vingt-cinq couronnes pour vingt-quatre heures, il n'y avait pas moins cher. Puis il longea les rails et fit le tour de l'immeuble en brique où se trouvait le club de gym ; à travers les fenêtres, on apercevait des corps en combinaison moulante qui suaient sur des vélos fixes. Il pénétra dans le hall de la gare, passa devant le kiosque à journaux, monta au quai 8, continua jusqu'au quai 1, passa devant un deuxième kiosque situé à l'extrémité du quai et prit la sortie vers le centre-ville.

Après avoir tourné à gauche près du centre d'art contemporain, il remonta la grand-rue. Le temps était frisquet, il faisait toujours plus froid à Lillestrøm, le vent y soufflait plus fort que partout ailleurs dans la région, un vent humide, poisseux, qui vous collait à la peau.

Il franchit la porte à tambour du centre commercial. Au lieu de prendre l'allée où les boutiques se succédaient à gauche et à droite, il s'arrêta devant l'accès aux escaliers et aux ascenseurs. Il resta un moment immobile. Caisse d'assurance maladie, 2e étage, annonçait une plaque. Il va bien falloir que j'y monte, se dit-il, je n'ai pas le choix. Il jeta un œil à sa montre. Il lui restait un quart d'heure. Il prit l'escalier mécanique jusqu'au sous-sol. Le café était ouvert. Il commanda une viennoiserie qu'il mangea au comptoir tout en surveillant l'heure. Plus que cinq minutes. Il remonta au rez-de-chaussée, se dirigea vers les ascenseurs et appuya sur le bouton, mais la cabine était déjà là. Arrivé au deuxième étage, il n'eut aucun mal à trouver la porte ; il y était déjà venu plusieurs fois. Il entra sans frapper.

TOMMY. JIM. 1970

Il était minuit passé. On n'était déjà plus jeudi, mais vendredi. Au carrefour, ils avaient bifurqué devant la rampe de collecte de lait qui était là depuis la nuit des temps, et ils avaient pris le chemin de terre. Ils rentraient d'une fête chez Willy. Willy avait quitté le hameau ; il vivait près de Mørk maintenant, dans une maison isolée au milieu d'une lande. C'était juste une lande, pas un champ, ni même un pré ; bizarrement, personne n'avait eu l'idée de labourer la terre à cet endroit. Willy avait deux parents. Plus jeunes, Jim et Tommy avaient trouvé cela original, du moins de cette façon chronique. Puis ils avaient fini par comprendre que la plupart des gens en avaient deux de manière permanente. Jim n'en avait toujours qu'un seul, et Tommy n'en avait plus aucun. Il avait Jonsen, mais Jonsen aussi était seul. C'était pourtant grâce à lui que Tommy se tenait à carreau, ce qui n'était pas si difficile, en fin de compte. À présent, Jim et Tommy marchaient côte à côte dans la nuit, et ils étaient légèrement soûls. Pas très, juste un peu. Et à force de marcher ils commençaient à dessoûler ; leur ébriété s'évaporait, se volatilisait, elle flottait parmi les arbres comme de la charpie mouillée, et il devenait moins compliqué de suivre une ligne droite. On était en mai, ils voyaient bien le chemin, mais le jour était encore loin. Si on avait attendu quelqu'un dans la nuit, au coin de la maison – quelqu'un qu'on aurait aimé depuis toujours et qui serait venu à travers la forêt – on ne l'aurait vu qu'au moment où il aurait été tout près. Mais maintenant ils étaient presque arrivés. Dans un kilomètre, ou à peine, ils apercevraient la maison de Sletten, à l'entrée du hameau. Ils verraient la lumière de la lampe au-dessus de sa porte, puis il y aurait un tournant, et la lumière disparaîtrait. Et ensuite il y aurait une autre lumière.

Chez Willy, la bière avait coulé à flots et on s'était disputés au sujet des disques à passer. Et il y avait ces types qui étaient venus de Valmo ; ils avaient de l'alcool dans des flasques en métal que leurs pères avaient glissées dans leurs poches au moment du départ, en cachette de leurs mères. À Valmo, c'était comme ça. Il faut jeter sa gourme, disaient les pères, la jeunesse, c'est fait pour ça. Mais le couteau, vous le laisserez à la maison. De toute façon, jamais leurs fils n'auraient eu l'idée de prendre un couteau. Le temps où on se promenait avec un couteau, c'était fini ; c'était comme le tango et les bals en plein air. Mais il y avait quand même eu du grabuge et un vase cassé, un vase ancien au décor chinois auquel la mère de Willy tenait beaucoup. Et Willy, qui était soûl comme une grive, s'était mis à chialer. Je ne serai jamais comme vous, avait-il sangloté, et Jim lui avait dit que ce n'était pas grave, de toute manière, ce n'était pas vraiment souhaitable. Et des types avaient failli se battre, et Tommy s'était interposé ; pour les séparer, il avait presque dû les soulever. Et puis, sans filles, ce n'était pas une vraie fête. Où étaient les filles ? Où était Unni, de la coopérative ? Elle était pourtant avec eux tout le temps, et Tommy aurait bien aimé sortir avec elle, tout le monde le savait. Et Tone, du lycée ? Et Reidun ? Il pensait à quoi, Willy ? Minuit avait sonné, et Jim et Tommy avaient échangé un regard. Puis ils avaient hoché la tête et ils étaient partis.

Ils restèrent quelques minutes sur le perron, dans l'air tiède. Il faisait nuit, on était début mai et le temps était particulièrement doux ; il n'avait pas plu depuis une semaine. Jim tenta de se rouler une cigarette, mais il n'y parvint pas. Le tabac lui échappait des doigts et le papier voletait comme un papillon dans la lumière jaune de la lampe au globe taché qui surplombait la porte.

— Putain, j'y arrive pas, dit-il.

Et il éclata de rire.

— J'y arrive pas, s'esclaffa-t-il en recommençant vainement. Putain de merde.

— Donne-moi le paquet, dit Tommy.

Mais il n'eut pas plus de succès. Il ne fumait pas, mais il se débrouillait bien pour rouler les clopes ; il en roulait souvent pour Jim et elles étaient toujours parfaites. Mais là, il n'y avait rien à faire.

— Merde, j'y arrive pas non plus, dit-il.

Puis il éclata de rire, lui aussi :

— Pourquoi je n'y arrive pas ?

Il finit par y renoncer :

— Allez, on se tire. Tu fumeras demain.

D'un pas incertain, ils descendirent les marches et s'engagèrent sur la nationale. Et maintenant ils étaient presque arrivés ; bientôt ils seraient à la maison, ils apercevaient déjà la lampe de Sletten entre les arbres.

Au bord de la route s'ouvrait la tranchée où les télécoms allaient enfouir les câbles qui amèneraient enfin le téléphone dans le hameau. Sous les bouleaux était garée une pelleteuse des vénérables usines Brøyt ; vide et immobile, les articulations raidies, sa pelle reposant dans l'herbe, elle était abandonnée à sa solitude. Mais la Brøyt ne pouvait accéder partout, et des pioches étaient appuyées contre les parois de la tranchée ; on semblait les avoir oubliées, mais leur lame rectangulaire et leur pointe acérée étaient bien utiles pour creuser un sol plein de pierres et de cailloux, comme celui de la région. Et il y avait aussi des pelles et des racloirs qui se morfondaient en attendant les gars des télécoms. Ils seraient là dans quelques heures ; ils commençaient aux aurores tous les matins, et ils chantaient en dévidant les câbles de l'énorme bobine à l'arrière de leur camion. Et quand on attendait le car scolaire, ça faisait plaisir de les entendre ; tout le monde se demandait comment des gens qui ne savaient pas chanter y arrivaient quand même lorsqu'ils chantaient en chœur. Il y en avait un qui se lançait, puis les autres se joignaient à lui.

Ils longèrent la tranchée jusqu'à l'endroit où les ouvriers s'étaient arrêtés la veille. La maison de Sletten se trouvait à une trentaine de mètres seulement, et sa lampe éclairait la tranchée d'une lumière blanche. Partout ailleurs, l'air était gris et granuleux, comme parsemé de grains de poivre ; l'aube était encore loin. La tranchée était étroite, aucune pelleteuse ne pouvait y accéder, et pioches, racloirs et pelles reposaient contre les parois ; ici, tout devait se faire manuellement. Tommy et Jim s'avancèrent au bord. Les parois étaient luisantes. Tommy se tourna vers Jim :

— T'es encore soûl ?

— Je ne crois pas. Je ne me sens pas soûl.

— Moi non plus.

Tommy se tourna de nouveau vers la tranchée.

— Allez, qu'est-ce qu'on attend ? dit-il en s'accroupissant.

Il posa une main par terre et se laissa tomber au fond. Quand il se redressa, le bord lui arrivait à la hauteur de la poitrine. Il leva la tête vers Jim en rigolant :

— Je suis peut-être un peu soûl quand même.

— Peut-être un peu, dit Jim en riant lui aussi.

Imitant Tommy, il atterrit au fond de la tranchée dans un bruit sourd, les genoux pliés. Les parois étaient humides de rosée. Quand on y passait la main, des cailloux et de la terre y restaient collés.

— On s'y met? dit Tommy.

— Absolument, dit Jim.

Tommy s'empara d'une pioche. Jambes écartées, il se campa face à l'extrémité de la tranchée et leva la pioche au-dessus de sa tête, la lame en avant. Derrière lui, Jim se tenait prêt, un racloir à la main. D'un mouvement circulaire, Tommy enfonça sa pioche dans la terre, et les mottes et les cailloux se mirent à dégringoler et à s'accumuler entre ses jambes. Il donna un deuxième coup, puis un troisième, et ça dégringola de plus belle; il creusa jusqu'au fond, où un tas de cailloux et de grosses pierres était en train de se former. Puis il recommença; au bout de dix ou onze coups, le tas était déjà gros. Pour éviter de prendre un coup de pioche, Jim se tenait un peu en retrait; dès que Tommy s'arrêtait pour se reposer, il s'approchait avec le racloir, et il tirait le déblai vers lui pour dégager le fond. Il grattait bien au pied des parois, rendant la tranchée lisse et propre, et le résultat était beau à voir. Et ils prirent chacun une pelle et commencèrent à balancer la terre par-dessus le bord. Les parois étaient hautes, et ils se fatiguèrent vite. Mais ils ne se découragèrent pas et finirent par trouver le bon rythme; en fait, le rythme naissait de leur travail, il se matérialisait à travers le mouvement de leurs bras et de leurs mains. Et ils le sentaient venir et s'abandonnaient à lui. À chaque coup, leur corps décrivait un quart de cercle ; ils enfonçaient la pelle dans la terre, puis ils effectuaient une rotation de quatre-vingt-dix degrés et levaient les bras pour faire passer la pelle en un seul mouvement par-dessus le bord. Et elle s'y immobilisait, laissant tomber son contenu. Grâce à son poids et à sa vitesse propre, la pelle faisait la moitié du travail, et leurs hanches faisaient le reste. Et ce savoir-faire leur venait de leurs gestes, il n'était pas stocké dans un coin de leur cerveau depuis leur naissance. Et chaque coup de pelle, chaque rotation de la hanche répartissait le poids sur les différentes parties de leur corps ; aucune partie ne travaillait seule et ils n'avaient plus envie de s'arrêter.

— Ça va ? demanda Tommy. Tu peux continuer ?

— Si toi tu peux, moi aussi.

Tommy éclata de rire :

— C'est le pied, hein ?

Puis :

— Tu vois des lumières aux fenêtres ?

Jim jeta un regard par-dessus le bord de la tranchée. Il tourna la tête à droite et à gauche, mais tout était noir ; seules les lampes au-dessus des portes d'entrée étaient allumées.

— Non, dit-il.

— Super, dit Tommy en s'emparant à nouveau de sa pioche.

Et la terre et les cailloux dégringolaient, et les pierres roulaient entre ses jambes, et il balançait encore sa pioche, incapable de s'arrêter, et ses hanches se pliaient et se redressaient comme s'il y avait un roulement à billes à l'intérieur ; elles se pliaient et se redressaient, et les cailloux dégringolaient par paquets entiers entre ses jambes, et les pierres roulaient, et ses hanches se pliaient et se redressaient, et Jim passait derrière lui pour déblayer avec des gestes longs et continus, et la terre finissait par former un gros tas, et il se servait de ses bras et de ses épaules, et aussi de son dos, et il raclait le fond et les parois, et tous deux envoyaient la terre par-dessus le bord dans des mouvements circulaires de plus en plus larges, et ils plantaient déjà leurs outils dans le déblai alors que la pelletée précédente avait à peine atterri. Puis, tout d'un coup, Jim se redressa :

— Si on chantait, comme les mecs des télécoms ?

— Ne t'arrête pas, dit Tommy, ça va casser le rythme.

Et Jim planta sa pelle dans les cailloux et, tout en continuant d'évacuer la terre et les gravillons, il dit :

— Ça aurait été pas mal, pourtant.

— Ça pourrait réveiller les gens.

— On n'a pas besoin de chanter fort, c'est juste pour accompagner le travail. Et puis, on est au fond d'une tranchée, personne ne nous entendra.

— Bon, d'accord, dit Tommy. Mais il faut que ce soit une chanson qui aille avec ce qu'on fait, sinon ça va foutre le bordel et on va perdre le rythme.

Et ils réfléchirent en continuant de travailler. Ils plièrent les hanches, enfoncèrent leurs pelles dans le déblai et se redressèrent pour les soulever dans un large mouvement circulaire. Et tout en évacuant la terre, ils cherchèrent une chanson qui pourrait convenir. Ils en essayèrent plusieurs des Beatles et une de The Hollies, mais leur rythme n'était pas bon. Et Tommy finit par dire :

— Non, ça ne va pas, ça fout la merde.

— T'as peut-être raison, dit Jim.

Et puis, tout d'un coup :

— Mais écoute-moi ça.

Et il se mit à chanter :

Et partout où tu vas, en plaine ou en montagne,
Par un jour en hiver ou un soir en été,

et il enfonça sa pelle dans la terre, puis il fit un quart de tour, l'outil à la hauteur de sa hanche, et il en balança le contenu par-dessus le bord. En chantant assez lentement, le rythme était bon. Mais Tommy dit :

— On peut quand même pas chanter *La Norvège en rouge, blanc et bleu.* Tu te rends compte, si on nous entendait, la honte !

— On ne risque pas de nous entendre, répondit Jim, on chante au fond d'une tranchée.

Et ils chantèrent *La Norvège en rouge, blanc et bleu,* à mi-voix, mais assez fort pour accompagner leurs gestes. Et, finalement, ce n'était pas la honte.

Ils étaient épuisés. Incapables de donner un coup de pelle de plus, incapables de soulever encore une pioche. Ils avaient les genoux flageolants et tenaient à peine debout. Le corps raidi, ils quittèrent maladroitement la tranchée et s'assirent sur le bord, les jambes pendantes. Et ils contemplèrent leur ouvrage. Ils respiraient rapidement, par saccades ; il faisait jour, mais ils ne voyaient personne dehors. On ne les avait pas entendus. Chez Sletten, la lumière était allumée dans la cuisine. Jim sortit son paquet de tabac et se roula une cigarette. Ses mains tremblaient, mais il y arriva sans difficulté. Il l'alluma, inhala un bon coup et souffla la fumée, l'air ravi. Tommy le regarda en souriant.

— Si j'avais été fumeur, je m'en serais allumé une moi aussi, tellement tu as l'air content.

Jim éclata de rire :

— On a creusé combien de mètres ?

— Voyons ça.

Tommy se redressa péniblement.

— Je suis complètement rouillé, dit-il en se dirigeant à petits pas vers l'endroit où ils avaient pris le relais des ouvriers des télécoms.

Puis il mesura la distance jusqu'au point où ils s'étaient arrêtés de creuser.

— Ça doit faire cinq mètres, annonça-t-il. Pas moins, en tout cas.

Ça pouvait sembler peu, mais c'était beaucoup, et Tommy en était tout fier :

— Pas mal. On est des héros du travail. On mériterait une médaille.

— En Union soviétique, on donnait des médailles aux ouvriers quand ils travaillaient bien, dit Jim. Dans les années trente, en tout cas. Les meilleurs recevaient un prix. Le prix Stakhanov, il s'appelait.

— Comment tu sais ça ?

— Je sais pas mal de choses.

— C'est vrai, tu sais pas mal de choses. Mais on est contre l'Union soviétique, non ? Depuis ce qui s'est passé il y a deux ans.

— Ça, c'est sûr.

— Alors, les médailles, on s'en fout.

Ils entendirent soudain le bruit d'un moteur diesel. Jim regarda sa montre, se redressa et jeta son mégot dans la tranchée :

— Allez, Tommy, on se tire.

Et Tommy se releva, et ils eurent juste le temps de filer avant de voir approcher la voiture des ouvriers. Ils contournèrent la maison de Sletten, puis ils longèrent la rangée de pavillons par l'arrière : les séjours donnaient de ce côté-là, et les remises à bois s'y trouvaient, et il y avait aussi des serres aux vitres brisées, et les séjours étaient encore déserts ; si des gens étaient debout, ils devaient être dans la cuisine. Ils passèrent entre les potagers et le vallon ; au-delà des prés, ils aperçurent Birkelunden et l'étang où Lobo avait failli se noyer. Lobo était mort maintenant. Le vétérinaire de Mørk était venu le piquer. Il souffre, avait-il dit, ça n'a que trop duré, j'aurais dû venir plus tôt. Et il n'avait pas tort, car Lobo ne pouvait plus marcher, il arrivait à peine à se mettre debout pour manger. Et il n'y avait pas d'autre solution. Mais tout ça était déjà loin.

— Tu te souviens de Lobo ? demanda Jim.

— Bien sûr que je m'en souviens, dit Tommy.

— Je me rappelle quand tu l'as sauvé de la noyade dans l'étang de Bjørkerud. Tout le monde en parlait. Ta mère était là. Les gens se demandaient pourquoi elle n'avait pas essayé de le sauver. Pourquoi c'était toi qui avais dû plonger dans l'étang.

— Ma mère ne savait pas nager.

— Mais un adulte devait y avoir pied.

— Je sais.

— Toi, tu n'avais que dix ans. Tu n'avais pas pied, tu as dû nager.

— Je sais.

— Je sais que tu sais. J'aurais mieux fait de me taire.

— C'est pas grave.

Ils arrivèrent au bout de la rangée de pavillons. Ils n'avaient rien prévu, rien décidé à l'avance, ils rentraient seulement d'une fête chez Willy, et ils se retrouvèrent tout à coup devant l'ancienne maison des Berggren. Devant la façade arrière. Aux fenêtres, il y avait toujours les planches clouées par le menuisier. Celui de la voiture rouge au marteau jaune. À leur connaissance, personne n'avait tenté d'y entrer depuis ce jour-là. Jonsen habitait à quelques centaines de mètres seulement, mais Tommy n'était jamais retourné sur les lieux de son enfance; cela faisait quatre ans qu'il n'était pas passé devant la maison où il avait vécu. Et quand il l'apercevait à travers la vitre du car scolaire, il détournait la tête.

De l'extrémité du pré, ils se frayèrent un chemin à travers les broussailles, et ils se retrouvèrent sur le dallage, à l'arrière de la maison. La vieille chaise où le père de Tommy s'installait pour fumer traînait toujours là, mais elle ne donnait plus envie de s'y asseoir. Ils s'approchèrent des fenêtres. Les planches étaient pourries et fendillées, et il y avait des taches d'humidité autour des clous. C'était du bois de mauvaise qualité. Tommy se mit à tirer sur une des planches. De ce côté de la maison, personne ne les voyait, et ils étaient seuls. Une légère brume enveloppait le vallon et les arbres de Birkelunden. L'étang était invisible. Ils entendaient toujours le moteur diesel à l'autre bout du hameau, mais tout cela ne les concernait plus; ils se demandaient à peine quelle serait la réaction des gars des télécoms quand ils verraient ce qu'on avait fait pendant qu'ils dormaient tranquillement. Pour Tommy et Jim, la tranchée, c'était du passé, ils n'y pensaient même plus. Et Tommy tira sur une des planches, et les clous cédèrent, et il faillit tomber à la renverse. Et il revint à la fenêtre et se mit à tirer sur une deuxième planche, puis sur une troisième, et ainsi de suite; c'était facile comme tout.

— C'est de la merde, ces planches, dit-il. Ce menuisier, je ne sais pas s'il était communiste. Mais radin, il l'était, ça oui.

Le menuisier était resté deux ans à Mørk, puis il avait disparu. Tout le monde disait qu'il était communiste et il ne recevait que peu de commandes. Mais il ne l'était sans doute pas. Il ne voulait pas refaire la peinture de sa voiture, c'était tout.

La fenêtre fut vite dégagée. Ils y collèrent leur visage. On voyait difficilement à travers la vitre sale, car l'arrière de la maison donnait à l'ouest et le soleil se levait tout juste. Mais il ne faisait plus nuit. Plus maintenant. À l'intérieur, rien n'avait bougé. Quatre années s'étaient écoulées, mais cela paraissait bien plus long. Ils avaient changé. Tommy avait changé. Plein de choses s'étaient passées. Du temps avait passé. À l'époque il avait treize ans, il en avait maintenant dix-sept, presque dix-huit. Dans une vie, c'étaient les années les plus longues. Il ne savait pas quoi penser de tout ça, mais ils n'étaient pas là par hasard, il en était persuadé. De toute façon, il y serait retourné tôt ou tard, il avait sans doute toujours voulu y retourner. Quand il y serait, quand il regarderait à travers les vitres, comme à présent, il se passerait forcément quelque chose, avait-il pensé. S'il patientait assez longtemps, s'il n'y retournait pas trop tôt, il découvrirait quelque chose qu'il conserverait précieusement jusqu'à la fin de ses jours. Quelque chose d'important, dont il n'avait pas compris le sens. Voilà ce qu'il s'était dit. Penché en avant, le front collé à la vitre, il scrutait l'intérieur. Jim faisait pareil. Ils restèrent ainsi une bonne minute sans parler, puis Jim rompit le silence :

— On dirait une maison de poupée.

C'était une drôle de réflexion. Mais c'était vrai. Tommy s'en rendit compte. Tout était impeccable, irréel, intact, hors de portée. Chaque chose était à sa place. Les fauteuils dans le bon angle par rapport à la télévision. La pile de journaux bien rangée sur un coin de la table basse. Sous la poussière, tout était immaculé. Sur les murs, les cadres étaient d'équerre. Les bouquins de Zane Grey s'alignaient sur l'étagère ; il n'y en avait pas un qui dépassait, comme si on les avait achetés au mètre, pour le décor. Ils avaient fait attention à tout. Rien ne traînait, pas un vêtement, pas un jouet, pas un ballon. Ça devait ressembler à un foyer. Le foyer de Tommy, de Siri et des jumelles, deux grands et deux petites. Si quelqu'un venait, il fallait lui montrer que tout allait bien, que ce n'était pas la peine d'appeler qui que ce soit, ni les gendarmes ni les services de protection de l'enfance. Une petite famille vivait là, elle se débrouillait et voulait qu'on la laisse tranquille. Tommy, Siri et les jumelles. Mais on s'apercevait maintenant qu'ils s'étaient trompés du tout au tout, car Jim avait raison. Ce n'était pas un foyer. C'était une maison de poupée.

Tommy se redressa et fit deux pas en arrière. Il s'essuya les mains sur son pantalon. Il ferma les yeux et s'essuya le front. Puis il rouvrit les yeux. Ce n'était pas comme il l'avait imaginé. Il n'aurait pas dû venir, il aurait dû attendre plus longtemps. Mais maintenant c'était trop tard.

Jim se redressa également, puis il rejoignit Tommy. Comme lui, il ferma les yeux et essuya la poussière et les saletés qui lui collaient au visage. Puis il éternua deux fois, assez fort, et dit :

— Cette maison a besoin d'un coup d'aspirateur. À l'extérieur. Qu'est-ce que tu en penses ?

— Qu'est-ce que tu veux dire ?

— On fait quoi maintenant ?

— Rien.

— Comment ça, rien ?

— Il n'y a qu'à y mettre le feu, à tout le bazar.

JIM. SEPTEMBRE. 2006. 2005

Je suis entré et j'ai refermé la porte derrière moi sans faire de bruit. À l'intérieur, la lumière m'a paru bizarre, elle était trop blanche, elle me gênait, mais je ne pouvais quand même pas remettre mes lunettes de soleil. Je suis resté un moment à regarder les tables où des hommes – il n'y avait que des hommes – se penchaient sur des formulaires à remplir, le stylo suspendu au-dessus du papier. Le long des murs, il y avait des ordinateurs à la disposition du public, et au fond un homme se tenait à moitié debout, à moitié assis devant un bureau où trônait une jeune femme. Manifestement, il tentait de lui expliquer quelque chose de très important. La jeune femme n'avait pas l'air commode et l'homme était mal à l'aise ; craignant sans doute qu'on puisse l'entendre, il jetait des regards à la ronde. Et j'ai pensé : comme l'année a passé vite. Je ne m'en étais même pas rendu compte. Et pourtant, comme tout était lent. Chaque seconde était une torture. En regardant en arrière à partir de cette pièce où je me trouvais, il y avait peu de choses dont je me souvenais, en dehors des nuits où je quittais ma banlieue et traversais les forêts d'Enebakk jusqu'à une autre banlieue pour aller pêcher sur le pont suspendu d'Ulvøya, en contrebas de Mosseveien.

Je ne savais plus quand j'y étais allé pour la première fois, ni pourquoi, mais je me souvenais de Container-Jon avec ses mitaines d'un rouge si inattendu dans l'obscurité ; je l'avais encore vu ce matin. Et je me souvenais de sa ligne et ses vingt hameçons triples, je me souvenais des mots que nous avions échangés, je me souvenais des poissons que j'avais pris ; des mots et des poissons, il n'y en avait pas eu tant que ça, d'ailleurs. Je n'avais donc pas perdu la mémoire. Je me souvenais parfaitement de ma mère, et je n'étais pas près d'oublier que j'ignorais à quoi ressemblait mon père. J'étais pourtant persuadé de l'avoir aperçu plusieurs fois, comme tout à l'heure, dans les pentes qui se succédaient entre Ljan et le fjord. En fait, c'était étrange ; si jamais on conservait une photo de mon père quelque part, dans une boîte ou un album ou au fond d'un tiroir, on n'avait jamais eu l'idée de me la montrer. D'après le psy qu'on m'obligeait à voir, j'étais incapable de retenir ce qui m'arrivait. Même les événements importants, je ne les emmagasinais pas dans ma tête. C'est très mauvais, m'a-t-il dit. Et moi j'ai dit, bon, vous avez sans doute raison. Mais alors comment se fait-il qu'on m'ait confié un poste à responsabilité à la direction des bibliothèques d'Oslo ? J'ai bien dû emmagasiner des choses, sinon on ne m'aurait pas donné ce travail ; si tout ce que j'ai appris dans la vie ne m'avait servi à rien, personne ne m'aurait embauché, ça va de soi, ai-je dit. Ce n'est pas ça que j'ai voulu dire, a-t-il protesté, et je lui ai assuré que je n'en doutais point. Ou plutôt si, a-t-il dit, puisque maintenant vous êtes là.

Il n'était pas bête.

Depuis que j'étais en congé de maladie, je n'étais pas repassé à mon bureau. On m'avait mis en arrêt de travail au bout de trois semaines seulement et j'en avais honte, c'était pour ça que je n'y étais pas retourné. Là-bas il n'y avait personne dont je me sentais proche, personne à qui je pouvais me confier, mes collègues n'étaient rien pour moi. En réalité, je n'avais jamais voulu de ce boulot, c'était ça la vérité, j'avais fait fausse route, et quand j'ai regardé en arrière, c'était trop tard ; j'étais entouré d'étrangers.

Une fois par mois j'étais censé m'entretenir avec mon chef pour faire le point sur ma situation et envisager des solutions. Mais ça nous mettait mal à l'aise tous les deux, et j'ai fini par passer en coup de vent. Il notait dans son agenda que j'étais venu, puis je m'en allais. Heureusement, son bureau était dans un autre bâtiment que le mien.

La première fois que ça m'est arrivé, c'était dans l'entrée, j'étais en train de mettre mes chaussures. Il était tôt. J'étais seul, je vivais seul. J'allais à mon travail, qui était encore nouveau ; j'y étais depuis trois semaines seulement. Je m'apprêtais donc à prendre ma voiture pour descendre à la gare, au fond de la vallée ; à pied, c'était trop long. J'irais ensuite me garer et je me mêlerais aux gens qui attendaient de monter dans le train pour Oslo ; aux heures de pointe, ça aurait été de la folie de continuer en voiture jusqu'au centre-ville. Et tout à coup j'ai eu le souffle coupé. Je me suis écroulé contre le mur, parmi les vestes suspendues aux patères. J'en ai arraché au moins deux avant de m'effondrer sur l'étagère à chaussures, et je me suis heurté à un long chausse-pied en plastique qui avait glissé entre l'étagère et le mur. La pointe du chausse-pied s'est enfoncée entre mes côtes, et ça m'a fait si mal que j'ai failli pleurer, ce qui m'arrivait souvent. Très souvent, même, surtout quand j'étais seul. Depuis un moment, je pleurais tout le temps, j'ignorais pourquoi. Mais là, pas un son n'a franchi mes lèvres. Comme je ne parvenais pas à respirer, j'ai paniqué et je me suis dit que c'était la fin. Et, tout aussi soudainement qu'il les avait désertés, l'air est revenu dans mes poumons ; il s'y est engouffré avec un bruit de friture, et mes poumons se sont gonflés jusqu'à faire craquer mes côtes. Qu'est-ce que j'avais mal. Le sang battait dans mes tempes, j'étais incapable de me relever, mais j'ai réussi à extirper mon portable de la poche de mon manteau, et j'ai fait le numéro de celle qui avait été ma femme. Je pensais que nous vieillirions ensemble, m'avait-elle dit quand nous nous étions quittés. Certainement pas, avais-je répondu par défi, comme un gamin ; j'étais blessé au-delà de tout ce qu'on pouvait imaginer. Et maintenant j'en étais réduit à bredouiller : Eva, je suis tombé, il s'est passé quelque chose, il faut que tu m'aides. S'il te plaît, Eva, aide-moi, l'ai-je suppliée. Et elle a raccroché aussi sec. Je me suis dit : elle m'en veut toujours, après toutes ces années. Mais elle m'a rappelé au bout de quelques minutes pour m'annoncer qu'elle avait téléphoné à l'hôpital, qu'elle avait pu parler à un médecin et qu'il me disait de ne pas bouger. Donc, pour l'amour du ciel, tu restes où tu es, a-t-elle conclu. Sur l'étagère à chaussures ? ai-je demandé. Si c'est là que tu es tombé, oui, a-t-elle répondu. Et puis, avant de raccrocher, elle a ajouté : Bonne chance, Jim, et merci pour tout.

L'ambulance jaune est arrivée en moins de vingt minutes. Elle s'est arrêtée dans l'allée piétonne devant l'immeuble, on m'a mis sur une civière, et nous sommes partis.

J'aurais pu mourir, bien sûr, mais à l'hôpital on ne m'a rien trouvé. J'étais persuadé que j'avais fait un AVC, un infarctus ou quelque chose de ce genre ; ça devait forcément être mortel. Or je n'avais rien, rien que le médecin ait pu déceler, en tout cas. C'était seulement le chausse-pied. Et un mal de tête. Le médecin était jeune, il manquait peut-être d'expérience, me suis-je dit, mais il paraissait sûr de son fait et je n'avais aucune raison de mettre sa parole en doute. Et, après tout, j'étais soulagé. En un sens. Je n'allais pas mourir. Mais, à vrai dire, je me sentais floué. Il s'était quand même passé quelque chose d'assez spectaculaire, du moins à mes yeux ; on aurait dû me découvrir une maladie grave, une pathologie qu'on aurait pu soigner. Le médecin n'était pas de cet avis, pourtant. D'après lui, c'était un accident isolé, provoqué par quelque chose de bénin : la soudaine compression d'un nerf, la contraction d'un muscle ou n'importe quoi d'autre. Vraisemblablement, cela ne se reproduirait pas.

Mais cela s'est reproduit. Quelques jours plus tard. Pendant trois jours je n'étais pas allé travailler à cause des douleurs. Je n'avais pas de côtes cassées, mais je souffrais horriblement et j'étais incapable d'accomplir le moindre geste. Le quatrième jour, cependant, j'ai fait un effort ; après le petit déjeuner, j'ai avalé un comprimé et j'ai pris ma voiture. Je me suis garé au parking, et je suis monté dans le train. Et ça s'est passé dans l'ascenseur, c'était d'autant plus rageant. Entre le deuxième et le troisième, j'ai commencé à suffoquer. Mes voisins se sont retournés, se demandant probablement ce qui m'arrivait. Puis je suis tombé à genoux, et ils se sont réfugiés contre les parois. Ils devaient être six ou sept, pétrifiés, ils n'ont pas dit un mot. La situation était délicate. J'ai serré les lèvres, mais il n'y avait rien à faire ; l'air a déserté mes poumons et je me suis effondré comme la fois précédente. Ça va sans doute passer, ai-je pensé au moment où mon épaule a heurté le sol. Et c'est effectivement ce qui s'est produit, au bout d'une trentaine de secondes j'ai récupéré mon souffle. Je devais faire un drôle de bruit en inspirant, car quelqu'un a pressé le bouton stop et l'ascenseur s'est arrêté brutalement. J'étais déjà par terre, mais les autres sont tombés à la renverse, et nous sommes restés coincés entre le troisième et le quatrième. En réalité, le type s'était trompé de bouton, il voulait appuyer sur l'alarme. Et qu'est-ce qu'on faisait là, entre deux étages ?

Lentement, je me suis relevé. D'abord, j'ai réussi à me mettre à genoux. Ensuite j'ai posé un pied par terre. Et puis l'autre. Je respirais fort. Quand je suis enfin parvenu à me redresser complètement, l'ascenseur s'était déjà remis en marche. Il s'est arrêté au quatrième, puis au cinquième. Nous sommes tous sortis, mais on m'évitait du regard. Et je ne voyais personne, tellement j'avais la vue brouillée. J'ai attendu, puis je suis retourné dans l'ascenseur vide, et j'ai cherché à tâtons le bouton du rez-de-chaussée. Dans le hall, j'ai recouvré une vue normale, et je me sentais déjà mieux.

La gare centrale n'était pas loin. J'ai pris mon billet au distributeur et je me suis blotti dans un coin du wagon. J'ai relevé le col de mon manteau et j'ai baissé le menton pour me rendre invisible. Et j'ai compris que je ne me présenterais sans doute plus jamais à mon nouveau lieu de travail. C'était fini avant même d'avoir commencé. Qu'allais-je devenir ? Je n'en avais pas la moindre idée.

Chez moi, j'ai décroché le téléphone, j'ai appelé mon médecin traitant et je lui ai expliqué ce qui m'était arrivé. Oh, ça ne me plaît pas du tout, a-t-il dit. Il a proposé d'envoyer un arrêt de travail à qui de droit, avec copie pour moi. Et puis, vous venez me voir tout de suite, a-t-il ajouté. Oui, bien sûr, ai-je répondu, j'arrive, à tout à l'heure. Et j'ai raccroché. Je me suis déshabillé et je suis allé dans ma chambre. Puis je me suis glissé sous la couette et je n'ai plus bougé pendant près d'une semaine. C'était à peine si je mangeais. Un beau matin j'ai quand même fini par me lever, car on appuyait comme un sourd sur ma sonnette. Je n'avais aucune envie de quitter mon lit, je voulais continuer de somnoler, cet état de demi-mort m'était très agréable. Mais je m'y suis résolu. J'ai mis un temps fou à m'habiller. Quand je suis enfin arrivé dans l'entrée, je me suis dit qu'il devait être trop tard, que la personne devait être en train de sonner ailleurs. Mais le type était toujours là. À ses côtés, il y avait un chariot semblable à ceux que traînent les livreurs de journaux quand ils font leur tournée au petit matin. Lorsque j'avais des insomnies et que je me postais devant la fenêtre du séjour, je les voyais remonter la côte à partir de l'arrêt de bus, où le chauffeur de la fourgonnette leur balançait les gros paquets de journaux bien ficelés sans même s'arrêter. Puis il continuait en laissant sa portière ouverte, et seuls les livreurs de journaux étaient dehors à cette heure-là.

Sur son chariot il transportait plusieurs cartons. Il vendait des livres. Quel genre de livres ? lui ai-je demandé. Des Maigret, a-t-il répondu, des romans de Georges Simenon qui parlaient du commissaire Maigret, du XIe arrondissement de Paris. Est-ce que je savais ce que c'était qu'un arrondissement ? Oui, je savais, j'étais allé à Paris plusieurs fois, pour des congrès. Il a ouvert un des cartons, et les bouquins étaient là . quinze volumes à reliure bleue, avec les titres en lettres dorées sur les dos. J'ai demandé le prix. Cinq cents couronnes, a-t-il répondu. Je les ai achetés sans hésiter. J'ai sorti un billet de cinq cents de mon portefeuille, j'ai remercié le vendeur, et j'ai refermé la porte. J'ai posé le carton des Maigret à côté de mon lit et je suis retourné sous la couette. Au bout d'une semaine je les avais tous lus. Alors je me suis levé, j'ai remis les livres dans le carton et j'ai rangé le carton dans le placard, sous la boîte à biscuits contenant mon matériel de pêche.

Puis je suis allé voir mon médecin.

En me voyant arriver, il m'a fait la gueule. Mais qu'est-ce que vous fabriquez, a-t-il dit, vous étiez censé venir me voir il y a près de quinze jours. Comment voulez-vous que je découvre ce que vous avez si vous ne venez pas prendre votre ticket comme tout le monde ? Alors j'ai fondu en larmes devant son bureau, je n'ai pas pu m'en empêcher. Et il m'a mis en congé de longue maladie. J'étais maintenant en arrêt de travail depuis un an, jour pour jour. À la Sécu, on ne plaisante pas avec ça. J'avais reçu une lettre me prévenant que je n'avais plus droit à des indemnités. Puisqu'un an avait passé, il fallait sortir un autre truc du chapeau, je le savais. C'était la loi, et j'étais venu pour parler de ça.

Je me suis faufilé entre les tables et je me suis arrêté à bonne distance derrière le malheureux qui s'agitait toujours devant moi. Je ne voyais que son dos, qui était large ; il devait y avoir plein de muscles sous sa chemise. Il portait une veste sur le bras, et un manteau par-dessus la veste ; il devait avoir chaud et il avait la nuque toute rouge. Quand il s'est retourné à moitié, j'ai vu qu'il était blême. Il m'a jeté un regard torve par-dessus son épaule gauche, puis il s'est de nouveau tourné vers la jeune femme. Et je l'ai entendu dire, bon, d'accord, tout va bien, ça s'arrangera sûrement, n'ayez pas peur, ma petite. Il parlait sur un ton ironique, et on devinait que ça n'allait pas bien du tout. Je n'ai pas peur, a dit la jeune femme. Je ne la voyais pas, mais sa voix était coupante comme une serpe. L'homme s'est tourné vers moi en levant les yeux au ciel, puis il m'a salué d'un hochement de tête et il est parti. J'ai répondu à son salut. Et c'était mon tour.

— Un instant, a dit la jeune femme.

Et elle a commencé à remplir le formulaire qui s'affichait sur son ordinateur. J'ignorais quels étaient les problèmes du type qui m'avait précédé, mais ils devaient être nombreux, car ça a pris un certain temps. J'avais chaud ; j'ai pensé à ôter ma veste, mais je me suis dit qu'en faisant ça j'aurais déjà perdu. Perdu quoi ? Je n'en savais rien, mais j'aurais bel et bien perdu quelque chose.

Elle a fini par lever la tête.

— Votre nom et votre numéro d'identification, s'il vous plaît, a-t-elle dit en plantant ses yeux dans les miens.

Il y avait un léger flottement dans son regard. Elle parvenait presque à dissimuler que, tout ça, elle s'en foutait éperdument, elle ne faisait que son boulot. D'un air détaché, elle a examiné les boutons de ma veste, les uns après les autres, puis elle s'est de nouveau tournée vers son ordinateur. Ses doigts restaient suspendus au-dessus du clavier dans l'attente de mes données d'état civil. Je l'avais déjà vue la dernière fois que j'étais venu ; à l'époque, elle était nouvelle et un peu maladroite, mais ce n'était plus le cas. Elle ne m'a pas reconnu. Comment l'aurait-elle pu ? J'ai récité mon nom et mon numéro d'identification ; je le connaissais par cœur, contrairement à la plupart des gens. Il m'a semblé que la situation avait quelque chose de militaire, sans doute à cause de la façon dont on s'adressait à moi. Comme à l'époque où nous venions de nous installer à Oslo, et que je m'étais présenté au conseil de révision à la forteresse d'Akershus, où j'avais été pesé et trouvé léger. Je voulais pourtant faire mon service. J'étais prêt à partir à Helgelandsmoen, à Haslemoen, et même à Bardufoss, dans le Nord ; je voulais m'éloigner de ma mère et de Grorud, qui n'était qu'une halte déprimante sur mon chemin entre Mørk et ce que l'avenir me réservait peut-être. Mais ces lieux, je ne les ai jamais connus, car on n'a pas voulu de moi ; mes mains devaient trop trembler à leur goût. Du coup, j'ai instinctivement redressé le dos devant la jeune femme de la Sécu. Ce genre de réaction, c'était tout moi. Je voulais rendre mon corps plus souple, détendre mes épaules ; l'idée m'est venue que je pourrais peut-être glisser mes mains dans mes poches. Mais je me suis retrouvé à serrer le poing droit. Je le serrais et le desserrais, je n'arrivais pas à m'en empêcher. Et je baissais les yeux, et je serrais le poing si fort que les jointures formaient de petites montagnes blanches, les Rocheuses, les Carpates. Et mes ongles s'enfonçaient dans ma paume et je me suis demandé si j'avais oublié de prendre mes pilules. Je ne les oubliais jamais, pourtant. C'était pour ça que j'avais un doute, les gestes qu'on fait tout le temps, on ne s'en souvient jamais, tout le monde le sait. Et puis, j'avais trop peur des conséquences, je savais ce qui pouvait m'arriver si je ne les prenais pas. Et j'ai cru que ça y était. Pris de vertige, je me suis penché en avant et je me suis agrippé au bureau de la jeune femme. Elle a regardé fixement ma main, puis elle a dit :

— Ça fait un an.

— Oui, ai-je dit.

— Alors les règles changent. Vous comprenez ? Vous ne pouvez plus rester en congé de maladie.

— Je sais. Je sais tout ça.

— J'espère bien, a-t-elle dit.

Et j'ai pensé : qui est-elle pour me parler comme ça ? Tommy, à ma place, aurait gueulé, il se serait penché en avant, les mains posées sur le bureau de la fille, et il lui aurait lancé : Qu'est-ce que t'as dit, connasse ? Mais je n'étais pas Tommy, et de ma vie je n'avais guère prononcé un gros mot. Alors j'ai retiré ma main et j'ai de nouveau serré le poing. Puis j'ai fermé les yeux en lui disant :

— Il faut que je voie un conseiller.

— C'est bien ce que je pense, a-t-elle dit.

J'ai rouvert les yeux.

— Asseyez-vous là-bas, m'a-t-elle dit avec un geste de la main. Ça risque d'être long.

— Vous me prenez pour un idiot? ai-je dit.

— Comment?

— Vous me prenez pour un idiot?

— Oh mon Dieu, a-t-elle soupiré. Allez vous asseoir là-bas.

Je n'ai pas bougé. Je me sentais bizarrement ivre. Je perds l'ouïe, ai-je pensé. Je n'ai pas la force de me lever. Je n'ai pas la force de me mettre debout. Je n'ai plus aucune force. C'est fini. Et cette pensée m'est apparue comme un soulagement, une brise tiède, c'était une fenêtre ouverte, et j'ai desserré le poing. Mes ongles ont cessé de me meurtrir la paume et je me suis détendu.

Et j'ai fini par faire ce qu'elle me disait de faire. Je suis allé m'asseoir sur une des chaises qui s'alignaient contre le mur. Je me sentais déjà différent, plus léger. Non, pas plus léger, plus aérien, peut-être. C'était une question d'espace, des murs étaient tombés, j'étais délivré. Oui, j'étais délivré. J'ignorais ce que cela signifiait, j'ignorais si c'était un bien ou un mal. Mais ce n'était pas une question de bien ou de mal, l'essentiel n'était pas là. L'essentiel était que plus rien n'avait d'importance. Et ça, c'était nouveau.

J'ai attendu une vingtaine de minutes. Peut-être plus. Ce devait être normal.

Le conseiller était jeune lui aussi, il n'avait guère plus de trente-cinq ans, peut-être moins. Mais je m'en foutais. J'ai gardé mon calme, et il m'a annoncé ce que je savais déjà :

au bout d'un an je ne pouvais plus rester en congé de maladie. J'ai répondu que je ne l'ignorais pas, et il m'a dit qu'il fallait donc trouver une autre solution. Désormais je devais faire l'objet d'un suivi personnalisé, je le comprendrais sûrement, c'était une tâche que nous devions mener à bien ensemble, l'équipe de la caisse d'assurance-maladie et moi. Et dans un deuxième temps il fallait également impliquer l'agence pour l'emploi, car le but était quand même que je retrouve du travail le plus rapidement possible. En somme, je n'étais plus malade, mais chômeur. J'ai répondu que, tout bien considéré, je pourrais certainement obtenir le poste que je voudrais, du moins dans mon domaine, qui était celui des bibliothèques. Et probablement dans des domaines voisins, aussi. Il a répliqué que ce n'était peut-être pas faux. Mais pour l'instant j'étais là, dans son bureau, et je n'avais pas de travail du tout, ni dans mon domaine ni dans un autre. Parce que je suis en congé de maladie, ai-je rétorqué. Ça l'a énervé. Il le savait parfaitement, a-t-il dit, c'était pour ça que j'étais là. En effet, ai-je répondu. Vous cherchez à faire de l'humour? a-t-il dit. Me parler comme ça, alors qu'il avait vingt ans de moins que moi. Vous voulez qu'on vous attribue une pension? m'a-t-il lancé. Comment ça, une pension? ai-je demandé. Une pension d'invalidité, a-t-il répondu. Une pension d'invalidité? Parce que je suis invalide? J'ai l'air invalide? Pas vraiment, a-t-il répondu. Tant mieux, parce que je ne le suis pas, ai-je dit. Je ne sais pas ce qu'il a pu penser avec ses vingt ans de moins, il m'a peut-être trouvé agressif, excité, mauvais coucheur. Mais je ne l'étais pas, je parlais tout à fait calmement. Je n'avais pas le trac, je ne me tenais pas au garde-à-vous, je me sentais au contraire à l'aise et détendu. J'étais tranquillement assis dans mon fauteuil, les bras sur les accoudoirs, je ne faisais pas la moindre grimace et je répondais de mon mieux aux questions qu'il me posait. Et je ne cherchais pas du tout à faire de l'humour. Ou alors un tout petit peu, car la situation était quand même assez comique. C'est du moins ce qu'il m'a paru. Il ne comprend pas à quel point je suis détendu, ai-je pensé. Je ne cherchais pas à obtenir quoi que ce soit. Je ne voulais rien. J'en étais le premier surpris, d'ailleurs, je n'avais pas considéré les choses sous cet angle-là. Pas depuis longtemps, en tout cas. J'ai souri. Il a répondu à mon sourire et je me suis dit qu'on n'allait pas continuer comme ça.

— Tenez, a-t-il dit en poussant vers moi un paquet de formulaires qu'il venait de rassembler. Ce serait bien que vous remplissiez ça et que vous vous présentiez ensuite à l'agence pour l'emploi.

Il souriait. Je souriais. J'ai pris les formulaires, puis je me suis levé. J'ai fait passer les papiers dans ma main gauche et je lui ai tendu la main droite.

— Tout ira bien, a-t-il dit.

Je souriais.

J'ai quitté son bureau et j'ai refermé la porte derrière moi. Puis j'ai longé le couloir et je suis passé devant la jeune femme de l'accueil. Elle a levé la tête.

— Ce n'était quand même pas la mer à boire, a-t-elle dit.

Je souriais. Elle souriait aussi, jeune et enthousiaste, et j'ai poursuivi mon chemin, me faufilant entre les tables où les hommes restaient penchés sur leurs formulaires. Et j'ai laissé tomber les miens dans une providentielle corbeille à papier. Puis j'ai ouvert la porte et je me suis retrouvé sur le palier. J'ai senti sur mon visage que je souriais toujours, et alors j'ai cessé.

SIRI. 1970

Je ne me suis pas engagée dans la marine marchande. J'avais dit à Tommy que je le ferais, et j'en avais vraiment l'intention. J'étais décidée, c'était le seul moyen de m'échapper, et je savais où m'adresser, à qui demander de l'aide. Je n'étais pas la seule personne de Mørk à vouloir embarquer, j'en connaissais plusieurs qui l'avaient déjà fait. Mais je n'avais rien juré.

Tommy n'avait pas besoin de moi, j'en étais certaine. Et ce n'est pas pour lui que je suis restée. Je crois même qu'il se sentait gêné devant moi et qu'il n'avait plus très envie de me voir. Rien n'était comme avant depuis le soir où il avait fondu en larmes à côté de moi près du lac, car j'avais dû le consoler alors que ça aurait dû être l'inverse.

Deux jours plus tard, le mercredi, il n'est pas venu. Il avait pourtant dit qu'il viendrait. Je l'ai attendu près des pompes à essence. J'étais un peu inquiète, car j'ignorais quel Tommy j'allais retrouver : le nouveau Tommy malheureux, qui m'obligerait à faire un effort, à me montrer attentive et solide, ou l'ancien, qui tenait le gouvernail ? Le lendemain je ne l'ai pas vu non plus. Jusqu'à la fin de la semaine, j'ai fait le pied de grue tous les soirs devant la station-service, et le lundi il est enfin venu. On est descendus vers le lac, comme d'habitude, et on s'est assis chacun sur une pierre, mais il n'est pas resté longtemps. Il était distrait, il ne tenait pas en place, et on n'a échangé que des banalités. Et ensuite, je l'ai vu de plus en plus rarement.

Le temps a passé. Je n'étais plus la même. Je m'en rendais compte. De ma fenêtre à l'étage, j'apercevais la station-service au bout de la petite rue, entre la maison de retraite et le comptoir agricole. J'observais les voitures qui arrivaient et qui repartaient après avoir fait le plein, et je voyais parfois Lysbu sortir dépanner quelqu'un, des gens qui n'avaient jamais soulevé le capot de leur voiture ou remplacé les essuie-glaces. Il quittait mon champ de vision, puis il réapparaissait pour se diriger vers la porte. Apercevoir Lysbu avait le don de me calmer, je ne sais pas pourquoi ; tant qu'il était là, j'avais l'impression que rien de mal ne pouvait m'arriver. Ça tenait peut-être à son corps, à ses gestes impavides, à la placidité de sa voix ou à son regard posé ; je me demandais parfois si j'étais la seule à ressentir les choses de cette façon. Ça faisait des années qu'il voulait partir. Il en avait marre, disait-il, de tout, de Mørk. Mais il était toujours là, et sa présence me rassurait. Il était difficile d'imaginer qu'un jour il s'en irait. Si Mørk était une roue, une roue de bicyclette par exemple, avec des rayons qui partaient en étoile, Lysbu en était le moyeu. C'était comme ça que je le voyais.

Si quelqu'un avait attendu près des pompes, sous les lampadaires ou en plein jour, je l'aurais vu de ma fenêtre, car le printemps était venu.

On était en mai. Ce soir-là, je devais aller à Valmo m'entraîner au handball. C'était ma première séance. C'était important, je m'étais fait beaucoup de nouveaux amis ;

après une longue période de flottement où tout m'avait manqué, Tommy et les petites et notre ancienne maison, j'ai dû prendre une décision et je m'y suis précipitée la tête la première. À seize ans, au lieu de m'engager dans la marine marchande, j'ai terminé le collège, et à la rentrée suivante j'ai commencé le lycée. Et en peu de temps je suis devenue la première de la classe. Les autres filles voulaient que je fasse partie de l'équipe de handball. J'en avais très envie. Je n'avais jamais touché un ballon, mais je savais d'instinct que je deviendrais une bonne joueuse. Tout le monde l'avait deviné. C'était pour ça qu'elles me l'avaient demandé. À cette époque, tout ce que je touchais se transformait en or. Tu surfes sur une vague verte, m'a dit un jour le prof de gym, M. Jackman. C'était censé avoir un rapport avec les feux de signalisation, mais il n'y avait pas de feux à Mørk et il n'y en aurait jamais. Profites-en autant que tu peux, a-t-il dit. Ça te servira pour plus tard. Et j'en ai profité. Je voulais faire mon chemin.

Et maintenant j'étais pressée. J'avais de la chance. Valmo n'était pas tout près, mais j'ai pu éviter d'y aller à vélo ; ça faisait dix kilomètres à l'aller et dix kilomètres au retour. Un des voisins avait de la place dans sa voiture. Il faisait partie de la Mission intérieure, bien sûr ; il en était un membre éminent, et il était très ami avec Lydersen. Mais ça n'avait pas d'importance. Il avait des choses à faire là-bas, et au retour il passerait me prendre à la fin de l'entraînement, ça ne le dérangeait pas du tout.

J'ai préparé mon sac avec mon survêtement, mes chaussures de sport et un gros élastique rouge pour mes cheveux. Je les portais longs maintenant, et ils étaient plus clairs que lorsque j'habitais au hameau. Ils avaient changé en peu de temps, c'était frappant. Autrefois, après le départ de maman, c'était Tommy qui s'occupait de mes cheveux.

Quand ils étaient trop longs, il me les coupait au carré, au niveau des lobes d'oreille. Nous, on trouvait ça chic, un peu comme dans les magazines féminins ; cette coupe me donnait une allure française, disions-nous, mais mes copines de classe n'étaient pas de cet avis. Comme ça, tu tiendras un bon moment, disait Tommy en imitant les coiffeurs. Et il me chatouillait la nuque et on rigolait. Mais à présent je les avais laissé pousser ; à l'école, je mettais un serre-tête, et à la gym je les attachais en queue-de-cheval.

J'ai glissé mon journal sous la commode, c'était un bon endroit pour le cacher. Puis j'ai pris mon sac de sport et j'ai jeté un dernier regard par la fenêtre avant de partir. Et j'ai vu que Tommy était là, près des pompes à essence. C'était bien lui, il faisait encore jour et on le distinguait parfaitement. Nous ne nous étions pas vus depuis longtemps ; cela faisait quatre ans qu'on nous avait séparés, et une bonne partie de l'automne et de l'hiver avait passé sans qu'on se soit rencontrés, sauf occasionnellement. Bien sûr, il était venu m'apporter un cadeau de Noël, comme tous les ans. Les cadeaux, il les fabriquait lui-même dans le garage de Jonsen ; Jonsen et lui y faisaient toutes sortes de choses, à part s'occuper de la voiture, une Opel je-ne-sais-quoi ; les bagnoles, ça ne m'intéressait pas. Et ceux des jumelles, il les bricolait chez les Lien, sur leur table de cuisine. Et le jour de mon anniversaire il est venu frapper à la porte, mais on ne l'a pas laissé entrer. Lydersen a secoué la tête et lui a dit qu'il devait rester sur le perron. Je n'ai pas discuté, je ne discutais jamais avec Lydersen. Je faisais comme il me disait de faire, sauf quand il dépassait vraiment les bornes. Dans ce cas, je ne bougeais pas le petit doigt, et il finissait par comprendre ; il n'était quand même pas stupide. De toute façon, ça ne nous dérangeait pas de rester dehors ;

on avait beau être en plein hiver, il ne faisait pas si froid que ça.

Un jour, Tommy est venu m'annoncer que Jonsen l'avait embauché à la scierie. Jonsen en était le patron, désormais. Avant lui, c'était un type qui s'appelait Johannes Kallum ; nous parlions toujours de la scierie Kallum, alors qu'en réalité elle s'appelait autrement. Kallum était un alcoolique invétéré. Il cachait des bouteilles un peu partout, au fond des tas de bois, derrière des empilements de planches ; un jour, on a même découvert qu'il avait enfoui une bouteille de Brandy Spécial sous des copeaux. Et il y en avait aussi dans son bureau ; il en gardait une dans son tiroir, tout le monde le savait. Il buvait pendant les heures de travail et conduisait en état d'ivresse, il oubliait de noter les commandes et ne payait pas ses employés. Jonsen a demandé un prêt à la Caisse d'épargne, et il a racheté la boîte avant qu'elle s'écroule. Et maintenant elle marchait à merveille, d'après Lydersen. Mais Lydersen n'aimait pas Jonsen, il n'aimait pas les gens du hameau. Pour lui, c'étaient des manouches, des hillbillies, comme dans les films américains. Lydersen avait cinquante ans passés ; il n'avait jamais mis les pieds chez nous et il ne savait pas de quoi il parlait. Mais j'ai fini par penser qu'il n'avait peut-être pas entièrement tort.

Tommy est encore venu deux ou trois fois en janvier et en février, mais au printemps je l'ai à peine vu. Et je me suis habituée à son absence. Il me manquait, bien sûr, mais ce manque était de plus en plus diffus. Nous n'étions plus un couple. Pas au sens où Tommy l'aurait voulu, en tout cas. Nous avions grandi, les choses avaient changé et je n'arrivais pas à regarder en avant et en arrière en même temps. C'était impossible. Il fallait que j'avance.

J'ai enfilé ma veste, puis j'ai jeté un œil à ma montre ; j'étais vraiment à la bourre. Tommy, oh Tommy, pourquoi tu te pointes maintenant ? J'ai dévalé l'escalier en chaussettes, veillant à faire le moins de bruit possible, car Lydersen était rentré du travail. Il était allongé sur le canapé dans le grand salon où il faisait bon à présent ; ce n'était pas comme en hiver, quand on le gardait fermé et qu'il y régnait un froid de canard. Il y faisait sa sieste, comme toujours après le repas ; j'ignorais s'il pouvait m'entendre. J'espérais que non. Arrivée dans l'entrée, j'ai mis mes chaussures et je me suis glissée dehors en laissant mon sac de sport sur le perron, comme ça, je n'aurais pas besoin de rentrer pour le récupérer. Puis j'ai changé d'avis. Je suis revenue en courant, j'ai ramassé mon sac et j'ai jeté un regard par-dessus la haie du voisin. Sa voiture était garée en marche arrière devant son garage. Je me suis demandé comment une bagnole pouvait à ce point avoir l'air chrétien. Les voitures ne sortaient quand même pas de l'usine avec cet air-là ; on aurait dit qu'elle portait une immense croix collée sur le pare-brise. Était-ce une question d'hérédité et de milieu, comme on nous l'enseignait en cours de biologie ? Je veux dire, était-ce valable pour les voitures aussi ? Pouvaient-elles changer d'aspect selon leur propriétaire ? Les voitures ne relevaient pas de la biologie, pourtant ; tout cela, c'étaient des bêtises. Mais c'est bel et bien ce que j'ai pensé.

En débouchant dans la petite rue entre le comptoir agricole et la maison de retraite, je ne courais déjà plus. J'ai traversé jusqu'à la station-service, où Tommy m'attendait. En m'apercevant, il s'est redressé. Il avait de l'allure, un garçon brun et mystérieux, c'est comme ça que je le voyais toujours. Pourquoi il vient quand ça lui chante ? ai-je pensé. Il trouve normal que j'accoure et que je vienne bavarder avec lui derrière la coopérative, alors qu'on ne s'est pas vus depuis une éternité ? Je le faisais pourtant à chaque fois, alors que j'aurais pu ne pas être là. Il en avait de la chance. Je sortais souvent, j'avais beaucoup d'activités, de nouveaux amis. Et soudain j'ai compris. Justement, je n'avais pas été là. Et il m'avait attendue près des pompes à essence sans que je le sache. Et jamais il ne m'en avait parlé, car il était trop fier. Comment pouvais-je être assez stupide pour m'imaginer qu'il venait à Mørk uniquement quand j'étais là pour le voir apparaître ? Comme si nous étions synchrones. Alors que nous ne l'étions pas ; nous l'avions été, je le savais, mais nous ne l'étions plus.

Je me sentais observée. Il ne bougeait pas. Quand je l'ai rejoint, l'asphalte m'a paru comme de l'air sous mes semelles, et son corps avait un magnétisme que je ne me rappelais pas. Mais je ne l'ai pas touché ; je me suis arrêtée à deux ou trois mètres de lui. J'étais légèrement hors d'haleine. J'ai voulu cacher mon essoufflement en fermant la bouche, mais du coup je respirais encore plus fort.

— Salut, ai-je dit. Tu attends depuis longtemps ?

— Non, pas du tout, a-t-il répondu.

Mais ce n'était pas vrai ; il était là depuis un moment, je le voyais à sa façon de se balancer d'un pied sur l'autre, comme on le fait quand on reste debout trop longtemps. Derrière un comptoir, par exemple, dans un magasin.

— Tu es pressée ? m'a-t-il demandé.

C'était étrange, sa voix avait quelque chose de solennel. Il articulait soigneusement chaque mot ; même le *u* de *tu* était bien audible. Cela ne nous rapprochait pas.

— Un peu, ai-je répondu.

Il ne m'a pas demandé pourquoi, et j'en ai été soulagée. Je n'avais pourtant rien à cacher. Mais j'étais sur des charbons ardents.

— C'est très important, Tommy? lui ai-je demandé. C'est vrai, je suis pressée.

Je guettais le bruit de la voiture du voisin; j'ai cru entendre des pas, il m'a semblé qu'on frappait à une porte. Peut-être à la nôtre, je veux dire, à celle de Lydersen. Mais à cette distance je ne pouvais en être sûre.

— C'est important, a-t-il dit.

— Bon. Alors tu es venu pour quoi, Tommy?

Il s'est raclé la gorge deux fois. Il va me faire un discours, ai-je pensé, comme on en fait à une confirmation. Il avait exactement ce ton-là. Il ne disait même pas de gros mots; d'habitude il en disait tout le temps. Mais il n'avait pas été invité à ma confirmation, Lydersen avait refusé tout net, il n'avait même pas voulu en entendre parler. Après coup, je me suis dit que j'avais cédé trop rapidement.

— Ça doit rester entre toi et moi, a dit Tommy.

— Mais, Tommy, ce n'est pas possible. Ce n'est plus nous deux, maintenant. Ce n'est pas comme autrefois.

— J'ai compris, a-t-il dit d'un air grave.

Il n'utilisait jamais le mot « compris ». Il disait toujours « pigé » : « T'as pigé ci? t'as pigé ça? » Et je n'étais pas sûre de savoir ce qu'il voulait dire. Avait-il accepté que ce n'était plus nous deux, ou était-il toujours aussi triste?

— Je voulais juste que tu le saches, a-t-il dit. Je vais mettre le feu à la maison. Dans pas longtemps.

— Quelle maison? ai-je demandé.

On n'était pas synchrones du tout. Il s'est contenté de me regarder. Le soleil brillait. Ça sentait l'essence. Autour de nous, tout était calme, l'air était immobile, il n'y avait pas une voiture, pas un bruit. Un homme se tenait sur les marches de l'église. Il était en jeans, des Wrangler probablement, tout le monde portait des Wrangler chez nous. Un lointain tracteur pénétrait dans un champ, un coq chantait.

— Ah oui. La nôtre, ai-je fini par dire. Celle qui était à nous, autrefois.

Je guettais toujours la voiture du voisin ; maintenant, j'étais sûre de l'entendre. J'étais au désespoir. Tommy, Tommy, ai-je pensé en trépignant comme si j'avais envie de faire pipi, pourquoi a-t-il fallu que tu viennes ?

— Y mettre le feu ? Mais qu'est-ce que tu racontes ?

— Oui, je vais y mettre le feu. Elle est toujours là, comme si rien n'avait changé.

— Ah bon ?

Je n'y étais pas retournée une seule fois depuis que j'avais déménagé ; ça faisait longtemps, très longtemps même, que je n'y avais plus pensé. En effet, elle devait toujours être là.

— Oui. Elle est toujours là. On est allés y jeter un œil. J'ai arraché les planches d'une des fenêtres. C'était facile. Elles étaient complètement pourries.

— Qui ça, on ? Jim et toi ?

— Oui, Jim et moi. Qui d'autre ? À l'intérieur, tout est resté comme c'était quand on y habitait. Quand c'était juste nous quatre. Pas comme avant, quand papa était encore là.

C'était sûrement vrai, mais ça me faisait bizarre d'y penser. Si des gens étaient venus s'y installer, si une autre famille y vivait, je l'aurais appris. Mais c'était quand même étrange de savoir que tout était resté comme avant, dans le séjour, dans les chambres, dans l'escalier, car moi je ne ressentais rien de ce que j'avais ressenti à l'époque. Rien du tout. Tout avait changé. Alors que là-dedans rien n'avait bougé. Ça avait quelque chose de déplaisant.

— Ah bon? ai-je dit.

Je radotais. J'avais honte. Mais j'étais incapable de réfléchir, j'étais trop pressée.

— Oui. Et j'y pense tout le temps. Ça m'empêche de dormir. J'en ai marre. Et du coup je vais y mettre le feu, à tout le bazar. Si tu veux, tu peux venir avec moi. C'est pour te dire ça que je suis venu.

— Quoi? Non, Tommy, je ne peux pas faire ça. T'es cinglé? C'est un crime, si on se fait prendre, on ira en prison. Tu ne peux pas faire un truc pareil, Tommy.

— Elle est à qui, cette maison? Elle est à nous, non? T'as touché de l'argent pour la maison, toi? J'en ai touché, moi? Pas un rond. Alors je peux en faire ce que je veux. Si tu ne veux pas venir, c'est pas grave. On aurait pu le faire à deux. Ça aurait été bien. Du coup, je vais le faire tout seul.

— Mais pourquoi y mettre le feu? T'as pas besoin d'y mettre le feu.

— Si. Avec tout ce qui s'est passé, il n'y a pas de raison que rien n'ait changé là-dedans. Ce n'est pas juste. Je l'ai compris en regardant par la fenêtre. Et je ne supporte plus d'y penser. Merde, je n'arrive même plus à dormir! a-t-il dit, pas solennel du tout, soudain.

— Mais, Tommy, je dois aller à l'entraînement de handball.

— À l'entraînement de handball?

Il a regardé mon sac de sport. Il ne l'avait pas remarqué jusque-là.

— Tu dois aller à l'entraînement de handball? a-t-il dit.

— Oui. À l'entraînement de handball. Il faut que je parte.

Par-dessus l'épaule de Tommy j'ai vu la voiture du voisin super-chrétien s'engager dans le carrefour. J'ignorais s'il avait renoncé à m'attendre ou s'il me cherchait. En fait, il devait me chercher, car il a ralenti. Pendant un bref instant, sa voiture est restée immobile, et j'ai couru en faisant de grands gestes. À ce moment-là, un gros camion est arrivé, un camion de déménagement. Il s'est garé devant les pompes à essence. Je me suis retournée, mais Tommy avait disparu derrière le camion.

TOMMY. JONSEN. AOÛT. 2006

J'ai pénétré dans l'hôpital par la porte donnant sur le parking. Je suis passé devant l'accueil, le kiosque et la cafétéria, et j'ai continué jusqu'à la cage d'escalier. À l'étage au-dessous, il y avait le Bunker, où Jim avait été hospitalisé en 1971 ; c'était il y a plus de trente ans et on était jeunes à l'époque. On oublie facilement que les choses sont différentes quand on est jeune ; l'univers est plus beau et on a la vie devant soi. Et puis ça se gâte, tout fout le camp, le monde vole en éclats du jour au lendemain. Mais cette fois-ci je me rendais au troisième étage. Autrefois je montais l'escalier quatre à quatre ; maintenant je prenais l'ascenseur. Je buvais trop, c'était pour ça.

Je suis passé devant la salle de garde, puis j'ai longé le couloir et j'ai franchi la troisième porte. C'était la chambre de Jonsen. Jonsen, je le connaissais depuis toujours. Le médecin était à côté de son lit, ils discutaient, mais je n'entendais pas ce qu'ils disaient. Puis Jonsen a tourné la tête sur son oreiller et il m'a aperçu. Il a souri, et le médecin a fait un pas en arrière. On s'était déjà vus le jour où on était arrivés en hélicoptère, après que Jonsen s'était effondré devant moi dans le séjour. Mais je n'étais pas venu depuis ; j'avais été en déplacement, à Haugesund.

C'était bête, mais c'était comme ça. J'ai salué le médecin, qui m'a salué à son tour.

— Tu vas comment? ai-je demandé à Jonsen.

— Pas trop bien, mon ami.

— J'ai dû aller à Haugesund. C'était important, je suis désolé.

— Ce n'est pas grave.

Il souriait, mais il avait des cernes bleus, presque noirs, sous les yeux. Je lui avais apporté un livre, un roman de John Steinbeck qu'il ne devait pas avoir lu, à mon avis. C'était Jim qui me l'avait offert quand nous étions jeunes; il avait même écrit « Pour Tommy » sur la page de titre. Je l'avais découvert dans un carton en faisant du rangement à la cave. Je l'ai posé sur sa table de nuit. D'un geste désespérément lent, il a tendu la main pour l'attraper.

— Tiens, je ne l'ai pas lu, celui-là.

Il m'a regardé d'un air étonné. Il était persuadé d'avoir lu tout Steinbeck.

— Il se passe en Norvège. Pendant la guerre.

Il a levé les yeux vers moi.

— Tu te fous de ma gueule?

— Pas du tout.

— Je n'en reviens pas.

Derrière mon dos, le médecin se raclait discrètement la gorge. Ou alors il riait. Des médecins, il y en a de toutes sortes.

— Il est pas mal, ai-je dit.

J'ignorais s'il était bon ou mauvais. Je l'avais lu, mais c'était il y a longtemps. La dernière fois que j'avais lu un roman, ça devait remonter à je ne sais quand.

— J'espère que j'aurai le temps de le lire, a-t-il dit.

— Tu verras, bientôt tu iras mieux.

— Ce n'est pas sûr, mon ami.

C'était la deuxième fois qu'il disait ça. Mon ami. Autrefois, il ne disait jamais ça. Il disait Tommy, tout simplement. Il soutenait mon regard un peu trop fermement. Je me suis détourné. Le médecin regardait le sol ; il se mordait les lèvres et serrait les mains dans son dos. Discrètement, il a secoué la tête. Je me suis de nouveau tourné vers Jonsen.

— Qu'est-ce que tu veux dire ?

— Je n'en ai plus pour longtemps, mon ami.

Arrête de dire mon ami, ai-je pensé. Je ne le supporte pas.

— Enfin, tu auras quand même le temps de lire un livre.

Je n'aurais pas dû dire ça. Un livre, c'était quoi, face à la mort de quelqu'un ? face à la mort de Jonsen ?

— Tu vas mourir ? ai-je dit.

— Oui.

— Là, maintenant ? Tu vas mourir là, maintenant ?

— Il me donne deux ou trois semaines, a-t-il dit en hochant la tête vers le médecin.

Celui-ci était toujours là, derrière moi. Je l'avais oublié, tellement il était discret.

— D'après lui, il n'y a rien à faire.

— Mais bien sûr qu'il y a quelque chose à faire. On est en 2006, pas en 1706.

— C'est trop tard, a dit Jonsen.

Il était épuisé, sa voix était sans timbre, sans souffle.

J'ai regardé autour de moi. J'ai senti mes jambes faiblir. De l'autre côté du lit, devant la fenêtre, il y avait une chaise. Je suis allé la chercher, je l'ai rapprochée du lit, et je m'y suis assis. Et je me suis retrouvé face au médecin. J'aurais dû faire le tour, m'installer de l'autre côté, ai-je pensé. Mais c'était trop tard ; si je déplaçais encore la chaise pour m'asseoir en lui tournant le dos, j'aurais l'air malpoli. Si seulement il pouvait s'en aller, me laisser seul avec Jonsen.

— Tu penses à quoi, maintenant? ai-je demandé.

Il n'a pas répondu. À quoi pouvait-il bien penser? À quoi aurais-je pensé, si j'avais été à sa place?

— La vie m'est chère, c'est sûr, a-t-il dit. Et je n'ai pas le sentiment d'en avoir fini avec elle.

Il avait soixante-quinze ans. J'en avais cinquante-quatre. Presque.

— En fait, il faudrait refuser, a-t-il dit.

Il a tenté de rire, mais son rire s'est transformé en quinte de toux.

— Mais, après tout, ça suffit. C'est aussi bien comme ça. Ça m'est égal, a-t-il dit en regardant vers la fenêtre.

Je n'étais pas d'accord. Pas du tout. Moi, ça ne m'était pas égal.

— Mais tu peux refuser, ai-je dit.

Il a de nouveau tourné la tête vers moi :

— On ne peut pas refuser de mourir, mon ami.

— Bien sûr que tu le peux.

Deux dimanches plus tard il a été porté en terre derrière la vieille église de Mørk. C'était une jolie église toute simple, peinte en blanc à l'extérieur comme à l'intérieur. Les couleurs étaient réservées à l'autel et aux bancs; ils étaient rouge anglais et bleu. Il n'y avait pas grand monde. Le pasteur était une femme. Ça n'aurait pas déplu à Jonsen, il avait toujours aimé les femmes. Comme la plupart des hommes, bien sûr. Mais il y avait autre chose, il les aimait vraiment, il recherchait leur compagnie, il avait du plaisir à parler avec elles et les trouvait en général plus intelligentes que les hommes. Que les hommes qu'il connaissait, en tout cas. Il s'entendait bien avec ma mère aussi, jusqu'au jour où elle a disparu ; c'était avant Noël, les talus de neige montaient à hauteur d'homme au bord de la route et ça devenait une corvée de sortir de la maison. Ils discutaient souvent, tous les deux.

— Ce n'était pas sa faute, m'avait-il dit trois dimanches plus tôt.

Nous étions dans son séjour. Je n'avais pas encore ôté mon pardessus mauve, et je portais un costume pardessous, puisque c'était son anniversaire. J'étais venu exprès pour ça et je m'étais mis sur mon trente et un, avec des gants en pécari et un foulard en soie. Lui était en chemise de flanelle. Il avait oublié son propre anniversaire ; quand je le lui ai souhaité, il m'a regardé d'un air étonné. Il était encore tôt ; je suis resté debout, et Jonsen aussi. Pourtant, il avait l'air au bout du rouleau.

— Seigneur Jésus, a-t-il dit. Ce n'était certainement pas sa faute. Qu'est-ce qu'elle pouvait faire, sinon ?

— Assieds-toi, ai-je dit.

Il s'est assis tout de suite, mais pas moi.

— Elle aurait pu nous emmener, ai-je dit.

— Quatre gosses. Seule. Not bloody likely.

Dans sa jeunesse il avait été marin, comme tant d'autres dans la région, et il connaissait plein d'expressions de ce genre. Mais il les utilisait rarement, il trouvait ça un peu ringard. Et il ne disait jamais mille sabords, ou tout le monde sur le pont, ou des trucs comme ça.

— Ça n'aurait pas été possible. Tu le comprends, non ? a dit Jonsen.

— Non, je ne le comprends pas.

— Bien sûr. Rien ne t'y oblige. En effet, c'est dur à comprendre. Pour vous, c'est devenu l'enfer. Je le sais. Mais il ne faut pas être amer. Il faut pardonner, laisser ça derrière toi. Tu as cinquante ans passés, tu vas encore ressasser ça longtemps ?

J'ai senti quelque chose de vilain sur ma langue. Quelque chose de velu et de moche. Ça devait se voir à ma figure, mais pas un mot n'a franchi mes lèvres. Jonsen s'est appuyé aux accoudoirs de son fauteuil pour se relever. Sans doute parce que j'étais resté debout.

— Tu t'es mis à boire, Tommy? a-t-il dit.

— Enfin, Jonsen, pourquoi tu me dis ça ?

Il ne s'était pas trompé, pourtant. Je buvais tous les soirs, sans exception. Et c'est alors qu'il s'est effondré par terre. Il s'est écroulé d'un seul coup, comme s'il n'avait plus d'os dans le corps. J'ai paniqué ; nous étions seuls et je ne me rappelais plus ce qu'il fallait faire dans un cas pareil. Je l'ai soulevé par les épaules et j'ai commencé à le traîner vers le canapé, mais il était lourd et inerte, et je l'ai reposé avec précaution. Et je me suis mis à fouiller partout, dans les tiroirs et les placards, sans avoir la moindre idée de ce que je cherchais, un analgésique peut-être, ou un truc contre l'asthme, un inhalateur ou je ne sais quoi. J'ai fini par comprendre à quel point j'avais l'esprit confus et je me suis dit, reprends-toi, Tommy. Puis j'ai appelé l'hôpital.

Ils sont arrivés en hélicoptère peu de temps après. Je les ai accompagnés dans le ciel. Je n'étais jamais monté dans un hélicoptère. Pendant que nous voguions dans les airs, je tenais Jonsen par la main, et le ciel n'était pas bleu, comme lorsqu'on le regarde depuis la terre, mais gris et brumeux. Et la main de Jonsen était moite et sans vie, elle n'avait pas tenu un marteau depuis longtemps, ni une scie, ni même un mètre pliant. Je lui caressais la tête, et cela me faisait tout drôle ; mes paumes ne reconnaissaient pas son crâne. Le bruit des pales était sans pitié, et il m'a semblé que nous n'allions pas assez vite ; survoler le lac a été beaucoup plus long que je ne le pensais. Mais l'hélicoptère a fini par se poser sur le parvis de l'hôpital. On a mis Jonsen sur une civière et on l'a transporté aux urgences, où l'attendait le médecin que j'ai retrouvé une semaine plus tard, quand je suis venu directement de l'aéroport. Et deux infirmiers sont arrivés en courant. Ils poussaient un lit à travers l'interminable couloir, et l'un a crié, vous ne pouvez pas entrer, revenez plutôt un autre jour. À vrai dire, ça m'arrangeait, je devais aller à Haugesund pour affaires.

Au bout d'une semaine, j'étais de retour. J'ai pris le train de l'aéroport à la gare de Lillestrøm, puis un taxi m'a emmené à travers le tunnel jusqu'à l'hôpital. Et maintenant il était mort, et son cercueil était enterré derrière l'église blanche de Mørk. Il avait refusé de toutes ses forces, mais cela n'avait pas suffi.

TOMMY. 1970

Nous étions assis dans la cuisine, devant la fenêtre qui donnait sur la route, Jonsen et moi. C'était l'heure du repas. Je voyais le tournant tout en haut, et en bas j'apercevais la maison de Jim et les maisons suivantes. Mais pas celle où j'avais vécu. De toute façon, ça n'avait pas d'importance. La maison n'existait plus, elle avait brûlé jusqu'aux fondations une semaine plus tôt. Rien que de le savoir, j'éprouvais une sensation de légèreté et de vertige, comme si j'allais m'envoler, le corps gonflé à l'hélium. L'odeur aigre de la fumée et des cendres flottait encore partout.

On ne disait pas grand-chose. Souvent, on ne se parlait pas beaucoup. Ce n'était pas la peine, on se connaissait bien, chacun savait ce que pensait l'autre. Mais quand on discutait, c'était à propos des tâches qui nous attendaient à la scierie. Il était mon patron, maintenant. Il avait pris un emprunt à la Caisse d'épargne de Mørk, et il avait acheté la boîte à cet ivrogne de Kallum ; c'était une opération de sauvetage, pour éviter que tout s'écroule. Du coup, il l'avait eue pour pas cher, la banque y avait veillé. Et il m'a embauché en contrat à durée indéterminée, ce qui m'a fait très plaisir. Il n'était pas question pour moi de retourner à l'école, je n'aurais pas supporté un jour de plus ; après le collège, c'était fini.

Je n'avais pas encore dix-huit ans, mais chaque matin, au petit déjeuner, on discutait commandes et prix du bois, comme deux adultes. Et on évaluait le temps de transport jusqu'aux gros chantiers. Mais il y avait aussi des sites plus difficiles d'accès, comme les pavillons ou les villas privés, les granges ou les garages ; pour y aller, il fallait manœuvrer sur des petits chemins sinueux. Et Jonsen s'adressait à moi comme il s'adressait aux autres employés. Il y en avait trois, et ils n'étaient plus tout jeunes. Jonsen n'avait jamais eu d'enfants, et je crois qu'il n'aurait pas imaginé de parler aux gens autrement que comme à des adultes. Comme si c'était le seul langage dont il disposait, quelle que soit la personne en face de lui, un enfant, un jeune ou un type entre deux âges. De son temps, la jeunesse, ça n'existait pas. On était enfant, puis on était confirmé et on devenait adulte. Et on bossait comme un adulte.

On était tous les deux fatigués ; la journée avait été dure. Deux de nos hommes étaient au lit avec la grippe et on avait une grosse livraison le lendemain. Pendant le repas, on est restés silencieux, et il faudrait sans doute qu'on retourne au boulot dès que Jonsen aurait fini sa sieste.

Je mâchais lentement en observant le tournant.

— Tiens, voilà le lieutenant de gendarmerie, ai-je dit.

La vieille Volvo descendait doucement la route. Le conducteur n'était pas pressé.

— À moins que ce ne soit le brigadier.

Jonsen s'est retourné.

— Qu'est-ce que tu as encore fait comme connerie ? a-t-il dit en rigolant.

— Rien, ai-je répondu en rigolant aussi. Rien dont je me souvienne, en tout cas. Je me suis tenu à carreau, non ?

Puis j'ai demandé :

— Il faut qu'on retourne à la scierie ce soir ?

— Je crains que oui, a répondu Jonsen. Le boulot s'accumule. Et demain on doit aller à Eidsvoll avec le camion.

— Je sais. Tu veux le canapé ? Je m'allongerai par terre.

J'aimais bien m'allonger par terre. J'avais toujours aimé ça. Sur le dos, les bras le long des côtes, sentant le plancher dur contre mes omoplates et l'arrière du crâne. Chaque fois, je m'endormais tout de suite. Mais je ne dormais pas longtemps. Je ne pouvais pas.

Je me suis levé, emportant les assiettes vides et les couverts. Avant d'empiler la vaisselle sur la paillasse de l'évier, j'ai jeté un œil par la fenêtre. La voiture s'était arrêtée devant notre boîte aux lettres. C'était le brigadier. Il a ouvert la portière, puis il s'est extrait de son siège en s'agrippant au rebord. Il avait grossi. La ceinture à tête de mort semblait lui soutenir le ventre au lieu de lui serrer la taille, comme autrefois, quand il avait encore des allures de shérif. Ça faisait un moment que je ne l'avais pas vu. Pourquoi l'aurais-je vu ?

— Il vient chez nous, ai-je dit.

— Merde alors, a dit Jonsen.

Il s'est levé. Posant ses mains sur la table, il s'est penché en avant pour regarder par la fenêtre. Le brigadier montait déjà l'allée.

— Eh ben, il a pris du bide. Depuis quand est-ce qu'il a grossi comme ça ? a-t-il demandé.

Puis il a grommelé :

— On n'a pas le temps de s'occuper de lui.

Sa serviette à la main, il est sorti dans le couloir. Je l'ai suivi comme si j'étais à sa remorque. D'un geste sec, il a ouvert la porte, le brigadier n'a même pas eu le temps de frapper. Il s'apprêtait à monter les marches, mais en voyant la porte s'ouvrir en grand il est resté en bas. Il paraissait fatigué et bougon. De chaque côté de la bouche, il avait des rides profondes. Je ne les avais pas remarquées la dernière fois que je l'avais vu; courant des ailes du nez jusqu'au menton, elles ne passaient pas inaperçues, pourtant. On était déjà en juin et il faisait chaud, mais il portait un épais blouson en jean. Le blouson était ouvert et on voyait sa doublure en faux mouton. Entre les deux pans, son bedon débordait au-dessus de la tête de mort aux yeux en verre rouge. Ils ne brillaient plus comme autrefois.

— On est à table, a dit Jonsen. Le repas est excellent, je peux vous le dire. C'est Tommy qui l'a préparé.

Ce qui était vrai.

— D'ailleurs, il en reste un peu, si jamais vous avez faim.

— Merci.

— Bon. Si vous n'êtes pas venu pour manger, vous êtes là pour quoi?

Je me tenais coude à coude avec Jonsen sur le perron. Nous regardions le brigadier de haut, tandis qu'il devait lever la tête vers nous. Manifestement, ça lui déplaisait fortement. Il était déjà passablement énervé, pas besoin de téléphoner à un psychologue pour piger ça. Car on avait le téléphone maintenant. Ils avaient fini de creuser. À la scierie aussi, on avait le téléphone. Pour le boulot, c'était indispensable.

— C'est au sujet de l'incendie, a dit le brigadier.

— Quel incendie? a dit Jonsen.

Le brigadier a poussé un gros soupir.

— Quel incendie? Vous faites l'idiot ou quoi? La maison des Berggren a brûlé il y a une semaine, ça s'est passé à deux cents mètres d'ici. La maison où Tommy habitait autrefois, a-t-il dit en me montrant du doigt.

— Je sais où j'habitais autrefois, ai-je dit.

— Je sais que tu sais où tu habitais, tu me prends pour un con ? Il se trouve que les pompiers pensent que l'incendie était volontaire.

— Et alors ? a dit Jonsen.

— Et alors ? a dit le brigadier. Seigneur. Si quelqu'un y a mis le feu, ça ne peut être que Tommy, tout le monde le sait. On n'est quand même pas complètement stupides. Il faut que Tommy vienne avec moi. Le lieutenant veut lui parler.

— Ce n'est pas Tommy qui y a mis le feu. C'est clair ? a dit Jonsen en claquant violemment la porte.

Il s'apprêtait à retourner à la cuisine, mais le brigadier s'est mis à tambouriner tout aussi violemment. Jonsen a rouvert la porte :

— Qu'est-ce qu'il y a, encore ?

— Faites pas le malin. Tommy vient avec moi.

Jonsen s'est tourné vers moi.

— Tu le suis chez le lieutenant ?

— J'ai pas le temps. On doit retourner bosser, il faut qu'on prépare la livraison de demain. Il faut tout calculer, charger le camion. On va à Eidsvoll et on a deux hommes malades. J'ai pas le temps.

— Vous entendez ? a dit Jonsen. Il n'a pas le temps.

— Ce que vous faites demain, je n'en ai rien à foutre. Là, on est aujourd'hui, et Tommy vient avec moi. Le lieutenant veut lui parler. Je le ramène tout de suite après. Seigneur.

Le brigadier semblait s'écrouler de fatigue. Il a poussé un soupir.

— Tu viens ? a-t-il dit.

— Tu as intérêt à y aller, je crois, a dit Jonsen. Sinon, on va être obligés d'appeler les urgences.

— Bon, j'y vais alors. Je serai vite de retour.

Le brigadier a secoué la tête.

— Seigneur, a-t-il dit.

J'y suis resté une heure. Le lieutenant n'a pas été bien méchant. Il a dit que j'avais mis le feu à la maison. J'ai dit que ce n'était pas moi. J'ai dit que c'était ma maison, la maison de Siri, et celle des jumelles. Il a dit que non, ce n'était pas ma maison. Je lui ai demandé à qui elle était alors. Il ne le savait pas. C'est ma maison, ai-je dit, et j'en fais ce que je veux. Alors c'est bien toi qui y as mis le feu, a-t-il tranché. Non, ai-je répété. Et on a continué comme ça pendant un moment. Puis on en a eu marre, et on a parlé de mon père ; c'était un salaud, mais je l'ai quand même un peu défendu. Il a eu une vie difficile, ai-je expliqué, et il s'est retrouvé seul avec nous ; ma mère est partie, ça a été dur pour lui. Et le lieutenant a dû l'admettre. Tout de même, a-t-il soupiré en secouant la tête. Puis il m'a demandé : Tu as une idée de ce que ta mère est devenue ? Aucune, ai-je répondu. Cela faisait six ans qu'elle s'était volatilisée, personne ne savait où elle était. Il m'a encore demandé si c'était moi qui avais mis le feu à la maison, et j'ai encore répondu que non. Bien, a-t-il dit, je pense que c'est tout pour aujourd'hui. Le brigadier va te ramener. Mais tu auras de mes nouvelles. Tu comprends, Tommy ? Oui, ai-je répondu. Le diable t'emporte, Tommy, si c'est bien toi qui y as mis le feu, a-t-il dit. Ce n'est pas moi, ai-je répété.

Quand je suis sorti, le brigadier m'attendait près de la voiture. Appuyé contre la portière ouverte, il avait les yeux fermés.

— Salut.

Il a ouvert les yeux, puis il les a de nouveau fermés. Il devait avoir quelque chose de grave, autrefois il n'était pas comme ça. Il m'a fait pitié, tout à coup. Ça m'a submergé, comme une vague de chaleur. J'en avais les larmes aux yeux. Je le jure.

— Vous êtes malade ? ai-je demandé.

Ouvrant de nouveau les yeux, il m'a regardé. Il s'est passé la main dans les cheveux et il a poussé un soupir.

— Je n'en sais fichtre rien. Je ne sais pas ce que j'ai. Je ne comprends pas. Mais il doit bien y avoir quelque chose. Je suis tout le temps fatigué, alors que je n'arrête pas de dormir.

— Vous avez été chez le médecin ?

— Non. Mais il va bien falloir que j'y aille.

— Il vaudrait mieux, je crois.

On est restés un moment sans bouger. Il a gardé les yeux fermés. J'ai mis les mains dans mes poches et j'ai longuement scruté son visage. Il devait avoir un peu plus de trente ans, peut-être trente-cinq. Ce n'était pas vieux, mais il n'avait pas l'air en bonne santé. Il paraissait plus âgé, quarante ans ou même davantage.

— Vous voulez que je conduise ?

Il a ouvert les yeux.

— Peut-être. Ce serait gentil, je tombe de fatigue.

Puis il a contourné la voiture et il s'est assis sur le siège passager. Je me suis installé au volant et j'ai tourné la clé de contact. J'ai démarré et j'ai pris la route, devant la gendarmerie. La Volvo était agréable à conduire ; ça m'a mis de bonne humeur et j'ai failli éclater de rire. Un quart d'heure plus tard, je me suis garé devant la boîte aux lettres de Jonsen, qui était aussi la mienne depuis quatre ans. À travers la fenêtre, j'ai vu que Jonsen était assis à la table de la cuisine. Il appuyait son menton sur une main, dans l'autre il tenait une cigarette, et il observait la route.

J'ai mis la voiture au point mort, j'ai laissé tourner le moteur et on est descendus chacun de son côté, le brigadier et moi. Et alors qu'il passait devant la calandre pour me remplacer au volant, il s'est exclamé :

— Suis-je con ! T'as même pas ton permis.

— Non, je ne l'ai pas. Je n'aurai dix-huit ans qu'à l'automne. En novembre.

— Seigneur, a-t-il dit en se passant la main dans les cheveux. Suis-je con !

Puis il a poussé un gros soupir :

— Ce serait bien que tu n'en parles à personne.

— Je n'en parlerai pas.

— Ce serait bien. Seigneur, que je suis fatigué.

— Peut-être que vous devriez aller voir le médecin.

— Oui, je crois que je devrais.

Il a passé la première, et la voiture a quitté le hameau aussi lentement qu'elle y était arrivée deux heures plus tôt.

J'ai monté les marches, puis j'ai traversé le couloir et j'ai pénétré dans la cuisine, où Jonsen était en train de fumer.

— C'est toi qui as conduit ? m'a-t-il demandé.

— Oui.

— Eh ben.

— Il est malade.

— Tu dois avoir raison. Ça n'avait pas l'air d'aller. Comment ça s'est passé avec le lieutenant ?

— Il m'a demandé si c'était moi qui avais mis le feu à la maison.

— Et qu'est-ce que tu as répondu ?

— J'ai dit que ce n'était pas moi.

— Alors l'affaire est réglée, je suppose. Allonge-toi par terre. Moi je me mets sur le canapé, puis on descendra à la scierie d'ici une heure.

SIRI. 1970. 1971

Jim était en terminale quand j'ai commencé le lycée. C'était en 1970. Il vivait toujours au hameau avec sa mère, et il prenait le car scolaire jusqu'à Valmo. À l'arrêt de Mørk j'y montais aussi. Je prenais ce car depuis pas mal de temps déjà ; j'avais commencé en dernière année de l'école élémentaire et j'avais continué au collège. Lydersen ne voulait pas que j'aille à l'école de Mørk ; il m'avait mise à celle de Valmo. Ou alors c'était une idée des services de protection de l'enfance. Sans doute pour me séparer de Tommy. Ils ont bien réussi leur coup.

Maintenant je voyais plus souvent Jim que je ne voyais Tommy. Ça m'a semblé étrange. Enfin, étrange n'est peut-être pas le mot. C'était autre chose : déroutant, troublant.

Je voyais Jim tous les jours et on se parlait souvent ; une fois, je lui ai demandé si c'était Tommy qui avait mis le feu à notre maison. Il m'a dit qu'il ne le savait pas, mais j'étais persuadée qu'il le savait. Ou du moins qu'il croyait que c'était lui. Moi aussi, je le croyais ; pour moi, ça allait de soi. Sinon, je ne lui demandais jamais de nouvelles de Tommy et il ne m'en donnait jamais. Pourtant, rien ne nous interdisait de parler de lui ; on aurait pu évoquer ce qu'il faisait, dire ce qu'on en pensait, mais Tommy faisait partie de la vie privée de Jim, et Jim faisait partie de celle de Tommy. C'était comme ça que je voyais les choses. En revanche, Tommy ne faisait pas partie de ma vie à moi. Cela aurait dû m'être douloureux ; autrefois, nous étions si proches. Presque inséparables. Mais c'était plutôt déroutant, troublant.

La première fois que Jim m'a embrassée, c'était en septembre, après l'école. Au lieu de continuer jusqu'au hameau, où le car vide faisait demi-tour pour retourner à Mørk, il est descendu à la gare, où je descendais aussi. Ça l'obligeait à rentrer à pied, et ce n'était pas tout près. Mais il le ferait avec plaisir, a-t-il dit, il ne lui faudrait pas plus d'une heure et il en profiterait pour acheter *Orientering* au kiosque de la gare. Je ne connaissais personne d'autre qui lisait ce journal. Il l'achetait chaque vendredi, et chaque vendredi la vieille kiosquière attendait le beau Jim, toute pomponnée et maquillée. Mais là, on était jeudi. Et, à vrai dire, c'est plutôt moi qui ai embrassé Jim.

Jim ne ressemblait à personne. Dès qu'il arrivait dans la cour du lycée, on ne voyait que lui : ses longs cheveux blonds, le caban aux boutons dorés qu'il portait toujours, le paquet de tabac qu'il avait la curieuse manie de coincer sous son bras quand il roulait une cigarette. En discutant, il souriait toujours, et son regard avait quelque chose de particulier : il était étrangement mobile, mais pas fuyant, et il n'avait rien de déplaisant. Sa façon de vous regarder vous rendait plutôt curieux, on avait envie de mieux le connaître, de le tenir par la main, de l'accompagner chez lui, de l'embrasser et de le voir fermer les yeux, ne serait-ce qu'un instant. Tout ça, je l'ai ressenti dès la rentrée, et ça m'a prise au dépourvu. Depuis que j'avais quitté Mørk, je ne l'avais pas beaucoup vu, et maintenant il était là tout le temps. C'était le bon vieux Jim, et en même temps un Jim différent ; quand il n'était pas avec Tommy, il devenait plus visible.

Je n'avais encore embrassé personne ; j'avais seize ans et j'étais sans doute très en retard. J'étais certaine qu'en embrassant Jim je découvrirais quelque chose d'entièrement nouveau. Ça donnerait une autre dimension à ma vie. Ces mots-là, je ne les aurais pas employés à l'époque, mais c'était bien ce que je ressentais. C'était devenu une obsession, un besoin irrépressible. Non pas pour compenser une sorte de perte, comme on aurait pu le croire. Beaucoup de gens en étaient persuadés, et ils le disaient parfois à voix haute : pour nous, les enfants Berggren, quelque chose était irrémédiablement perdu, ce que nous avions vécu avait provoqué un vide que rien ne pourrait combler. Leurs regards nous le faisaient comprendre. Mais ça n'avait rien à voir. Je voulais embrasser Jim pour aller de l'avant, pour changer et connaître autre chose.

Le car s'est arrêté en plein soleil, juste devant la gare. Deux trains venaient de partir pour Oslo et deux autres allaient bientôt arriver ; il n'y avait personne sur les quais. Nous avons attendu que nos camarades quittent le parking pour rentrer chez eux, à pied ou à vélo. Puis j'ai pris Jim par la manche de son caban et je l'ai entraîné dans l'ombre, derrière le vieux bâtiment en brique jaune. Il n'a opposé aucune résistance et il n'a pas cessé de sourire. Ses longs cheveux blonds étaient ébouriffés par le vent, comme s'il descendait d'un rocher au bord de la mer, et il ne ressemblait en rien à Tommy. Il avait quelque chose de plus féminin, il était plus blond et plus pâle, plus souple, moins intransigeant, plus agile. Il savait danser, j'en étais sûre, et il me plaisait parce qu'il était plus délié, plus félin. Plus nerveux dans sa gravité comme dans sa joie. Et je le comprenais, car j'étais comme Tommy. C'est ce que j'ai toujours pensé, j'étais comme Tommy, alors que Jim était différent. Jim était plus petit que Tommy, mais plus grand que moi, pas beaucoup, juste assez pour m'obliger à pencher la tête en arrière quand nous nous sommes embrassés. Si on nous avait vus, l'image aurait été parfaite. On n'a pourtant fait aucun effort pour ça. Il a doucement passé ses doigts dans mes cheveux. Il m'a pris la tête dans ses deux mains, et j'ai laissé ma tête reposer dans ce calice, comme je savais que nous le désirions tous les deux. J'avais tout prévu à l'avance, et en l'embrassant j'ai su que pour rien au monde je me serais passé de ça. Pas seulement d'embrasser Jim, mais d'embrasser quelqu'un.

Nous avons repris notre souffle et j'ai senti que j'avais les joues rouges. Non, pas rouges, plutôt engourdies. Non, pas engourdies, plutôt comme les doigts, en hiver, quand on rentre du froid, les mains nues, et qu'on retrouve la chaleur du poêle. Cette sensation qu'on éprouve au moment précis où on est pris de frissons, avant l'apparition de la douleur : c'est ça que j'ai ressenti. Et j'ai posé mes lèvres sur sa peau, juste derrière son oreille, et je l'ai soudain senti se raidir, pas bien fort, mais suffisamment pour que je m'en aperçoive. Il est sur ses gardes, ai-je pensé, il refuse de venir à ma rencontre. C'est Tommy qui le retient.

— Tu ne veux pas qu'on le fasse ? ai-je demandé.

— Non, je ne veux pas qu'on le fasse, a-t-il dit.

Puis il a ajouté :

— Drôle de façon de parler.

Et il s'est détendu, et c'est lui qui m'a embrassée. Et c'était aussi bon que la première fois, peut-être mieux, même. Et j'ai pensé : que va-t-il se passer ensuite, que vas-tu faire, que vas-tu dire ? Et nous avons desserré notre étreinte, et il n'a rien dit et je n'ai rien dit non plus. Et il a évité mon regard.

— Je ferais peut-être bien de me décider à l'acheter, ce journal, a-t-il dit. Puis il va falloir que j'y aille, il me faut du temps pour rentrer.

— Je sais. Il va falloir que tu y ailles. Mais, si ça se trouve, elle ne s'est pas faite belle, on est jeudi.

— De qui tu parles ?

— De la kiosquière. Mme Vallerud.

— Parce qu'elle se fait belle ?

— Oui, elle se fait belle pour toi. Chaque vendredi. Tout le monde le sait. Tu ne l'as jamais vue les autres jours ?

Il a réfléchi.

— À vrai dire, non. Comme ça, elle se fait belle ? Dans ce cas, je ferais peut-être mieux d'attendre demain. Et d'y aller à vélo, comme d'habitude.

— Ce serait préférable. Sinon, elle aura de la peine.

— Alors j'attendrai demain, a-t-il dit.

Et nous nous sommes regardés. Et nous avions encore envie de nous embrasser. Il y avait maintenant du monde sur les quais, des gens qui couraient pour attraper le train d'Oslo ou pour se rendre à Jessheim ou à Eidsvoll, et un nouveau car scolaire arrivait sur le parking, d'où il repartirait bientôt pour d'autres villages. Mais peu importe : derrière le bâtiment jaune de la gare, personne ne nous voyait. Du coup, nous avons recommencé, et ça m'a toujours autant plu. Puis nous avons desserré notre étreinte, et Jim a dit à bientôt, Siri, et j'ai dit à demain, au bahut. Oui, à demain, a-t-il dit. Puis il s'est dirigé vers la passerelle, son sac sur l'épaule. Et sur la passerelle il s'est retourné pour me sourire et me faire un signe de la main. Et j'ai pris le chemin de la coopérative, comme d'habitude. En passant devant la station-service, j'ai aperçu Lysbu. Protégé du soleil par l'auvent blanc, il discutait avec un homme en uniforme bleu. On aurait dit un chauffeur de taxi, mais il n'y avait pas de taxis à Mørk et il n'y en aurait jamais; ça devait être quelqu'un d'Oslo ou de Lillestrøm. J'ai levé la main pour saluer Lysbu. Il a répondu à mon geste en souriant, et je n'ai pas pu m'empêcher de penser à Tommy. Et tout m'a soudain paru douloureux, compliqué. Mais quand je suis arrivée chez Lydersen, ça allait déjà mieux, et j'ai pensé : c'est donc si facile de s'en remettre? Ça veut dire quoi? J'ai passé les doigts sur mes lèvres, elles étaient toujours aussi étrangement engourdies, et en même temps électriques, écorchées, à vif. Suis-je une autre, désormais? ai-je pensé. Une autre que ce matin, en me levant? C'était ce que je voulais. Je prenais mon envol.

Ce fut un automne différent.

Parfois, il vous est impossible de vous rappeler ce qui s'est passé à telle période de votre vie; impossible de vous rappeler ce que vous avez fait, ce que vous avez dit et à qui; impossible de vous rappeler le quotidien, les journées d'école, les anniversaires auxquels vous étiez invité. Mais vous vous rappelez les couleurs de ces jours-là, et les paumes de vos mains se rappellent si tel objet était doux, lisse ou rugueux, elles gardent le souvenir des pierres et des arbres, elles gardent celui de l'eau et de certains vêtements; vous vous rappelez que tel vêtement était important, mais vous ne savez plus pourquoi, et un numéro de téléphone ressurgit parfois, mais vous ignorez à qui il appartenait, 25 00 45, c'était qui? Et une phrase vous revient, mais qui la prononçait, lui ou vous? Peu importe, peut-être l'avez-vous prononcée en même temps. Et vous vous souvenez du temps qu'il faisait, et du ciel, de tous les ciels, et les jours portaient tous le même signe, plus, plus, plus, et ils défilent maintenant au ralenti devant vous. Et le vêtement était une robe, et vous pirouettiez dans votre robe, et vous souleviez votre main et la contempliez ; c'était votre main, mais elle était différente, et vous la voyiez pour la première fois. Et vous riiez en disant : J'ai une main toute neuve, regarde ma main, Jim, elle te dit adieu, elle ne reviendra plus.

Avant Noël, il a commencé à changer. J'ignorais pourquoi. Nous étions dans la cour enneigée du lycée, et je lui ai demandé si quelque chose s'était passé, s'il voulait m'en parler. Mais rien ne s'était passé, m'a-t-il assuré. Tout est comme d'habitude, a-t-il dit. Mais ce n'était pas vrai, et j'ai insisté : il a bien dû se passer quelque chose, Jim, tu es si différent, je ne te plais plus, c'est ça ? Tu t'es lassé de moi, c'est ça ? Si c'est ça, tu n'as qu'à me le dire, ce sera préférable pour tout le monde. Et c'était vrai, je le pensais sincèrement. Pourquoi dis-tu que j'ai changé ? m'a-t-il demandé. Je n'ai pas changé, pas du tout. Mais si, ai-je dit, tu ne ris plus, tu es tout triste, ça me fait de la peine, tu ne me touches même pas. Pourquoi tu ne me touches pas ? Je ne suis quand même pas obligé de te toucher tout le temps, a-t-il répliqué. Et là-dessus j'ai annoncé que je devais y aller. On avait cours de physique et je n'y comprenais rien. À la physique.

Le lendemain, il n'est pas venu au lycée. Le surlendemain, tout le monde devait passer un examen blanc, et il est arrivé au moment où nous pénétrions dans les salles de classe. Plus tard, on m'a raconté que Jim avait rendu sa copie au bout d'une heure seulement, alors que la plupart des élèves en avaient mis au moins deux. Et on ne s'est pas vus ce jour-là, puisqu'il a terminé bien avant moi. Les jours suivants, il est venu, mais on était terriblement gênés quand on s'est retrouvés dans la cour, et je me suis dit que c'était fini. On ne s'est même pas dit un petit mot gentil. Mais je me trompais peut-être, je ne connaissais rien à l'amour. L'amour, c'était quelque chose que j'avais vu au cinéma, et que j'avais peut-être vécu avec Tommy. Si ça se trouve, il fallait seulement avoir un peu de patience. Car je voulais rester avec Jim. Je ne voulais pas revenir en arrière.

Après le nouvel an, il a de nouveau disparu. Je ne savais pas quoi faire. Je ne pouvais quand même pas aller au hameau et frapper à sa porte. Si je me montrais là-bas, ce serait un événement ; qu'est-ce qu'ils diraient, tous les vieux, s'ils me voyaient débarquer ? Avec la maison qui avait brûlé, et tout. Et ça me paraissait difficile de demander de ses nouvelles à quelqu'un, même à Tommy je n'ai pas osé. J'ai fini par me tourner vers Mathiesen, un des profs. Jim et lui étaient devenus amis, malgré leur différence d'âge et de statut ; ils se voyaient souvent après les cours pour parler politique. Mathiesen m'a dit que Jim était tombé malade. C'est grave ? ai-je demandé. Je crois que oui, a-t-il répondu. Il est à l'hôpital ? ai-je demandé. C'est si grave que ça ? S'il était à l'hôpital, je pourrais aller le voir, nous serions en terrain neutre. Non, je ne crois pas, a répondu Mathiesen, je crois qu'il est chez lui, à la maison. Chez lui, à la maison. Pourquoi n'a-t-il pas dit *chez lui*, tout simplement ? Comme si la maison était une sorte d'hôpital.

Finalement, il a quand même été hospitalisé. C'était au printemps, nous étions en mars, et quelque chose s'était passé ; il avait failli y laisser sa peau, m'a dit quelqu'un, je ne sais plus qui. Au bout de deux semaines, je suis retournée voir Mathiesen et je lui ai demandé s'il savait quelque chose. Il ne pouvait pas m'en parler, m'a-t-il dit. Et quand je lui ai demandé si je pouvais aller voir Jim à l'hôpital, il a répondu que non. Mathiesen avait eu la mère de Jim au téléphone ; Jim avait besoin de calme et de repos, avait-elle déclaré. Il ne fallait pas le déranger. Les médecins craignaient apparemment qu'il s'inquiète ou qu'il s'énerve, et que son état s'aggrave encore. Mais j'ai quand même pris le train pour Lillestrøm, puis le bus jusqu'à l'hôpital. En descendant du bus, je suis passée devant une ambulance rouge et blanc garée de travers, dont le hayon s'ouvrait pour laisser sortir une civière. Puis j'ai continué vers l'entrée principale.

Je l'ai aperçu de loin. Vêtu d'une blouse blanche d'hôpital, il fumait devant la porte. Il faisait froid, je portais un bonnet et un duffle-coat, et je me suis demandé comment il pouvait supporter de rester dehors dans cette tenue. À Mørk et partout ailleurs, c'était toujours lui qui me voyait le premier quand il arrivait à pied ou à vélo. Et il me faisait un signe de la main. Et il me disait : Je te reconnaîtrais à n'importe quelle distance, même dans le noir, je saurais que c'est toi. Et maintenant je me dirigeais vers lui, et il était là à fixer le sol, à lever les yeux au ciel, à tourner la tête à droite et à gauche. Et, quand il s'est enfin décidé à regarder dans ma direction, il ne m'a pas reconnue. Même de près. Il ne pouvait pas me faire un signe de la main, il ne pouvait me saluer d'aucune manière. Les yeux dans le vide, il trépignait d'une drôle de façon en tirant sur sa clope.

Je me suis arrêtée au milieu du parvis. C'était idiot, dans l'air bleu et froid, j'ai senti une rougeur me brûler les joues.

Dans mes tempes, le sang battait si fort qu'on devait l'entendre partout. J'avais honte. Qu'est-ce que tu fais là, me suis-je dit, tu te prends pour qui ? J'étais si embarrassée que j'en ai eu le souffle coupé ; j'ai tourné les talons et je me suis dirigée vers l'arrêt de bus. De nouveau, je suis passée devant l'ambulance rouge et blanc, dont le hayon était maintenant fermé. Et le chemin m'a paru bien plus long.

J'ai voulu consulter les horaires pour voir s'il y avait bientôt un bus pour la gare de Lillestrøm. Mais je n'ai rien compris, car tout se bousculait, les chiffres dégringolaient pour former de petits tas en bas de l'affiche, et j'ai fini par renoncer. Et je suis restée là, dans l'attente d'un bus hypothétique. Je me suis tournée vers le parvis de l'hôpital, et la silhouette blanche de Jim était toujours là, devant la double porte vitrée. Je voyais les volutes grises de sa cigarette stagner dans l'air froid. Mais je ne voyais pas son visage, il ne voyait pas le mien, et ce n'était pas une question de distance. Puis il a disparu. En me retournant, j'ai vu le bus arriver à ma droite ; il a patiné sur l'asphalte verglacé, puis il s'est immobilisé en bas de la pente, où il est resté de biais. À travers le pare-brise, j'ai vu les lèvres du chauffeur former le mot *merde.*

JIM. TOMMY. 1970

Ils quittèrent le sentier, s'enfoncèrent entre les arbres et descendirent vers le lac d'Aurtjern. Le lac gelé brillait au clair de lune. La neige leur arrivait aux chevilles. Sur leur poitrine se balançaient leurs patins de hockey, dont ils avaient noué les lacets derrière leur nuque. Tous les deux portaient des bonnets, celui de Jim cachait ses cheveux longs, et les deux garçons étaient dissemblables, comme étrangers l'un à l'autre. Avec leurs couvre-chefs, ils se ressemblaient pourtant ; Tommy avait beau être plus grand que Jim, ils avaient un air de famille. Plus qu'en temps ordinaire. Mais ils ne le savaient pas.

La lune se reflétait dans la glace, qui paraissait aussi dure qu'elle devait l'être. Il gelait à pierre fendre, il faisait moins dix et la lune éclairait une partie de la colline d'en face, faisant apparaître des stries obscures de neige tôlée qui se succédaient jusqu'au lac. Un pin se penchait au-dessus de la rive, jetant des ombres biscornues sur la glace. Il n'y avait pas un nuage. Tout était silencieux. Ils s'arrêtèrent un instant pour contempler le spectacle. Jim se tourna vers Tommy :

— On pourrait devenir croyant à moins que ça.

— Toi, tu l'es déjà.

— Plus tellement. Je suis socialiste. Je suis pour une société sans classes.

Tommy ne répondit pas. Le dos bien droit, il se contentait de promener son regard sur le lac, jusqu'à la rive d'en face, qui s'étendait à l'ombre de la colline. La lune perçait des trouées entre les arbres, et la glace étincelait, parfaite.

— Putain, que c'est beau, dit-il.

Puis ils s'aventurèrent sur la glace.

C'était en hiver, c'était en 1970, en décembre, et ils avaient fêté leurs dix-huit ans, Jim en octobre et Tommy en novembre. Deux jours après son anniversaire, Tommy avait passé son permis et il s'était offert la vieille Mercedes blanche pour laquelle il économisait depuis un moment. Les Beatles s'étaient séparés, ils ne rejoueraient plus jamais ensemble. C'était la faute de Yoko Ono, mais peu importe, ça ne valait pas la peine d'en parler. Ni même d'être triste. Les années soixante se terminaient. C'était fini.

Ils passèrent les lacets par-dessus leur tête, laissèrent tomber leurs patins sur la glace, ôtèrent leurs gants de laine et s'agenouillèrent pour défaire les nœuds. Ils replièrent le cuir des bottines de part et d'autre de la languette pour les chausser plus facilement, et les lacèrent soigneusement jusqu'en haut, entourant deux fois leurs chevilles avec les lacets plats et marron avant d'y faire un nœud simple. Puis ils croisèrent les lacets pour les passer deux fois autour de leurs pieds, entre la lame des patins et le cuir des bottines, et terminèrent l'opération par un nœud à boucles. Ils se redressèrent et firent quelques pas pour tester la glace. Ils n'avaient pas patiné depuis longtemps, mais ils s'en sortaient mieux qu'ils ne l'auraient cru. Côte à côte, ils longèrent prudemment la rive jusqu'à la première crique, se tenant d'abord par l'épaule, puis par le bras et enfin par la main. À la sortie de la crique, leur allure s'était déjà bien améliorée ; plus à l'aise, ils prirent de la vitesse et firent le tour du lac. Ils volaient, planaient comme des patineurs artistiques. Tommy éclata de rire ; c'est tout schuss, cria-t-il, et ça les fit rire tous les deux. Et le son de leurs voix était différent ; ils avaient beau être dehors, ça résonnait comme dans un espace clos ou sur une scène de théâtre. Mais il n'y avait pas de spectateurs, et ils n'en auraient pas voulu. Et ils prirent leur élan pour couper à travers le lac en ligne droite, et ils s'arrêtèrent de profil, et les lames de leurs patins firent gicler les particules de glace comme dans les matches de hockey à la télé. Et ils restèrent immobiles, se tournant à peine pour regarder autour d'eux, et partout il y avait des arbres et personne n'était dehors dans la nuit.

Jim était hors d'haleine, la buée de froid sortait de sa bouche comme un gaz d'échappement. Il fut le premier à parler :

— On est amis depuis combien de temps, Tommy ?

— Depuis toujours. On a toujours été amis.

— Autant que je m'en souvienne, oui, dit Jim.

Puis il ajouta, un peu timidement :

— Je crois que ça durera jusqu'à la fin de notre vie. Tu ne crois pas ?

— On changera, tous les deux. Avant, on se ressemblait plus que maintenant.

— On ne s'est jamais ressemblé. Pense à tes parents. À ce que tu as vécu.

— C'est vrai. Et toi, tu étais chrétien. Moi, je ne l'ai jamais été. Ou alors, juste un peu. Un peu chrétien.

— Je ne suis plus chrétien. Je suis socialiste.

— Oui, tu l'as déjà dit. Mais, si on le veut, ça durera. Ça dépend de nous. On restera amis tant qu'on le voudra.

— Et on le veut, n'est-ce pas ?

— Oui. Moi, je le veux, en tout cas. Pas toi?

— Bien sûr. Bien sûr que je le veux, dit Jim.

Et un sentiment de bonheur l'envahit. À quoi aurait ressemblé son avenir sans Tommy? à quoi aurait ressemblé sa vie? De jour, dans le monde réel, ils n'auraient pas pu parler ainsi; c'était possible parce qu'il faisait nuit, parce que la lumière était différente et qu'avec leurs bonnets – ces bonnets qui leur donnaient un air de famille dont ils ne se rendaient pas compte, puisque Tommy était plus grand que Jim – ils étaient eux-mêmes différents. Et la lune brillait sur le lac d'Aurtjern, et il faisait un froid de loup, et personne ne les voyait avec leurs couvre-chefs, et rien n'était comme d'habitude. Et on pouvait tout dire. Et Jim demanda à Tommy :

— C'est parce que tu me trouves sympa que tu veux être ami avec moi? J'ai quelque chose que tu trouves particulièrement bien?

— On est amis parce qu'on est amis. On a toujours été amis. Tu es Jim, tu as toujours été Jim.

— Et c'est bien, ça?

— Évidemment que c'est bien.

— Alors ça va, dit Jim.

Mais ce n'était peut-être pas suffisant. Pas tout à fait : les choses, ça se mérite, non? Parfois il le pensait. Il déglutit pour chasser cette idée. Et il changea de sujet :

— Tu as parfois des nouvelles de ta mère ou de ton père?

— Non.

— Ça te contrarie?

— Non. Ça ne me fait rien du tout. Je m'en fous.

— Je comprends, dit Jim.

Et Tommy se demanda : il le comprend vraiment? Peut-être que oui, après tout. Leur proximité était telle que l'un était sans doute capable de ressentir ce que ressentait l'autre ; quand ils se tenaient coude à coude, comme à présent, il devait y avoir une sorte de transmission entre eux, une espèce d'arc électrique. D'ailleurs, Tommy venait justement de penser à sa mère. Là-haut dans le ciel, elle le voyait peut-être planer au-dessus de la glace, et elle disait de sa voix dont il ne se souvenait pas : Est-ce bien mon fils ? Non, ça ne peut pas être lui. Avec ce bonnet, je ne le reconnais pas ; ça ne ressemble pas à mon Tommy, tel que je m'en souviens. Et, en effet, il ne devait plus ressembler à celui qu'il était dans les souvenirs de sa mère. Elle avait disparu six ans plus tôt, et Tommy n'avait plus personne en dehors de Jim. À part Jonsen, bien sûr, mais Jonsen était comme une sorte d'oncle. Et puis, c'était son patron ; ça faisait deux ans que Tommy travaillait à la scierie. Il avait Siri, mais Siri n'était plus la même ; elle allait au lycée, à Valmo, et elle vivait chez les Lydersen, à Mørk. Il la voyait parfois ; ils se retrouvaient à la station-service, puis ils allaient derrière la coopérative ou descendaient jusqu'au lac, comme autrefois. Mais ils étaient gênés et malheureux, et leurs rendez-vous avaient fini par s'espacer. Quant aux jumelles, rien ne les distinguait des autres enfants du hameau ; elles disaient salut Tommy, salut Jonsen, et elles se promenaient bras dessus bras dessous en gloussant. Et Tommy les suivait du regard, et il les voyait disparaître derrière la porte des Lien, et pas une seule fois elles ne se retournaient, alors qu'il s'était occupé d'elles et qu'il était leur frère.

— Je ne veux pas parler d'eux, dit Tommy.

— Je sais. Tu n'es pas obligé.

— Je sais. Mais ça ne me dérange pas que tu me poses des questions. Simplement, je n'ai pas envie de parler d'eux. Je n'ai rien à dire.

— Pour moi, ce n'est pas un problème.

— Je sais. C'est très bien comme ça. On fait encore un tour ?

— D'accord.

Et c'est alors que cela se produisit. Il y eut soudain une détonation sous leurs pieds, puis un écho renvoyé par le rocher d'en face. Le bruit faillit les faire tomber à la renverse. Ils prirent peur ; ils se dirent que la glace allait se briser et s'ouvrir en deux ; l'eau allait les engloutir ; ils allaient se noyer, paralysés par le froid. Nager avec des patins, il ne fallait même pas y songer. Ils firent un bond en avant, comme si on avait donné un coup de starter. Mais ils n'étaient pas au championnat du monde de patinage de vitesse. Ils n'étaient pas au stade du Bislett, avec ses pistes et ses tribunes, et personne ne les voyait ; sous le clair de lune du lac d'Aurtjern, il n'y avait que Jim et Tommy. Et une nouvelle détonation se fit entendre dans la nuit veloutée, et ils s'élancèrent vigoureusement en avant. Ils avaient le sentiment de patiner dans la mélasse ; ils progressaient à grand-peine, comme dans un film au ralenti. Et ça allait mal finir, ils en étaient persuadés. Jim, du moins, en était certain. Consciemment ou non, il écarta le bras droit et heurta la poitrine de Tommy. Prenant son élan, il le repoussa violemment en arrière ; Tommy recula jusqu'au milieu du lac, puis il tomba à genoux et continua à déraper sur quelques mètres avant de s'immobiliser, les coudes sur la glace et les mains en l'air, en voyant le dos de Jim s'éloigner vers la terre ferme.

Tommy se redressa péniblement. Il essuya ses coudes, essuya ses genoux, et cria :

— Mais enfin, Jim, c'est juste la glace qui se consolide. Elle ne se brise pas, elle est trop épaisse, elle ne fait que se consolider. C'est toujours pareil quand il fait un froid comme ça. Elle se dilate, elle se consolide.

Sur la rive, Jim était tombé à genoux dans la neige. Il avait ôté son bonnet. Il ne se retourna pas, ne répondit pas. Sans regarder Tommy, il finit cependant par crier d'une voix étrangement sourde, comme si elle sortait du fond d'un sac :

— Je sais, elle se consolide. Elle se consolide, je le sais. Et je n'ai pas eu peur. Je n'ai pas voulu te repousser. J'ai trébuché, c'est pour ça que j'ai écarté le bras. J'ai perdu l'équilibre, tu comprends ?

D'un mouvement lent et régulier, Tommy regagna la rive. Les genoux de son pantalon étaient tout blancs ; ils brillaient comme si on les avait lustrés.

— Bien sûr que je comprends, dit-il.

Il parlait d'une voix douce. En rejoignant Jim, il lui posa la main sur l'épaule :

— Moi aussi j'ai perdu l'équilibre, j'ai sursauté, ça a fait un bruit d'enfer.

Puis il approcha sa bouche de l'oreille de Jim :

— Remets ton bonnet, tu vas te geler. Tes oreilles sont déjà en train de blanchir.

C'était vrai. Jim était transi, le gel lui transperçait les oreilles et il avait une envie irrépressible d'y plaquer ses mains, de les couvrir, de remettre son bonnet. Mais il devait encore souffrir un peu, c'était indispensable. Seulement quelques minutes de plus, il ne pouvait pas faire autrement.

— Hé, Jim, remets ton bonnet, dit Tommy. Tu vas choper une otite.

Mais Jim ne voulait rien entendre. Et Tommy s'agenouilla dans la neige pour attraper le bonnet. Refusant de le lâcher, Jim le serrait contre lui comme s'il y allait de sa vie ; ils tiraient dessus tous les deux, puis Tommy finit par crier merde, et il s'empara du bonnet et le lui enfonça sur les oreilles. C'était un bonnet en laine rouge, un bonnet socialiste ; la mère de Jim avait passé l'automne devant sa télévision en faisant cliqueter ses aiguilles à tricoter, on les entendait dans toute la maison ; clic, clic, disaient-elles, clic, clic. Ce devait être des aiguilles circulaires, Jim en était sûr, et il tenait à ce bonnet, car il était rouge comme un drapeau. Mais dans le noir, sur les rives du lac d'Aurtjern, on ne voyait pas sa couleur. Et ils étaient à genoux dans la neige tous les deux, et leurs bottes étaient à côté d'eux, et la lune éclairait le lac d'une lumière jaune et irréelle, presque chaude. Mais la glace avait moins d'attrait qu'une heure plus tôt. Tommy n'avait plus aucune envie de s'y aventurer ; il se sentait mal.

— Je ne voulais pas te repousser, dit Jim.

— Je sais. N'y pense pas, ça n'a pas d'importance.

— C'est vrai, je ne voulais pas.

— Arrête, Jim. N'y pense plus, je te dis.

II

JONSEN. DÉCEMBRE. 1964

Il était tard. Il mit son bonnet, sortit sur le perron et resta un moment immobile à contempler le ciel. Puis il ferma la porte derrière lui et descendit vers la maison des Berggren. Il faisait froid, les talus de neige atteignaient un mètre de haut. Presque toute cette neige était tombée les jours précédents. Un air saturé de blanc avait enveloppé les maisons, interdisant les sorties; *no exit,* aurait-on pu écrire sur les portes. Et quand la neige avait cessé, il avait fallu déblayer pour accéder à la route et aux poubelles. Ils s'y étaient tous mis. Devant chaque maison, un homme s'activait, le dos courbé, ponctuant ses gestes de gémissements réguliers comme si on lui frappait le ventre. À la fin, seul un bonnet bleu apparaissait et disparaissait au-dessus du talus, et à chaque coup de pelle la neige giclait comme de l'écume; parfois on devinait un visage rougi par l'effort et un gant de laine à motif jacquard serrant un manche d'outil. Mais la route aussi était enneigée; le hameau était assiégé, il était impossible d'y accéder en voiture. Et les enfants restaient à la maison, puisque le car scolaire ne passait pas. Ni le camion à ordures. Ce qui posait quand même un problème.

La neige ne tombait plus, mais marcher n'était pas facile. Il faisait nuit; à part Jonsen, il n'y avait personne dehors. Le chasse-neige ne viendrait que le lendemain matin; il devait ouvrir un passage assez large pour permettre au car scolaire de monter jusqu'au hameau. Pour l'instant, Jonsen avait du mal à imaginer que ce soit possible. Il se souvenait d'une époque où le chasse-neige était tiré par six chevaux de trait déployés en éventail, tandis que cinq hommes se tenaient debout sur la charrue pour la maintenir au sol. Pelles à la main, les habitants marchaient sur deux files derrière l'engin; tous les ans, ils faisaient pareil, comme s'il y avait un accord tacite entre eux. Les lourds travaux, les lourds chevaux. Il n'y avait pas de chef, tout le monde était là, chacun savait ce qu'il avait à faire. Un beau matin, en jetant un regard par la fenêtre, ils constataient que le hameau allait être enseveli si personne ne faisait rien. Et ils répondaient tous présent. Une année, les talus de neige étaient si hauts qu'en montant dessus on pouvait toucher les fils électriques sans tendre les bras. Jonsen était encore enfant à l'époque, il voyait les hommes déblayer la neige au sommet des talus, dans leurs vestes déboutonnées; il se souvenait du tissu des vestes, de leur doublure, et de la neige si blanche. Le tissu était gris et rêche, il s'en souvenait parfaitement, et les vestes avaient des boutons dorés, et le vent remplissait l'air de sucre glace; pour s'en protéger, il avait fermé les yeux. Un étranger les avait pris en photo. Il s'était agenouillé dans la boue neigeuse, pointant son appareil vers le haut; quand la photo avait paru dans le journal, les talus semblaient encore plus élevés. *Nous n'attendons pas le chasse-neige de la municipalité,* disait la légende, *la municipalité, c'est nous.*

Ils s'étaient donné rendez-vous à onze heures, quand Tommy serait couché. Elle avait préparé les gamelles pour le lendemain : quatre gamelles alignées sur la table de la cuisine, une pour Tommy et une autre pour Siri, qui allaient à l'école, et une pour chacune des jumelles, qui en réclamaient aussi. Et elle avait soigneusement calligraphié leur nom sur chaque gamelle. C'était tout, elle ne pouvait rien faire de plus, et elle ne voulait pas céder au sentimentalisme. Cela n'aurait fait que rendre les choses encore pires.

Toute cette neige prenait Jonsen au dépourvu. Il n'avait pas de solution de rechange. Il avait rentré sa voiture au garage en marche arrière; tout était prêt pour filer le soir même. Il n'avait rien prévu d'autre : quand il ferait nuit et que Tommy serait couché, il irait la chercher, puis ils partiraient. Le lendemain aux aurores, son mari serait là. Berggren, l'éboueur. Et alors ce serait trop tard.

Comme tout le monde, Berggren avait déblayé devant sa maison. Mais il y avait vingt-quatre heures de cela, et il avait encore neigé depuis. Au bord du sentier, les congères arrivaient aux genoux de Jonsen. Pour marcher, ça pouvait encore aller. Mais les traces de leurs bottes, une paire plus grande que l'autre, seraient parfaitement visibles quand il ferait jour. Si les voisins étaient un peu curieux, ils ne manqueraient pas de les remarquer. À moins qu'il ne se remette à neiger. C'était possible; Jonsen n'en savait rien, il n'avait pas écouté la radio. Il était resté devant son Opel Kapitän – Kapitän, pas Capitaine, ça l'énervait quand les gens disaient Opel Capitaine, ils ne savaient pas lire? – dans son minuscule garage aux cloisons en fer-blanc tachées de givre. Il avait ouvert le capot, et il s'était penché au-dessus du moteur. Et il s'était dit : pour l'amour du ciel, ne cédons pas à la panique. Il y avait un tuyau qui fuyait; même lui était capable de s'en apercevoir. Il avait fouillé partout avant de trouver un bout de caoutchouc pour le remplacer. Il l'avait serré à mort et il avait mis une pince à chaque extrémité. Et il fallait aussi resserrer la courroie du ventilateur; il savait à peu près où elle se trouvait, mais il se sentait complètement perdu. Il aurait dû aller chez Lysbu, mais il n'avait pas osé. Rien que de penser aux couinements de cette courroie, il avait les nerfs en pelote. Les gens se précipiteraient à leurs fenêtres, ils verraient ses phares éclairer la route et ils reconnaîtraient sa voiture. Et ceux qui en étaient capables additionneraient deux plus deux, et la vérité leur sauterait aux yeux. C'est ça, se diraient-ils, on s'en doutait.

Il laissa retomber le capot. Il ne pouvait rien faire de plus. Sa voiture devait tenir jusqu'à Oslo et retour, soixante kilomètres dans un sens et soixante kilomètres dans l'autre. Le problème était là. Elle ne pouvait pas prendre le train, attendre sur le quai.

Il frappa doucement. Pourquoi est-ce que je fais tout ça? pensa-t-il. Et à l'instant même la porte s'ouvrit. Elle avait dû l'attendre juste derrière. Alors Tommy devait être au lit. Ce garçon. Combien de fois n'était-il pas venu en cachette chez Jonsen, les fesses brûlantes, pour s'asseoir devant la radio sur le canapé moelleux. Ou devant la télé, plus tard.

Son visage apparut dans l'encadrement de la porte. Dans la réalité, un visage ne ressemble pas à ce que l'on voit devant son œil intérieur. Dans la réalité, ses traits sont plus nets. Aux commissures des lèvres, il y a quelque chose de différent, et les yeux ont un regard qui n'existe pas dans le rêve. La bouche peut s'ouvrir et se refermer sans dire un mot; tout peut arriver : des pensées irrationnelles, la panique. Et il se dit : c'est pour ça que je le fais. Il le sentait dans son ventre. À quoi me sert-il qu'elle parte cette nuit? pensa-t-il.

— Je ne sais pas si on va pouvoir y aller, dit-il. La neige est si haute, je ne peux pas sortir la voiture.

Sa valise était posée sur le sol, juste derrière elle. Une toute petite valise. Elle n'a que ça? pensa-t-il.

— C'est tout ce que tu emportes? demanda-t-il. Rien de plus, pas d'affaires personnelles?

— Non, dit-elle. Pas d'affaires personnelles.

Puis, changeant de sujet :

— Il faut bien qu'on essaie, pourtant.

— Je ne pourrai pas la sortir. C'est vrai.

— Alors je mourrai.

Il réfléchit. À quelle distance était la nationale? Six cents mètres, sept cents? S'il pouvait mettre les gaz, ce serait peut-être faisable. Mais comment y arriver? Il lui fallait au moins cinquante mètres pour accélérer, c'était le minimum. S'il commençait à déblayer, il ferait jour avant qu'il ait terminé. Et puis, de toute manière, c'était sans espoir; s'ils parvenaient à rejoindre la nationale, ils découvriraient sans doute qu'elle n'avait pas été dégagée non plus. Et alors ils seraient fichus. Le découragement et l'énervement commençaient à le gagner. Pas à cause d'elle, à cause de la situation en général. S'ils restaient coincés sur la route, que faire? Rentrer à la maison? Mais alors il faudrait abandonner la voiture, pas question de faire demi-tour ou de revenir en marche arrière. Du coup, tout le monde serait au courant.

— Tu ne mourras pas, dit-il. Mais cette nuit on n'a aucune chance.

Elle ne répondit pas.

— Tu ne peux pas rester là, dit-il, pas avec cette valise.

Il s'était remis à neiger. Il leva la tête; le vent soufflait plus fort, et il pensa : je l'emmène chez moi, la neige effacera nos pas. Si elle continue de tomber. Il y a un ciel de neige, pourvu qu'elle continue de tomber.

C'était bientôt Noël. Derrière certaines fenêtres, on voyait des chandeliers électriques, c'était la nouvelle mode. En se penchant, il parvint à attraper la poignée de sa valise sans poser le pied dans l'entrée ; il fallait à tout prix éviter ça, ne pas laisser de traces. Puis il la tira vers lui et la souleva par-dessus le seuil. Bottines aux pieds, les mains chaudement gantées de laine, elle était prête ; avec son fichu sur la tête, elle paraissait plus âgée. Elle avait tout juste la trentaine, comme lui, mais cet accoutrement lui donnait un air de matrone. D'ailleurs, elle était bel et bien mère de famille. Pourtant, il pensait tous les jours aux commissures de ses lèvres, à la peau derrière ses oreilles, à ses paumes nues, à son corps dévêtu ; ce corps qui l'avait tant surpris ce soir-là, chez lui, quand ils étaient restés attablés dans sa cuisine tard dans la nuit et qu'elle lui avait raconté ce qu'avait été sa vie jusque-là. Suspendu à sa voix, il était resté cloué sur sa chaise, les coudes sur la table, devant un verre d'alcool qu'il ne s'était pas résolu à avaler. Et son corps était frais au toucher, pas chaud comme il l'avait imaginé, et il ignorait si cette fraîcheur était une bonne chose, une qualité, si c'était normal. Tout cela était si inattendu, si incongru par rapport à tout ce qu'il avait connu. Mais ce n'était pas de l'amour. Et à présent il ne pensait pas à elle de cette manière-là, car elle n'était plus la même femme. Celle-ci avait peur ; celle qui s'était dévêtue, non.

Ils allèrent chez lui. Il la précédait :

— Reste derrière moi, marche dans mes pas. Comme ça, nos traces se confondront, c'est important.

Elle lui obéit. Ils devaient offrir un spectacle étrange. Et il pria. Il s'adressa au Dieu tout-puissant : Que personne ne veille cette nuit, que personne ne quitte son lit à l'heure qu'il est, que personne ne s'installe dans son fauteuil devant la fenêtre pour observer les tourbillons de neige, la tête pleine de pensées qui empêchent de dormir. Que personne ne la voie marcher dans mes pas, que personne ne nous voie cheminer dans cette neige profonde, dans cette blancheur qui rend tout visible malgré l'obscurité. Que personne ne la voie quitter sa maison pour la mienne. Il était minuit passé; si quelqu'un était debout, si quelqu'un les voyait, sa situation deviendrait intenable. Il ne serait plus le même homme, les gens le regarderaient d'un autre œil et il ne pourrait plus rester dans ce hameau où il avait toujours vécu, sauf pendant une période en mer. Mais il n'était pas question qu'il l'accompagne; pour elle, c'était exclu.

Ils pénétrèrent dans l'entrée. Il laissa la porte ouverte et posa la valise devant la glace. Sans lui jeter un regard, il prit un balai, ressortit sur le perron et se mit à balayer les quatre marches qu'il avait déjà déblayées une demi-heure plus tôt. Puis il s'empara de la pelle et dégagea l'allée jusqu'au portail. Il était furieux, son corps tremblait de rage, en cinq minutes il avait évacué la neige. Il revint, posa la pelle sous l'auvent, tapa du pied pour ôter la neige de ses bottes et referma la porte derrière lui. Elle était toujours dans l'entrée, enveloppée de son manteau gris; elle n'avait pas bougé d'un pouce.

— Viens, dit-il avec impatience.

Et il se mit à lui dégrafer son manteau. Ses gestes étaient si brutaux qu'un des boutons se défit et resta suspendu à un fil.

— Mais qu'est-ce que tu fabriques? dit-elle. Enfin, Jonsen, je sais déboutonner mon manteau toute seule, tu n'as pas besoin de m'aider.

Il perdit tout courage à l'entendre dire *Jonsen*; ça créait une telle distance, comme s'il n'avait pas de prénom, pas de personnalité propre. Mais on ne l'avait jamais appelé autrement. Depuis le collège il était Jonsen; à l'époque ils s'appelaient tous par leurs noms de famille pour faire adultes, c'était une mode. Et ils portaient leur cartable sous le bras gauche et saluaient en touchant leur casquette de deux doigts comme les grands, mais ils avaient fini par récupérer leurs noms de baptême et redevenir Vidar, Olaf ou Øivind. Sauf lui, il avait continué à être Jonsen, allez savoir pourquoi; son prénom s'était liquéfié, évaporé, il était devenu inconsistant comme l'air. Parfois il ne se rappelait pas lui-même comment il se nommait, à part Jonsen. Rien que Jonsen. Et maintenant il était Jonsen pour elle aussi, alors que pour lui elle était Tya. Ce prénom lui plaisait beaucoup, mais un jour il avait cessé de l'utiliser, et il s'adressait désormais à elle sans lui donner un quelconque nom. Ils étaient pourtant restés allongés côte à côte dans son lit, elle avec sa peau si fraîche au toucher et lui avec son corps timide et chaud. Elle n'était pas de la région, elle était arrivée dans la voiture de Berggren, enceinte de Tommy; peut-être n'avait-elle jamais su comment il s'appelait.

— Ça va, dit-il, fais-le toi-même. Mais débarrasse-toi de ton manteau, enfin.

Et il entendit ses propres mots, le ton sur lequel il les prononça, et il se dit qu'elle ne méritait pas ça. Après tout, c'était lui qui avait proposé de l'aider.

— Désolé, dit-il. Prends ton temps. Je vais aller te faire un lit dans le séjour.

— Tu pourrais faire le lit pour deux, ce serait mieux, non?

Et il fit comme elle lui avait dit de faire. En se donnant du mal, en tendant soigneusement les draps. Mais pendant l'acte, comme on dit, elle n'était qu'à moitié présente, elle lui faisait l'amour avec distraction. Alors qu'il avait déjà perdu pied et qu'il se laissait porter par le courant, elle dit :

— Tu crois qu'il va continuer à neiger? Il va falloir que j'attende longtemps?

Elle n'avait qu'une hâte, s'en aller au plus vite. Pendant qu'ils couchaient ensemble, elle ne pensait qu'à ça. Il n'aurait pas été plus surpris si elle lui avait demandé ce qu'il voulait pour Noël. Il se figea, son corps perdit sa chaleur, et il crut voir son propre dos la recouvrir presque entièrement; il voyait ses propres fesses, ses propres cuisses, il la voyait fixer le plafond, les yeux attirés par tout sauf par son visage à lui. Et il se dit : je ne peux pas continuer comme ça, je me rends ridicule. Mais il ne se retira pas. Doucement, il se remit à bouger. Puis il accéléra pour l'empêcher de parler encore, et il pensa : je prends ce qu'on me donne, j'accepte ce qu'on m'offre. Entre eux, ce n'était pas de l'amour, mais autre chose. Et puis, peu importe.

Le lendemain, il fut réveillé par le chasse-neige. Elle était déjà sur le divan, accroupie, vêtue seulement d'un tricot de corps blanc. Et elle était blanche de partout et sa tête dépassait à peine le rebord de la fenêtre. D'un œil attentif, elle observait la route, et la neige lui éclairait le visage, alors que le jour n'était pas encore levé. Et son visage était blanc et ses genoux lui touchaient le menton et elle croisait les bras sur sa poitrine. La courbe de son dos la faisait ressembler à une gamine, il ne lui manquait que les nattes. Mais ce n'était pas une gamine.

Elle se tourna vers lui, tout excitée :

— Je n'arrivais pas à dormir.

Elle semblait ne pas avoir fermé l'œil. Lui-même avait dormi comme une souche; il ne l'avait pas entendue se lever, il ne s'était pas aperçu qu'elle l'avait laissé seul, et il se dit : nous voilà revenus au point de départ. Il se sentit de trop dans sa propre maison.

— Dans une heure, le car scolaire sera là, dit-elle.

— Alors je vais nous faire à manger. Tu ne vas quand même pas rester devant cette fenêtre pendant une heure.

— Il faut que je voie ce qui se passe. Tu comprends ?

Il alla dans la cuisine et mit de l'eau à chauffer pour le café. Elle finit par le rejoindre, et ils mangèrent en gardant les rideaux fermés. Puis elle se leva sans dire un mot et regagna son poste d'observation dans le séjour. Courbant le dos pour ne pas être vue de l'extérieur, elle s'installa de nouveau sur le divan ; ses yeux dépassaient à peine le rebord de la fenêtre, et elle portait toujours son seul tricot de corps blanc. Il fut d'autant plus troublé par sa demi-nudité qu'elle semblait n'y attacher aucune importance. Comme s'il n'existait pas.

— Le car arrive, dit-elle.

Il entendit le ronronnement d'un moteur diesel ; le car s'apprêtait à quitter la nationale pour s'engager avec précaution sur le chemin qui traversait le hameau. Était-ce la neige qui en amplifiait le bruit sourd ? Il l'ignorait, mais il sentait vibrer toute la maison, tout son corps. Et elle appuya son front contre la vitre pour tenter d'apercevoir ses enfants, et elle les vit monter dans le car, qui passa ensuite devant la maison de Jonsen avec ses deux aînés à bord, Siri sur un des sièges du milieu, comme d'habitude, et Tommy sur la banquette arrière. Et Tommy regardait droit devant lui. Pas une seule fois il ne se tourna pour jeter un coup d'œil par la vitre, mais il brandissait sa gamelle et on voyait son nom calligraphié sur l'étiquette grise. On aurait volontiers imaginé qu'il avait une raison pour la tenir ainsi, mais cela ne pouvait pas être le cas.

Et dans son tricot de corps blanc elle était sur le divan, et elle suivait des yeux le car scolaire qui traversait le hameau avec Tommy et Siri à bord. Et elle les voyait disparaître, et il était difficile d'imaginer qu'une heure plus tard elle allait elle-même disparaître à tout jamais. Et que c'était lui, Jonsen, qui allait la conduire jusqu'à Oslo sur les routes enneigées et la déposer sur les quais, où elle embarquerait à la dernière minute sur un navire qui ne tarderait pas à gagner l'embouchure du fjord et ne ferait pas escale avant Rotterdam.

JIM. SEPTEMBRE. 2006. 1971

J'ai refermé la porte de la Sécu et je suis resté quelques minutes sur le palier. Je me sentais un peu flageolant, ce qui n'avait rien d'étonnant. Mais ce n'était pas bien grave.

Personne ne montait, personne ne descendait ; il n'y avait aucun bruit. Seulement le bourdonnement lointain du centre commercial. Les murs affichaient cette couleur que l'on retrouve dans les services publics du monde entier. Si on m'avait vu, on aurait forcément deviné ce que je faisais là, d'où je venais, mais cela était sans importance. Je me suis pourtant pressé vers l'ascenseur. Il était au rez-de-chaussée ; je l'ai appelé, puis j'ai changé d'avis et je me suis dirigé vers l'escalier. Je l'ai descendu en courant et j'ai traversé le centre commercial jusqu'au hall central. Puis je suis monté par l'escalier mécanique au niveau 2 et je me suis dirigé vers la cafétéria. Elle était ouverte sur le hall, on y pénétrait directement par la galerie où s'alignaient les boutiques, essentiellement des magasins de prêt-à-porter, C&A, H&M, ce type d'enseignes. J'ai posé ma veste sur une chaise, puis j'ai commandé un déjeuner tardif au comptoir. Ou un dîner précoce, selon le point de vue. J'ai transporté mon plateau jusqu'à ma table, puis je suis retourné chercher un café et un jus d'orange. Derrière le comptoir, il y avait toujours cette femme aimable ; elle me reconnaissait chaque fois que je venais et me demandait comment j'allais, mais je ne répondais jamais. Je me contentais de hocher la tête et d'esquisser un sourire. Quoi lui dire ? Et le menu ne changeait pas et je prenais toujours le même plat. Ça faisait plus de six mois que j'avais décidé de faire comme ça. C'était bien plus simple que de rester planté devant le comptoir, incapable de choisir.

Je me suis assis un peu trop lourdement. Je n'étais pourtant pas en si mauvaise forme. Le tabac m'handicapait un peu, bien sûr, mais je faisais de longues promenades dans les forêts qui entouraient ma banlieue. Parfois, je m'aventurais si loin que je retrouvais difficilement le chemin du retour dans la semi-obscurité, car je pensais à tout sauf à l'endroit où je mettais le pied. À des choses dont je ne me souvenais plus ensuite. Mais ça faisait plusieurs nuits que je dormais mal. La nuit précédente, je m'étais levé à quatre heures et j'avais pris le volant. À mon âge, ça ne pardonne pas.

J'ai posé ma serviette sur mes genoux et j'ai desserré ma cravate. Des cravates, je n'en mettais qu'exceptionnellement ; d'ailleurs, je n'en avais que deux. Que ne faut-il pas faire ! C'est étrange, ai-je pensé, ce dont je me souviens le mieux, de l'époque du Bunker, ce sont les moments passés devant la double porte d'entrée, sur le parvis donnant sur le parking et les immeubles d'en face, au milieu des ambulances qui allaient et venaient, toutes sirènes hurlantes. Je sortais fumer là, vêtu seulement de ma blouse d'hôpital, par n'importe quel temps. Il y avait des fumoirs à l'intérieur, à chaque étage, mais à la maison on m'envoyait toujours fumer dehors. Allumer une cigarette à l'intérieur m'aurait semblé un péché mortel. Et, dans un hôpital, n'en parlons même pas.

J'aurais pu me changer ou enfiler une veste par-dessus ma blouse pour cacher que j'étais un patient et non pas un visiteur. Mais, pour une raison ou pour une autre, je m'imaginais faire preuve de fierté et de ténacité à me geler les fesses. Comme si c'était une tâche dont j'avais la charge, une tâche importante. Un peu comme lorsque je passais la moitié du samedi tout seul devant la gare de Mørk à vendre le journal *Pour le Vietnam*, par solidarité avec le FNL, et que je ne récoltais que des injures. Et je me tenais là, stoïquement, dans le vent glacial, comme si je proclamais devant le monde entier : Les patients psychiatriques sont des êtres humains ! Il y avait peut-être des gens qui en doutaient, mais je n'en connaissais pas. Et on devait certainement penser que j'étais à moitié fou à rester là devant l'entrée, vêtu seulement de ma blouse presque transparente, par grand vent ou par temps de neige.

Puis le printemps est arrivé. Il faisait chaud devant l'entrée, et le vent était rafraîchissant et bienvenu.

Tommy venait parfois de Mørk, et il restait là avec moi. Il était chaudement vêtu, mais il ne fumait pas. Il n'avait jamais fumé. À cause de son père. Puis il a cessé de venir. Je ne sais plus pourquoi. Je me souviens à peine de ce qu'il me racontait. Je me souviens à peine de ce que je lui disais. Je ne sais pas si on parlait de choses importantes. Et ensuite je ne l'ai plus revu, jusqu'à ce matin, sur le pont d'Ulvøya. Cela faisait trente-cinq ans. Dès que je suis sorti du Bunker, nous avons quitté Mørk ; ma mère avait hâte de s'en aller. Un matin de bonne heure, alors que les voisins n'étaient pas encore debout, nous avons solidement arrimé toutes nos affaires sur le plateau d'un camion, puis nous sommes partis. Sans dire au revoir à personne.

Tommy avait beau ne plus venir, je n'étais pas seul devant l'entrée. De plus en plus souvent, Fredrik venait fumer avec moi, alors qu'en principe il ne fumait pas. Il s'y était mis à cause de moi ; ça lui donnait une excuse valable pour me tenir compagnie. Il raisonnait de cette façon. Au début, ça me faisait de la peine de l'entendre tousser. Il doit être fou, je me disais. Ce qui était tout à fait exact, c'était pour ça qu'il était là. C'était pour ça que nous étions là tous les deux.

Il me parlait de sa mère. Il était fils unique, son père était mort quand il avait cinq ans. Il adorait sa mère. Et elle l'adorait. Elle avait sacrifié sa vie pour Fredrik. Ellc était tout pour lui. Lui n'était rien.

— Si elle a sacrifié sa vie pour toi, comment se fait-il que tu ne sois rien ? lui ai-je demandé un jour.

— C'est ça qui est bizarre. Je n'arrive pas à le comprendre. J'ai essayé, mais je n'y arrive pas.

Il devait avoir quinze ans de plus que moi, au moins, et j'étais le seul à qui il adressait la parole. Même aux médecins, il ne parlait pas.

— Tout ce qu'ils veulent, c'est me renvoyer à la maison, disait-il. Mais je ne veux pas. Je suis bien mieux ici.

Dans le service, il y avait une espèce de cabine téléphonique. Pas une belle cabine rouge, comme dans les rues d'Oslo, mais une sorte de boîte insonorisée, avec des parois en plexiglas qui permettaient de voir la personne à l'intérieur sans l'entendre.

Tous les soirs, Fredrik téléphonait à sa mère.

— Je vais au rapport, disait-il.

J'étais sûr qu'il plaisantait, mais il ne plaisantait pas. Et je lui disais :

— Tu es obligé ? Tu as quand même trente ans passés.

— Tu es fou ? Bien sûr que je suis obligé. Ce serait du joli, sinon.

On disait souvent « tu es fou ? ». Ça nous faisait rigoler. Mais il ne cherchait pas à être drôle.

Au bout de quelques minutes, je le voyais se mordre les lèvres. Puis son nez commençait à couler, et il finissait par serrer les paupières et se mettre à pleurer. Non pas discrètement, avec retenue et sans gesticulations, comme un homme adulte, si tant est qu'un homme adulte puisse pleurer. Quand Fredrik pleurait, il ouvrait la bouche en grand, et son visage paraissait coupé en deux. Comme les gosses qui jouent à la marelle ou sautent à la corde, et qui tombent soudain et s'écorchent les genoux sur l'asphalte : leur bouche n'est plus qu'un gouffre. C'est une chose que j'avais souvent observée ; j'avais souvent entendu cette suffocation silencieuse qui précède le hurlement. Je suis persuadé que Fredrik hurlait, mais je ne l'entendais pas, car il était assis dans cette cabine insonorisée. Derrière la paroi en plexiglas, sa bouche muette ressemblait à une gigantesque marmite noire. C'était un spectacle bien étrange.

Après coup, on ne sait pas trop de quelle folie on était atteint. Je savais pourquoi je m'étais retrouvé dans le Bunker, le problème n'était pas là. J'avais essayé de me pendre dans la remise à bois. Je m'en souviens parfaitement ; je me souviens des bûches, du bouleau surtout, mais aussi du tremble et du sapin. Et je me souviens d'avoir pensé que le bouleau était préférable à tout autre bois pour remplir le poêle ou faire un feu de cheminée. Le bouleau ne crépitait pas comme le sapin, il ne faisait pas des taches de brûlé sur le sol, et il se consumait plus lentement. Cependant, quand on ne possédait pas de parcelle de forêt et qu'on devait acheter son bois de chauffage, le bouleau était plus cher. C'était à ça que je pensais. Tenant la grosse corde entre les mains, levant la tête pour m'assurer que les poutres supporteraient mon poids quand j'aurais donné un coup de pied au tabouret que j'avais apporté, je réfléchissais aux aspects économiques du chauffage au bois.

Mais je ne me rappelle plus pourquoi je voulais me pendre. En réalité, je ne me souviens même pas d'avoir été fou. Ou malade, si vous voulez. En quoi étais-je malade? Je me sentais tout à fait normal, le monde était tel qu'il devait être, et moi aussi. J'étais en harmonie avec l'univers. J'en étais persuadé. Mais il devait bien y avoir quelque chose qui clochait, car on m'a gardé là pendant près de quatre mois; quand on m'a laissé sortir, l'été frappait déjà à la porte.

Et puis il y a un souvenir qui me revient.

C'était un paquet de cigarettes. Un paquet de vingt Marlboro en carton blanc, avec des lettres noires et un rabat rouge. À l'époque, j'étais constamment fauché. Contrairement à Tommy, je ne travaillais pas; j'allais au lycée, et ma mère ne gagnait pas des fortunes. Et ce n'est pas elle qui m'aurait payé des cigarettes. Quelqu'un me l'avait donc acheté, ce paquet, sans doute au kiosque, dans le hall de l'hôpital. Les cigarettes avaient un goût bizarre, un goût terriblement amer, et j'ai pris peur. Je me suis dit qu'elles devaient avoir un défaut de fabrication; on avait dû y ajouter une dose trop forte dc jc nc sais quoi, d'une substance secrète, bien sûr, puisqu'on obligeait les ouvriers de l'usine à signer une décharge. Une substance qui, bien entendu, était censée me rendre encore plus dépendant de cette marque-là. Et les cigarettes de mon paquet, fabriquées quelques semaines plus tôt, étaient maintenant si toxiques qu'elles risquaient de me tuer. Ce devait être Tommy qui m'avait acheté ce paquet. Ça ne pouvait pas être ma mère. Ni un membre de ma famille proche, qui n'était pas bien nombreuse; c'étaient tous des bons chrétiens de la côte sud, et ils réprouvaient au plus haut point l'abominable vice auquel je m'adonnais. La question était donc : Tommy était-il au courant en ce qui concernait cette substance? Connaissait-il les effets qu'elle provoquait à trop forte dose? Savait-il ce qui pouvait m'arriver? Ce n'était pas impossible. Que Tommy soit au courant. Après deux cigarettes, je me suis senti si mal que j'ai jeté le paquet dans une benne à ordures derrière l'hôpital, en espérant que personne ne le trouve et ne tombe malade; un clochard peut-être, ou une gamine de treize ans en manque de nicotine, qui aurait eu l'idée d'y fouiller. Et j'ai attendu d'être certain que ce lot, fabriqué un jour précis, un lundi probablement, ne soit plus en vente, avant d'acheter un autre paquet. Ça a été dur. J'étais dépendant à cause de cette fameuse substance. Il m'en a fallu, du courage. Mais j'y suis parvenu. Et c'est la semaine suivante que Fredrik a commencé à fumer. Quand je m'y suis remis. À l'époque, je n'avais de goût pour rien, à part le tabac, et je n'ai pas profité de l'occasion pour arrêter. Plus tard je l'ai regretté, mais à ce moment-là je n'y ai même pas pensé.

Deux fois, Fredrik m'a demandé pourquoi j'avais atterri dans le Bunker. C'était le mot que nous utilisions. Atterri. Comme si nous étions des balles de golf envoyées par un joueur amateur. On nous avait fait voler à travers les airs, et nous avions échoué dans les broussailles ou dans un bosquet. Ou dans cet endroit, qui était le dernier que nous aurions pu imaginer. Pourtant, nous n'étions pas là par hasard.

— J'ai voulu me pendre, ai-je répondu.

C'était la stricte vérité. Mais il ne s'est pas contenté de ça. Pourquoi avais-je voulu me pendre? Il devait bien y avoir une raison, c'était pour ça que j'étais là, disait-il. Pas seulement à cause de ma tentative de suicide. Et ses paroles m'ont fait perdre mon assurance, car il n'était pas idiot. Il était seulement un peu fou, et ce qu'il disait m'a paru tout à fait logique. Or, quand j'ai essayé de penser à l'époque qui avait précédé la remise à bois, tout s'est embrouillé. Les pensées, les souvenirs et les mots se sont éparpillés aux quatre coins de mon cerveau; ils gisaient là, abandonnés et oubliés, comme dans une usine désaffectée. Et il n'y avait pas moyen de les rassembler.

Je n'ai pas su quoi lui répondre. Il avait sans doute raison. Mais le fait est que je ne me rappelais pas pourquoi j'avais voulu me pendre. Personne ne m'avait rien expliqué. Ni les médecins, ni ma mère. Si ça se trouve, ils n'en savaient rien, et je suis resté là pendant quatre mois sans qu'on cherche à comprendre pourquoi j'avais voulu me tuer. Et on me gavait de pilules, en espérant que mon état finirait par s'améliorer. Et alors que j'étais en train d'avaler un déjeuner tardif ou un dîner précoce dans cette cafétéria de Lillestrøm, ça m'a frappé : j'avais toujours été persuadé que les gens savaient pourquoi j'avais fait ce que j'avais fait, et qu'ils me traitaient en conséquence. Certes, je ne me souvenais de rien, mais les médecins ou ma mère auraient pu m'expliquer les raisons de mon geste. S'ils l'avaient voulu. Ou si je l'avais voulu. Mais je ne voulais sans doute rien savoir.

Au début, je faisais semblant de croire que je me trouvais dans n'importe quel service de l'hôpital. Pendant un certain temps, j'y suis parvenu sans aucun mal; j'ai toujours été doué pour ça, pour jouer un rôle et pour m'y identifier. J'exécutais tous les gestes de mon personnage comme si je me produisais devant un public invisible. Mais le plus étonnant est que je finissais toujours par jouer mon propre personnage. Ce n'est pas facile à expliquer. Au bout d'un moment, cependant, j'ai dû me rendre à l'évidence : dans les autres services, les patients étaient alités. Non seulement pendant la nuit, mais aussi pendant une bonne partie de la journée. Et quand ils étaient en état de se lever, on les renvoyait chez eux. Au Bunker, nous ne passions pas la journée au lit. Il y en avait même qui n'y passaient pas non plus la nuit, et qui erraient sans trêve dans les couloirs. Alors on leur faisait avaler quelques pilules qui les assommaient immédiatement; ils n'avaient même pas le temps de regagner leur lit, ils s'endormaient par terre dès qu'ils les avaient gobées. Ça m'est arrivé à moi aussi. C'étaient de sacrées pilules.

Les semaines ont passé. Depuis que Tommy ne venait plus, ma mère était la seule personne à me rendre visite. Je n'avais aucune nouvelle de Siri; la situation ne devait pas être facile pour elle, je le comprenais. Puis, au bout de quelque temps, son image a commencé à s'estomper, et j'ai cessé de penser à elle.

Je m'étais fait quelques amis au lycée de Valmo, et il y avait certains profs avec qui je m'entendais bien. J'étais bon élève, et ils me trouvaient brillant; je m'intéressais à leurs cours et j'y apportais parfois un plus, quelque chose qu'ils appréciaient. Je discutais souvent avec eux pendant la récréation, nous parlions histoire et politique, et il nous arrivait de traîner trop longtemps dans le couloir et d'être en retard pour le cours suivant. En général, c'était avec Mathiesen, mon prof d'histoire, que je discutais. Il militait au Parti socialiste populaire.

Aucun n'est venu me voir. J'avoue que j'ai trouvé cela assez étrange ; j'étais persuadé que certains d'entre eux allaient venir, ceux avec qui j'étais ami, en tout cas ; le service où j'étais n'allait rien y changer. Mais ils ne sont pas venus. Du coup, je me suis dit que ma mère leur avait peut-être téléphoné, qu'elle leur avait raconté que je n'avais pas droit à des visites et qu'il me fallait un repos absolu. Pourtant, les médecins n'avaient rien dit de tel, bien au contraire. En même temps, il me paraissait peu probable qu'elle ait pu faire une chose pareille. Et maintenant, trente-cinq ans plus tard, dans cette cafétéria de Lillestrøm, j'ai compris que c'était exactement ce qu'elle avait fait.

Ma mère est morte maintenant, et je ne peux plus lui poser de questions. Elle aurait peut-être nié. Ou peut-être pas. Vers la fin, nous sommes devenus plus proches. Elle est tombée malade ; c'était un cancer et il n'y avait plus rien à faire, disaient les médecins. C'est alors qu'elle m'a dit qui était mon père. Il ne venait pas de Mørk, mais de la côte sud ; je n'avais jamais entendu parler de lui, et ce qu'elle m'a raconté ne m'a fait ni chaud ni froid.

À la fin, on lui donnait de la morphine pour soulager la douleur, et elle flottait doucement entre deux mondes. Assis au pied de son lit, je lisais un classique quelconque ; à cette époque, ce devait être D. H. Lawrence, dont la volonté de vivre me brûlait les mains dans la pénombre fraîche de sa chambre de malade.

Quand elle était réveillée, je m'asseyais à ses côtés, et cela se passait plutôt bien entre nous. Plusieurs fois je me suis demandé si elle allait être consciente au moment de partir, si elle allait s'en apercevoir au moment précis où les amarres se rompent. Si elle allait sentir sa main s'ouvrir, éprouver un soulagement et me dire : Jim, je meurs. Ne sois pas triste, c'est dans l'ordre des choses.

À sa mort, j'avais quarante ans. Pendant sa maladie, je lui ai rendu visite tous les jours, à la maison d'abord, puis à l'hôpital. Sauf en cas d'empêchement majeur, mais c'était très rare. J'avais l'impression qu'on ne s'était jamais quittés. Or ce n'était pas vrai. Il s'était passé de longues périodes sans que je la voie. Elle n'aimait pas ma femme, Eva, j'ignore pourquoi. Elle n'avait aucune sympathie pour elle, tout simplement, et elle me l'a si bien fait comprendre que j'ai dû en tirer les conséquences et rester loyal envers celle que j'avais épousée. Je n'avais pas le choix, et j'ai donc espacé les visites dans l'appartement de Grorud, où j'avais vécu avec elle. Et quand j'y allais, c'était toujours seul.

Mais tout cela n'a plus d'importance, je ne veux pas y penser. Elle est morte. Ce qui est arrivé est arrivé ; j'ignore si elle a téléphoné à droite et à gauche pour empêcher mes amis de venir me voir au Bunker. Mais elle a bel et bien téléphoné à Tommy.

TOMMY. JIM. 1971

Nous étions devant l'entrée de l'hôpital. Jim avait une cigarette aux lèvres. Flottant au gré du vent, la fumée s'engouffrait par les portes chaque fois que quelqu'un entrait ou sortait. Sinon, elle lui enveloppait le visage, et il plissait les paupières. Il avait des cernes noirs sous les yeux et des rougeurs à la racine du nez; on aurait dit les marques d'une paire de lunettes, alors qu'il n'en portait pas. Il ressemblait à Bob Dylan sur la pochette de *Blonde on Blonde*. C'était le printemps, on avait eu quelques jours de soleil et de chaleur, puis le temps avait brutalement changé et la température avait chuté. J'avais quitté Mørk aux aurores dans la vieille Opel Kapitän de Jonsen, roulant sur des routes inhabituellement glissantes et verglacées. Jonsen m'avait donné ma journée. Comme moi, il connaissait Jim depuis toujours, et il se faisait du souci pour lui. Dis-lui bonjour de ma part, m'avait-il dit.

Il y avait des fumoirs à chaque étage de l'hôpital, mais Jim refusait de fumer à l'intérieur; il insistait pour rester devant l'entrée. À Mørk, il ne fumait jamais chez lui. Sa mère le lui interdisait; un bon chrétien ne fait pas ça, disait-elle. Et on le voyait souvent sortir sur le perron. Dans le hameau, on y était habitué.

— On ne va quand même pas fumer dans un hôpital, non ? a-t-il dit. Ça ne se fait pas.

— Bon.

Jim ne portait qu'une blouse d'hôpital blanche avec un T-shirt en dessous. Il grelottait, mais son visage restait impassible. Le regard dans le vide, il fumait en pensant à quelque chose qui ne concernait que lui ; c'est du moins ce que j'ai cru comprendre, puisqu'il ne disait rien. Je me sentais seul, de trop ; j'étais pourtant là, avec mon meilleur ami, et j'avais fait plus de quarante kilomètres pour venir le voir. Ses pieds faisaient du surplace, mais pas à cause du froid, je crois. Je ne sais pas pourquoi il bougeait comme ça. Depuis quelques mois, on ne s'était pas beaucoup vus, alors que nos maisons – celle de Jonsen et celle de sa mère – étaient distantes de deux cents mètres seulement. Mais il allait au lycée de Valmo ; il prenait le car scolaire aux aurores et ne rentrait que tard dans la soirée. Et là-bas c'était une star ; il était bon en tout, même en gym, malgré le tabac. Tandis que moi je faisais des heures sup plusieurs fois par semaine. Le prix du bois avait grimpé, et de nombreux paysans avaient fait des coupes claires cet hiver-là. Et ils étaient tout aussi nombreux à trépigner d'impatience, car ils voulaient faire construire, maintenant que le printemps était arrivé. Pas seulement les paysans, d'ailleurs : tout le monde se lançait dans des travaux, le bâtiment était en plein essor. On débitait des planches et du lambris à tout va, il fallait faire sécher la marchandise ; ça tournait sans cesse et on a failli devenir fous. J'étais mort de fatigue ; j'avais à peine le temps de fermer l'œil. J'aurais bien voulu me glisser sous la couette et ne plus bouger pendant vingt-quatre heures.

Jim ressemblait à un drogué, ou presque ; il avait les traits tirés des junkies, ça m'avait déjà frappé la première fois que j'étais allé le voir. Dans le Bunker, comme disaient les gens qui y étaient hospitalisés. Il avait essayé de se pendre dans la remise à bois. Mais on continuait encore à chauffer; sa mère était sortie chercher des bûches et elle l'avait découvert à temps. Il avait passé quarante-huit heures en soins intensifs et quarante-huit heures en réadaptation fonctionnelle, puis on l'avait transféré au service de psychiatrie. Au Bunker.

— Tu as le bonjour de Jonsen, ai-je dit.

— Comment?

— Tu as le bonjour de Jonsen.

— Ah.

J'étais déjà venu le voir avant qu'il ne soit transféré. Dès la première nuit, alors qu'il était encore en soins intensifs, j'ai pris la voiture. Sa mère m'avait téléphoné. Tu aimerais peut-être savoir que ton ami a essayé de se tuer? m'a-t-elle dit. Son ton m'a intrigué. Elle m'aimait bien, même si elle devait considérer que je prenais trop souvent le nom de Dieu en vain, et celui du Diable aussi; c'est du moins ce que je croyais. Mais là, sa voix sonnait différemment. Du coup, un vrai malaise s'est ajouté à ma peine et à mon inquiétude pour Jim. Il est à l'hôpital, a-t-elle dit. Puis : Je raccroche. Et elle a raccroché, et je suis resté là, le combiné à la main. J'ai raccroché à mon tour et je suis allé voir Jonsen pour lui demander de me prêter sa voiture. Ma vieille Mercedes blanche était chez Lysbu, elle avait un problème de freins.

— Bien sûr, tu peux la prendre, a-t-il dit. Il s'est passé quelque chose?

Attaché sur son lit, il regardait fixement le plafond, les yeux grands ouverts. Il ne m'a pas vu. Je suppose qu'il ne voyait rien, et j'ignore à quoi il pouvait bien penser; je me demande même s'il était capable de penser à quelque chose. Il avait un pansement au cou, et il respirait lourdement, avec un bruit sifflant. Ça n'avait rien à voir avec ce que j'entendais autrefois, quand je passais la nuit chez lui parce que mon père avait piqué une crise. Quand je dormais à côté de lui, sa respiration était si silencieuse qu'on l'aurait cru mort ; il fallait se pencher au-dessus de lui pour se rendre compte qu'il était vivant, ou même lui toucher l'épaule. Alors il se réveillait immédiatement, ouvrait les yeux, esquissait un sourire et disait : Laisse-moi dormir encore un peu, maman. Puis il se rendormait. Toujours sans faire le moindre bruit. Et quand on a passé la nuit dehors, près du château d'eau, ça a été pareil. On y était montés juste après l'école. C'était un jour crissant d'automne, blanc de givre à l'aube, blanc de givre le soir, et on avait décidé de construire une cabane ; on allait soigneusement calfeutrer le toit pour pouvoir dormir à l'abri au cas où il se mettrait à pleuvoir. Ou à neiger. Mais l'obscurité est tombée bien plus rapidement que prévu, et on n'a rien pu construire du tout.

— On s'en fout, a dit Jim. On va étendre nos sacs de couchage dans la bruyère ; il ne pleuvra pas. Inch'Allah.

— Quoi ?

— Si Dieu le veut. C'est comme ça que disent les Arabes.

— Ça alors. Comment tu sais ça ?

— Je sais pas mal de choses.

— C'est vrai. OK. Inch'Allah. Moi, ça me va. On couchera dans la bruyère.

Et c'est ce qu'on a fait. Et pendant la nuit je me suis réveillé plusieurs fois, et j'ai contemplé le ciel gris et les nuages qui défilaient entre les cimes des arbres. En haut des branches, le souffle du vent était puissant et paisible, et l'air frais me caressait le visage comme un parfum. Un parfum qu'un jeune garçon aurait pu chaparder pour s'en asperger le corps. Et il n'y a eu ni pluie ni neige, et Jim a dormi sans faire le moindre bruit, les cheveux pleins de bruyère, et plusieurs fois je me suis penché au-dessus de lui, mais il n'était pas mort. Et chaque fois je me rendormais immédiatement, et on avait quinze ans, et la vie et le sommeil se confondaient, et le monde était parfait.

Jim a aspiré les dernières bouffées de sa cigarette, puis il a jeté le mégot par terre. Il s'est tourné vers moi, et je ne sais pas ce qui s'est passé dans sa tête. Il m'avait toujours regardé avec respect, je l'avais toujours regardé avec respect, mais là, il revenait d'un endroit où je n'avais jamais mis les pieds. Un endroit où nous n'étions jamais allés ensemble, un endroit où il avait dû voir des choses que je n'imaginais même pas. Et il y avait dans son regard un orgueil qui m'a mis mal à l'aise.

— Comment ça se passe dans le Bunker ? ai-je demandé.

— Pas trop mal. Il y a plein de fous là-dedans, mais ils ne me gênent pas. Moi, je m'occupe de mes affaires.

— Tu fais quoi ?

— Des trucs. Je réfléchis à des trucs.

— Quel genre de trucs ?

— Je ne peux pas te le dire maintenant. J'essaierai de te l'expliquer plus tard. J'essaierai, mais je ne suis pas sûr d'y arriver.

— Eh ben. Ça risque d'être intéressant.

— Peut-être pas pour toi.

— Ah bon ? Pourquoi ?

Il a haussé les épaules. Puis il a sorti son paquet de cigarettes, et il a compté celles qui lui restaient. Il n'y en avait que deux.

— Tu ne veux pas aller m'en acheter ? a-t-il demandé.

Il devait être fauché. Moi, je gagnais de l'argent, et j'ai toujours pensé que l'argent, on devait le partager, tous les deux.

— Oui, bien sûr.

Et on est retournés dans le hall, où il y avait un kiosque qui vendait des fleurs et du chocolat et des romans aux couvertures bariolées que l'on pouvait offrir aux malades qui se morfondaient dans les étages et avaient besoin de réconfort, quelque chose de coloré ou de moelleux à quoi ils pouvaient s'abandonner. Et c'est là, en mars 1971, que j'ai acheté à Jim un paquet à rabat rouge de vingt Marlboro que je lui ai glissé dans la poche de poitrine, à l'endroit où battait son cœur sous sa blouse trop légère. J'ai senti ses battements sous mes doigts ; il battait un peu trop fort, un peu trop rapidement, à mon avis. Je m'étais imaginé qu'il allait me dire merci, je te rembourserai plus tard, ne t'inquiète pas. Je n'en avais jamais douté, il m'avait toujours remboursé ce qu'il me devait, alors que je n'en demandais pas tant. Je lui aurais donné tout ce que j'avais, il aurait pu le garder à jamais. Mais il n'a rien dit. Il ne m'a même pas regardé. Et je me suis dit, bon, eh bien, et on a quitté le kiosque. Et alors qu'on se dirigeait vers les ascenseurs, il s'est arrêté au milieu du hall, et il s'est tourné vers moi :

— Tu crois que je l'ai fait exprès ce jour-là, sur la glace, au lac d'Aurtjern, hein ? Que je t'ai repoussé pour sauver ma peau. C'est ça que tu crois, hein, que je voulais sauver ma peau. Je sais que tu le crois. Mais tu ne comprendras jamais ces trucs-là, tu ne comprendras jamais ce qu'il en est réellement.

Il s'est tapoté le front avec l'index, et je savais à quoi il faisait allusion. Je m'en souvenais parfaitement ; cela s'était passé deux ou trois mois plus tôt, il faisait un froid de canard, c'était en pleine nuit et on était en décembre. Mais, croix de bois croix de fer, on avait eu tellement de boulot que je n'avais pas eu le temps d'y penser. Et pourtant, quand il en a reparlé, je n'ai pas été surpris. J'ai plutôt eu l'impression que les choses se remettaient en place. Mais ce n'est pas ce que j'ai dit.

— Tu as passé tout ce temps à penser à ça ? ai-je dit. Ce n'était rien. Arrête d'y penser, c'est mauvais pour toi. Ce n'était rien. Je me suis cassé la gueule, c'est tout.

— Tu n'en sais rien, Tommy. Les choses ne sont pas comme tu le crois ; moi, je le sais, alors que toi, tu n'en sais rien. Je sais que tu penses que je l'ai fait exprès, là-bas sur le lac d'Aurtjern, que je voulais sauver ma peau, que je t'ai repoussé exprès pour que tu te noies et pas moi. Mais tu n'as aucune idée de ce qu'il en est réellement.

Et il s'est de nouveau tapoté le front :

— Moi, je le sais.

Et sur ses pommettes et son front la peau était tendue ; son visage était blanc comme un linge, il ressemblait vraiment à un drogué. Et je me suis soudain énervé. J'en avais marre, je ne voulais plus écouter son délire. Et je le lui ai dit :

— Je sais que tu vas mal, Jim. Mais je ne savais pas que c'était à ce point. Je te le jure. J'en suis désolé. Et je suis désolé pour ce qui s'est passé. Si vraiment c'est moi le problème, ça m'emmerde. Franchement, Jim, tu pourrais faire un effort. Que tu ailles mal là-bas dans le Bunker, avec les autres cinglés, ça te regarde. Mais ici, devant moi, c'est autre chose. Tu es mon ami et je ne suis pas ton médecin. Alors, épargne-moi ça. Parce que j'en ai marre. Et maintenant je m'en vais. Si tu as besoin de moi, tu peux me téléphoner. Et si tu me téléphones, ça me fera très plaisir.

Et je me suis dirigé vers la sortie. En passant devant le kiosque, je me suis dit : il me faut du chocolat. Du chocolat au lait, une barre chocolatée, du chocolat aux noisettes, n'importe quoi. Mais comment faire, alors que Jim me suivait du regard ? Car j'étais certain qu'il me suivait du regard. J'avais mal au cœur, la tête me tournait.

Je n'étais pas bien loin quand il a crié :

— Tommy ?

Je me suis retourné :

— Qu'est-ce qu'il y a ?

— Tu penses que je t'appellerai ?

— Je ne sais pas. Je l'espère.

— Pile ou face ?

— Comment ça, pile ou face ?

Il a sorti une pièce de monnaie de sa poche. D'une chiquenaude, il l'a envoyée en l'air. Elle a virevolté en scintillant, puis elle a atterri dans sa main. Il a tendu son poing vers moi :

— Tu choisis quoi : pile ou face ?

— Arrête, Jim.

— Tu choisis quoi ?

J'étais dégoûté. Je pesais deux cents kilos, le sol allait m'engloutir. Que faire ? me suis-je demandé. Que faire ? Allons-y, je renonce.

— Face.

— OK. Face, je t'appelle. Pile, je ne t'appelle pas.

Il a de nouveau fait tournoyer la pièce de monnaie, qui s'est envolée jusqu'au plafond. Et elle est restée suspendue là-haut. Elle faisait un bruit que tout le monde devait entendre, j'en étais certain ; elle sifflait et brillait et refusait d'atterrir, Newton était hors jeu. J'ai regardé autour de moi ; dans le hall tout était silencieux, le temps semblait s'être arrêté, personne ne bougeait. J'ai retenu mon souffle, et j'ai fini par avoir des bourdonnements dans les tempes. Puis tout s'est remis en mouvement; les gens se sont ranimés, on entendait de nouveau des voix et des rires. Et la pièce a commencé à retomber; lentement d'abord, puis de plus en plus vite. Et Jim a levé le bras droit en tenant les doigts légèrement écartés, comme s'il portait un gantelet, et il l'a attrapée d'un geste si rapide qu'on n'a même pas eu le temps de la voir. Et il a refermé sa main, puis il l'a plaquée contre sa paume gauche. Et il n'a plus bougé. Il regardait fixement sa main. Puis il me l'a montrée.

— Pile, a-t-il dit.

Nous nous sommes dévisagés, immobiles. Deux ou trois mètres seulement nous séparaient. Je ne céderai pas, me suis-je dit. Mais il soutenait mon regard. Ses yeux brillaient. De triomphe, j'en étais sûr. C'était ça qu'il voulait.

— OK, ai-je dit. C'est bon.

Et j'ai tourné les talons. Je me suis dirigé vers la sortie, j'ai franchi la double porte vitrée et j'ai regagné le parking, où j'ai retrouvé la voiture de Jonsen.

TOMMY. JIM. 1971

Debout sur le perron, Tommy vit le camion de Sletten s'arrêter devant la maison de Jim. Il était tôt ; personne n'était parti travailler, le car scolaire n'était pas passé, aucune voiture n'avait encore quitté le hameau. Puis Jim et sa mère apparurent, portant des tapis roulés et des cartons et des ballots de draps qu'ils entassèrent sur le plateau du camion. Sletten se chargea des meubles, et Lien vint également donner un coup de main. Pour sortir le gros canapé recouvert de tissu rouge, il fallut se mettre à deux, et Sletten dut marcher à reculons, suivant les instructions de Lien, qui dirigeait les opérations : À droite, à gauche, plus haut ! Sletten avait horreur de se faire commander, mais ils parvinrent à traverser le couloir et l'appentis, à faire passer l'encombrant meuble par la porte et à le transporter jusqu'au camion. Tommy aurait peut-être dû proposer de les aider, mais il ne pouvait pas. Il y avait comme un mur en verre entre les deux maisons. On voyait tout, mais on ne pouvait pas le franchir.

Le soleil s'était levé, il pénétrait par la vitre de la porte ; dehors comme dedans, il y avait une lumière aveuglante. Dans l'air silencieux, Tommy entendait le pivert frapper du bec contre le poteau téléphonique. La neige avait commencé à fondre, et les anémones étaient en fleur. C'était le printemps, l'été et l'hiver, toutes les saisons en même temps. Tommy resta un instant sans bouger. Puis il retourna à l'intérieur et referma la porte derrière lui. Dans les guerres aussi, les gens meurent, pensa-t-il. Ils sont là, et pan ! ils disparaissent.

III

III

MME BERGGREN. 1964. 1965

Autour du fjord d'Oslo, la campagne paraissait saupoudrée de poivre et de sel. Le jour s'était levé, un jour indécis, velléitaire. Sur les bords du fjord, deux villes se faisaient face, mais elle en distinguait à peine les lumières délavées. C'était en hiver, juste avant Noël, et la neige s'engouffrait à la verticale par-dessus le bastingage, recouvrait les collines, donnait à l'eau une teinte grisâtre et enveloppait l'île qui apparaissait progressivement devant eux. Plus proche de la rive occidentale que de la rive opposée, l'île accueillait de jeunes délinquants considérés comme définitivement irrécupérables ; quand on ne savait plus quoi faire d'eux, on les reléguait là, et ils pouvaient contempler la liberté de loin. Mais seulement de loin. Les plus forts, les plus rebelles devaient certainement essayer de s'enfuir ; ils devaient se jeter à l'eau et tenter de parcourir à la nage la distance qui les séparait de la terre ferme, luttant contre les courants et les vagues provoquées par les bateaux. Mais pas en cette saison. Ils seraient morts de froid.

Le col relevé, elle se tenait debout sur le pont, à la proue du bateau. De sa main gauche, elle serrait son manteau autour d'elle, et elle laissait planer son regard au-dessus du fjord sans rien fixer de précis. Elle avait embarqué quelques heures plus tôt dans le port d'Oslo. Sous la passerelle, alors qu'elle s'apprêtait à mettre le pied sur le pont, des lambeaux de glace fondue flottaient sur l'eau ; compressés entre la coque du navire et le bord du quai, ils se transformaient petit à petit en mousse. Un unique lampadaire éclairait le mur jaune du terminal. Jonsen était resté dans sa voiture, laissant tourner le moteur. Dans la neige, le reflet de ses feux arrière produisait l'effet d'une image à gros grain. À l'intérieur de la voiture il faisait noir. Le lampadaire du mur projetait un cercle de lumière sur le flanc sombre du navire, les câbles brillaient d'un éclat froid et argenté, et il vit sa silhouette se dessiner clairement dans son manteau gris ; sa valise à la main, elle arrivait déjà en haut de la passerelle. Il avait pensé qu'elle lui adresserait un signe de la main, et elle se retourna en effet, mais sans s'arrêter et sans faire le moindre geste. Et il comprit soudain à quel point ce qui se jouait là, dans la pénombre du quai, était sinistre et incongru. Elle paraissait sur le point de se noyer dans un puits noir, et elle se contentait de lui jeter un bref regard indifférent pardessus l'épaule. S'il y avait encore un peu de chaleur en elle, elle ne fit rien pour l'empêcher de s'éteindre comme une bougie. Elle n'emportait rien, ne laissait rien derrière elle.

Jonsen resta encore un moment à contempler le bateau. Puis il se redressa sur son siège et enclencha la première. Et la voiture commença à rouler, décrivant d'abord un virage étroit sur le quai fraîchement déblayé. Avançant parmi les grues, elle accéléra et s'éloigna le long de l'entrepôt ; à la fin, on la distinguait à peine entre les constructions et les installations du port.

Elle se présenta devant le steward. C'était un homme de haute taille. Il n'était plus tout jeune ; son visage était parcouru de rides horizontales allant de son nez à ses oreilles, alors que la plupart des gens en ont des verticales, courant des yeux à la bouche. Cela lui donnait l'air d'un Indien, d'un Indien d'Amérique du Nord appartenant à une tribu dont elle ignorait le nom. Elle n'y connaissait rien; elle n'avait pas lu les romans de Zane Grey, c'était Berggren qui lisait ça. Et elle se dit que cet air devait avoir un rapport avec son métier de marin; il avait parcouru le monde, vu toutes sortes de peuplades; il avait coupé ses racines pour devenir comme elles. Mais il était originaire de Hønefoss, et à Hønefoss il n'avait pas l'air d'un Indien.

Il regarda sa valise marron. Une toute petite valise.

— C'est tout ce que vous emportez? demanda-t-il.

— Oui, répondit-elle. C'est tout ce qui est à moi.

Bien, pensa-t-il, c'est tout ce qu'elle possède. Elle n'a donc rien d'autre, rien qu'elle aurait laissé derrière elle quelque part? Et ce qui n'est pas à elle, c'est quoi? Peut-on le mesurer? Cela représente combien? Par rapport à cette valise marron, par exemple, qui contiendrait tout ce qu'elle possède, d'après elle? Ou par rapport à ce qu'elle aurait laissé derrière elle? Ces questions, il n'eut pas le courage de les lui poser. Elle est belle, pensa-t-il, presque trop belle. Puis il se dit : elle fuit quelque chose, j'en suis à peu près certain. Mais ce n'était pas son problème, tant qu'elle ne fuyait pas la justice. Et il était persuadé que ce n'était pas le cas. Il ferma les yeux un instant. Il était fatigué, il avait mal dormi; il s'était réveillé en pleine nuit, comme ça lui arrivait de plus en plus souvent, et il n'avait pas réussi à se rendormir. Comme toujours dans ces cas-là, il s'était plongé dans un livre et n'avait retrouvé le sommeil que vers cinq heures, quand il était presque temps de se lever.

— Venez, je vais vous montrer votre cabine.

Cela ne faisait pas partie de son travail, mais quelque chose en elle le troublait. Dans l'escalier, il marcha derrière elle, pour éviter de sentir son regard dans son dos, se dit-il. Il y avait quatre ponts à descendre, c'était tout en bas. Si vous travaillez bien, vous pourrez monter à un pont supérieur, dit-il avec un sourire en lui ouvrant la porte.

— Non, dit-elle en pénétrant dans le minuscule espace, c'est parfait. Ça me convient, je ne veux rien d'autre. Merci beaucoup.

— Allongez-vous un peu, dit-il. Je repasserai vous voir tout à l'heure. Vous êtes arrivée juste à temps, nous allons larguer les amarres d'une minute à l'autre.

Il regarda sa montre :

— D'ailleurs, c'est déjà fait.

Après Rotterdam, elle se débrouillait déjà bien. Le pied marin, elle parcourait les coursives avec des plateaux, portant des carafes et des bouteilles au mess des officiers, puis elle montait jusqu'à la cabine du capitaine. Ou plutôt, elle faisait le parcours dans l'autre sens, commençant par le capitaine pour lui servir les meilleurs morceaux, que le cuisinier lui réservait toujours. Le cuisinier était un type bien, un vrai as, et ils finirent par devenir amis. Ou coéquipiers, du moins. Et le travail lui plaisait. De toute manière, elle aurait fait à peu près n'importe quoi si on le lui avait demandé.

Mais à Gênes elle commença à se sentir mal. Ce furent d'abord ses orteils, puis le bout de ses doigts ; ils s'engourdirent, devinrent insensibles. Et à Port-Saïd elle se surprit à laisser tomber des objets. Alors qu'ils traversaient le canal de Suez, il lui arriva de donner des coups de pied dans les tables et les chaises sans rien sentir, et elle eut de plus en plus de mal à se mouvoir dans une pièce et à descendre un escalier. Dans la cuisine exiguë, elle devait faire des efforts considérables pour se déplacer avec les faitouts remplis à ras bord, dont le contenu fumait, clapotait et bouillonnait comme de la lave. Et un vent chaud poussa le navire jusqu'à la sortie du canal ; ils passèrent au large de Charm el-Cheikh, avec ses eaux infestées de requins, et dans la mer Rouge les hautes vagues les portèrent jusqu'aux côtes du Yémen et au golfe d'Aden. Devant ses difficultés respiratoires, le steward lui ordonna de se mettre au lit. Et au fond du navire, dans la pénombre de sa cabine où seule la lampe de chevet était allumée, elle suffoquait sur sa couchette qui ne cessait de se soulever. Personne n'avait rien dit au second ; à table, on continuait de mettre son couvert, on mentait, mais le steward se montrait de plus en plus irrité : elle venait d'embarquer, quinze jours seulement avaient passé depuis leur départ d'Oslo, et elle était déjà malade. Elle-même était persuadée qu'elle allait mourir. Il la plaignait, elle était belle, et elle ne savait pas ce qui lui arrivait. Lui non plus, il n'en avait pas la moindre idée. Dès qu'ils accosteraient, il lui faudrait trouver un médecin compétent. Il aurait fallu informer le second, mais le steward hésitait ; le second serait furieux, ce serait l'enfer. Et quand finalement il s'y résolut, le second piqua une colère et le traita de tous les noms, pourquoi diable l'as-tu embarquée ? hurla-t-il. Le steward objecta que la décision ne venait pas de lui. Bien sûr que si, cria le second, elle est belle. Qu'est-ce qu'elle a ? Elle est jeune, tout de même. Et le steward répondit qu'il n'en savait rien, que personne ne comprenait. Elle reste allongée, elle tremble et respire fort, dit-il. Et elle n'est plus aussi belle.

Au large de Djibouti, elle se mit à pleurer, et au passage de la Corne de l'Afrique ses larmes redoublèrent. Je ne veux pas, cria-t-elle, je n'arrive pas à respirer. Ils étaient quarante-cinq à bord, et la plupart faisaient de longs détours par les coursives et les escaliers pour éviter sa cabine et sa porte incandescente, d'où les flammes semblaient vouloir jaillir à tout moment. Et ils se couvraient les oreilles de leurs mains quand ils étaient forcés de passer par là. Elle les rendait nerveux, elle leur rappelait que leur vie pouvait s'arrêter du jour au lendemain, que tout ce qu'ils savaient allait disparaître avec eux. Et quand il n'y aurait plus d'espoir, ils pleureraient sans doute comme elle ; leurs sanglots ne seraient pas différents de ceux qu'ils entendaient derrière sa porte. Pourquoi avoir embarqué une femme ? se disaient-ils. Comment le steward a-t-il pu faire une bêtise pareille, elle nous empêche de dormir.

Le steward compta les jours et se rendit insensible. Il décida d'attendre Mogadiscio, où ils devaient faire escale. Et elle était affaiblie, mais encore vivante lorsqu'ils glissèrent lentement le long de l'étroit môle et manœuvrèrent sous un soleil de plomb pour accoster au nouveau port, devant les immeubles blancs, roses et vert pistache et le vieux mur délimitant le lido avec sa rangée de palmiers ; on aurait dit les coulisses d'un film.

Ils parvinrent à la transporter. Pour traverser les quais, ils furent obligés de la traîner jusqu'à l'église, dont les deux tours s'élevaient à un jet de pierre du minaret ; deux filles en scooter faillirent les renverser alors qu'ils la portaient à moitié. Mais c'était trop loin pour y aller à pied, il fallait héler une voiture, ils ne pouvaient pas continuer comme ça. Et une voiture finit par s'arrêter, et le conducteur regarda Mme Berggren, hocha la tête et s'adressa à eux en arabe, puis en italien. Connaissant quelques mots d'italien, le steward parvint à lui expliquer qu'ils allaient à Ospedalka wee. Ils s'étaient renseignés ; c'était bien le nom de l'hôpital.

Et il fallait faire vite, le jeune homme le comprit. Et il fonça. Il ne leur manquait que le gyrophare, impossible d'exiger plus. Mais ils furent bloqués à un carrefour ; il y avait un bouchon, pas moyen d'avancer, ils durent attendre que l'agent à l'impeccable béret vert leur fasse signe de passer. Et de partout surgissaient des voitures antédiluviennes, des Simca et des Fiat, des motos-taxis, des cyclomoteurs et des scooters, ça grouillait, et le vent soufflait dans les palmiers et faisait ployer leurs troncs. Et l'agent se tenait raide comme un piquet sur son petit escabeau ; il portait un short trop large et des gants blancs, et il gesticulait comme Toscanini. Mais seul le steward connaissait le nom de Toscanini.

Au-dessus du portail de l'hôpital, sur l'arc chaulé de blanc, ils lurent effectivement les mots *Ospedalka wee*. Et juste à côté, sur un pan de mur, on avait peint en grosses lettres bleues *Somalia è la mia patria.*

Le médecin n'était pas somalien. Il était blanc et il venait d'Ålborg, au Danemark ; il avait sans doute fait ses études à la faculté de médecine de Copenhague. Si tel était le cas, c'était plutôt rassurant, se dit le steward. Mais le médecin d'Ålborg ne trouva aucune maladie à Mme Berggren. Elle pleurait sans cesse. Pourquoi pleurez-vous ? lui demanda-t-il. Vous souffrez ? Je ne sais pas, répondit-elle, je ne sais pas pourquoi je pleure. Et il ne put rien lui diagnostiquer, malgré ses instruments et ses connaissances médicales. Je n'y comprends rien, dit-il en lui touchant la plante des pieds avec l'aiguille d'une seringue. Cela vous fait mal ? lui demanda-t-il. Où ça ? dit-elle. Et il secoua la tête en répétant, non, je n'y comprends rien.

Et ils firent le même chemin dans l'autre sens. Ils traversèrent de nouveau la ville dans une voiture qu'ils avaient hélée. Une voiture d'Europe de l'Est cette fois-ci, une Wartburg; comment avait-elle échoué là? Ils ne pouvaient pas abandonner la malade ici, pas à Mogadiscio. Ils parcoururent le pont au pas de course en la tenant par les bras, puis ils l'allongèrent sur sa couchette. Et ils larguèrent les amarres, montèrent les aussières et les mirent en glène, et un remorqueur trapu les aida à quitter le port. Et deux jours plus tard elle remonta des profondeurs du navire et fit son apparition à la cuisine. Elle s'empara des faitouts et des poêles, prépara les plateaux du petit déjeuner et courut à travers les coursives jusqu'au mess des officiers, comme si elle avait seulement eu quartier libre. Bien reposée, elle était prête à reprendre les choses où elle les avait laissées.

— Comment vas-tu? lui demanda le steward.

Il la prit doucement par le cou. Sa main était paternelle.

— Ton corps va mieux? Tu sens tes mains? Tu respires mieux?

Souriant presque imperceptiblement, elle haussa les épaules.

On voyait bien qu'elle était belle, on devinait son corps, ses formes. Depuis Oslo, cela sautait aux yeux de tous, quels que soient ses vêtements, jupes ou pantalons, pulls ou tabliers. Mais elle ne le faisait pas exprès, elle ne tenait pas à cette visibilité; ce qu'elle portait, elle le choisissait pour des raisons pratiques. Ils s'étaient tous fait du souci pour elle; les jeunes surtout avaient eu très peur quand elle était tombée malade. Mais tout cela était déjà oublié, et le steward fit ce qu'il avait décidé de faire quand ils traversaient la mer du Nord, quelques semaines plus tôt. Au large de Mombasa, où ils ne devaient pas faire escale cette fois-ci, il la suivit jusqu'à la passerelle de navigation ; il lui demanda de s'arrêter, et ils restèrent là, suspendus dans le vide au-dessus du pont. Et il dit :

— Tu nous as fait une sacrée frayeur, je tiens à ce que tu le saches. Tout le monde s'est inquiété pour toi. Mais maintenant tu vas bien. Et belle, ça, tu l'es ; tous les hommes de l'équipage s'en sont rendu compte. Ce sont de braves garçons pour la plupart, sois-en sûre ; tu ne risques rien, ce n'est pas ça le problème. Mais je vais être direct : le mieux serait que tu en choisisses un et que tu restes avec lui. Comme ça, personne n'aura d'ennuis.

Elle le regarda. Il était sérieux ?

Il l'était.

— Alors c'est toi que je choisis.

— Je suis marié, dit-il.

Elle haussa les épaules. Ça lui était égal.

Elle s'était rétablie étrangement vite et elle avait une mine superbe. Et elle jouait franc jeu, c'était du moins ce qu'il pensait. Mais elle avait quelque chose d'insaisissable qui le rendait nerveux. Il aurait pourtant été difficile de dire non, car le vent plaquait son pantalon de toile contre ses hanches et ses cuisses, et il y avait ce trait à la commissure de ses lèvres, et ses cheveux noués en chignon, et sa peau que le soleil faisait resplendir. Et là, sur la passerelle, elle était aussi femme qu'une femme pouvait l'être. Mais il comprit qu'elle n'avait pas conscience de sa beauté. Et sa première pensée fut celle que beaucoup d'hommes auraient sans doute eue : c'est à moi de la lui faire découvrir.

— D'accord, dit-il. On fait comme ça.

Dès la première nuit, dans l'obscurité tropicale que pas une lumière ne perçait, il eut des regrets. Sa cabine était au moins deux fois plus grande que celle de Mme Berggren, et il y avait des affaires d'homme partout. Sur les murs, il y avait des photos des villes où il avait fait escale, et de matches de football en noir et blanc encadrés par la mer. Une équipe posait sur le pont ; il était agenouillé au premier rang, tenant le ballon dans ses mains gantées. Sur la porte de la salle de bains étaient punaisées de timides pin-up. Un rasoir Gillette reposait dans un bol sur la commode. Au-dessus de la couchette, une guitare était suspendue à un clou ; ses cordes s'effilochaient, et elles étaient devenues sourdes à force de ne pas servir. Et une raquette de ping-pong traînait sous le bureau ; tout l'équipage en avait au moins une. Sur une étagère il y avait des livres qui parlaient des endroits les plus reculés du globe, de Bornéo, du toit du monde, de l'Arabie et de la Perse ; il y avait le schooner *Fulvio* qui doublait le cap Horn, le foc hissé, et des chevauchées dans les prairies de l'Amérique du Nord. Et plusieurs romans, aussi. Ce qui n'était peut-être pas si typiquement masculin.

Il se redressa sur ses bras. L'obscurité était si compacte qu'il la distinguait à peine. Dans la chaleur africaine, sa peau était fraîche et blanche. Au toucher, en tout cas. Et il dit :

— Tu dois donner davantage. Sinon je ne peux pas. Tu comprends ? Tu dois faire un effort.

— Oui, répondit-elle sans hésiter. Je comprends ce que tu veux dire. Je le ferai. Je te le promets.

Le lendemain matin il eut un sentiment étrange. Il se sentit seul. Il avait l'habitude de lire au lit, mais là, il n'en avait pas envie. Il se leva et s'installa tout nu à son bureau.

La lumière entrait à flots par le hublot. Elle était toujours allongée sous le drap. Il alluma une cigarette. Quand ce sera fini, je n'aurai qu'à le lui annoncer, pensa-t-il. Tu comprends, lui dirai-je, maintenant ça suffit. Mais qui voudra alors d'elle, sur ce bateau ? Et il comprit qu'il était trop tard pour la répudier.

Quelques mois plus tard, elle changea d'armateur. Le steward ne se rappelait pas quelle raison elle avait invoquée. Mais quand elle mit pied à terre à Singapour afin d'embarquer sur un autre navire qui n'allait pas tarder à quitter l'immense ville-État, il éprouva un tel soulagement qu'il en eut honte. Son nouvel armateur n'était pas norvégien et ne faisait escale dans aucune ville norvégienne, ni à Oslo, ni à Bergen. Ni même en Europe : ses navires assuraient le service régulier entre les pays du Sud-Est asiatique et l'Afrique de l'Est. En se penchant par-dessus le bastingage pour la suivre du regard, il vit son dos mince et son chemisier jaune s'estomper à mesure qu'elle descendait la passerelle. Et il eut le curieux sentiment d'être la dernière personne à la voir vivante.

TOMMY. SEPTEMBRE. 2006

Et puis j'ai raccroché. Il n'était pas mort. Bon.

En quarante ans, je n'avais revu mon père qu'une seule fois. C'était devant l'entrée de la gare de Lillestrøm. L'ancienne gare. Debout sous l'horloge, il fumait, appuyé contre le mur. Il portait la barbe ; avant, il n'en avait pas. Et il serrait le col de sa veste ; c'était une veste grise, une sorte de blazer ou de vieux veston trop léger, qui semblait provenir de l'Armée du Salut. Un pardessus aurait été plus approprié, ou une parka, quelque chose de chaud et de doublé ; il faisait un froid de loup, on était en décembre et il y avait des gelées blanches. Mais je n'ai pas traversé la place de la gare pour rejoindre mon père et lui offrir mon propre pardessus. Faire la paix, pas question. Tendre l'autre joue, non plus.

Il y avait plusieurs années de cela, et à l'époque il faisait déjà vieux ; j'étais persuadé que je ne le reconnaîtrais pas en me rendant au commissariat d'Øvre Romerike. C'était pourtant mon nom, Tommy Berggren, qu'il avait indiqué quand on lui avait demandé qui contacter. De son côté, il pensait donc pouvoir me reconnaître, ou alors il n'avait personne d'autre. Ce dont je doutais, après tant d'années. Et si je n'y allais pas ? Ce serait tellement plus simple. Que se passerait-il ? Étais-je confronté à un choix décisif ? Je n'en savais rien. Aurais-je des remords jusqu'à la fin de mes jours ? Cela non plus, je n'en savais rien.

Je me suis levé et je suis sorti dans le couloir. J'ai ouvert la porte du bureau voisin et j'y ai passé la tête :

— Je m'en vais.

Ils ont regardé leurs montres. Il vient à peine d'arriver, se disaient-ils sans doute. J'étais là depuis quelques minutes seulement.

— Je prends ma journée, ai-je dit.

Et ils ont répondu : Mais oui, tu l'as bien mérité, le marché ne va pas s'arrêter parce que Tommy Berggren prend sa journée, vas-y, profites-en, pour une fois.

Mais ça m'arrivait souvent de prendre ma journée ; j'étais surmené, je faisais trop d'heures. J'étais bien payé, mais ma tension montait en flèche. J'étais obligé d'avaler des cachets.

J'ai repris l'ascenseur et je suis redescendu au parking. Et quand j'ai posé la main sur le capot de ma voiture, le métal était toujours tiède. Je me suis assis au volant, j'ai tourné la clé de contact et la voiture a démarré tout de suite ; avec ce qu'elle m'avait coûté, c'était bien la moindre des choses. Il était huit heures un quart, la police avait appelé de bonne heure ; ils avaient dû choisir un Berggren au hasard et taper dans le mille au premier coup. J'ai traversé le centre d'Oslo en longeant la ligne de chemin de fer. Au-dessus des rails, une brume laiteuse s'élevait en direction de la colline d'Ekeberg ; telle une rivière, elle dévalait entre les quais et paraissait surgir d'un rêve. Et j'ai pris les tunnels de Vålerenga et d'Etterstad et j'ai continué vers le nord-est, passant devant Karihaugen et Lørenskog et un hôtel qui s'appelait Olavsgaard. Au rez-de-chaussée de l'hôtel il y avait un bar surnommé la Solderie ; si on en ressortait seul, c'est qu'on devait avoir un sérieux problème. Je l'avais fréquenté occasionnellement, des années plus tôt, et jamais je n'étais rentré bredouille.

Une demi-heure plus tard, je suis passé devant la gare où on avait tant de fois attendu le train pour Oslo, Jim et moi. On y allait s'acheter des disques et des fringues quand on avait de l'argent, ou alors on se contentait de déambuler sur l'avenue Karl Johan pour reluquer les filles en minijupe ; jamais les filles qu'on connaissait n'auraient osé porter des jupes comme ça. De l'argent, j'en avais toujours à la fin de l'été. Pendant les vacances, Jonsen me faisait embaucher à la scierie Kallum. Je mesurais les planches avec un mètre pliant ; avec un crayon de menuisier, je notais la longueur à l'extrémité de chaque planche, puis je les chargeais sur le camion. Et je conduisais aussi le truck entre les piles de bois. Jonsen travaillait là depuis des années ; il avait commencé comme affûteur et il y avait fait à peu près tous les métiers. Pendant des périodes, il faisait tourner la boîte tout seul ou presque. Il établissait les factures, envoyait les rappels, s'occupait de tout quand le patron n'était pas là. Ce qui arrivait souvent. Et je l'aidais de mon mieux ; j'étais doué pour les chiffres, d'après Jonsen. C'était mon seul point fort. À l'école, je veux dire. J'étais bon en maths. Et en travaux manuels. J'habitais chez Jonsen à l'époque ; je vivais chez lui depuis l'âge de treize ou quatorze ans. C'était le seul adulte en qui j'avais confiance. Et il a fini par m'embaucher en contrat à durée indéterminée.

Mais je ne suis pas allé jusqu'à la gare. Jonsen était mort quelques semaines plus tôt, et Jim et sa mère n'habitaient plus là ; ils avaient déménagé à Oslo dès que Jim était sorti de l'hôpital. Des étrangers occupaient désormais leur maison, et la nôtre avait brûlé. Tout le monde croyait que c'était moi qui y avais mis le feu. Il a fallu pas mal de temps pour qu'une nouvelle maison la remplace et qu'une autre famille s'y installe. Le brigadier de gendarmerie était mort quelques mois après l'incendie. Ça m'avait fait de la peine. C'était le cœur, paraît-il, il était trop gros. Et tout ça remontait à plus de trente ans. Siri était en Asie à présent, en Afghanistan, au Sri Lanka, quelque part où les gosses avaient besoin d'aide. À moins que ce ne soit au Kosovo, ou dans le Caucase. Elle m'envoyait une carte postale de temps à autre. Quant aux jumelles, j'ignorais où elles étaient ; les rares fois où j'étais retourné au hameau dire bonjour à Jonsen, je ne les avais pas vues. Je le regrettais, mais je n'y pouvais pas grand-chose. En somme, à Mørk je ne connaissais plus personne avec qui j'aurais eu envie de parler. Et puis il me restait encore pas mal de kilomètres à faire.

J'avais dépassé le carrefour de Skedsmo et la sortie de Lillestrøm, et je roulais à cent. Sur l'E6, c'était autorisé ; les pancartes indiquaient 100, mais la plupart des gens devaient rouler à cent dix ou plus. C'était comme ça depuis toujours ; autrefois j'aurais fait pareil. Puis j'ai quitté l'autoroute pour me diriger vers l'est. Après le pont, j'ai pris un large virage pour revenir en arrière et pénétrer dans le bourg. J'ai parcouru la rue principale et je me suis garé devant la gendarmerie. Je suis resté quelques minutes dans la voiture. J'avais bien fait d'y aller, le problème n'était pas là. Je ne faisais pas la paix. Je ne tendais pas l'autre joue. Mais j'ai eu envie d'appeler Jim. Il aurait pu venir avec moi. Nous aurions pu porter ce fardeau ensemble. Il connaissait mon père. Comme il était facile de penser à

Jim, tout à coup. Comme cela m'avait été difficile pendant longtemps. Quand je l'ai vu sur le pont et que je l'ai tout de suite reconnu malgré son bonnet de laine, ça m'a tellement pris au dépourvu que je n'ai pu que m'en réjouir ; je n'ai pas eu le temps de réagir autrement. Cela dit, je n'aurais pas dû lui parler du prix des bagnoles, pas à Jim. J'ai regardé ma montre, il était neuf heures passées.

À l'intérieur, un homme en uniforme était assis derrière un comptoir, il portait une chemise bleu clair avec un lion doré sur fond noir en haut de la manche, et je me suis dirigé vers lui.

— Bonjour. Je suis Tommy Berggren, je viens chercher mon père.

— Votre père ?

— Oui. Il s'appelle Walle Berggren.

— Walle. Avec un *v* ou un *w* ?

— Avec un *w*.

— Alors, son véritable prénom, ça doit être Waldemar, je suppose. C'est comme ça qu'il s'appelle, non ? J'écris *Waldemar*.

— Écrivez ce que vous voulez, ça m'est égal. Vous m'avez téléphoné.

Le flic s'est tourné vers un de ses collègues assis au fond du local, près d'une fenêtre. Celui-ci était en civil.

— Finn ? On a téléphoné à un certain Tommy Berggren au sujet d'un homme qui s'appelle Walle Berggren ? Walle avec un *w*. C'est son père, d'après Tommy Berggren. Il est ici. Tommy, je veux dire.

— Moi je n'ai téléphoné à personne. C'est peut-être Jonny. Il est parti il y a une heure, mais il revient ce soir.

— C'est possible, a dit le flic en se tournant de nouveau vers moi. C'est possible que ce soit Jonny. Mais aucun de nous deux n'a téléphoné à qui que ce soit au sujet d'un homme qui s'appellerait Walle Berggren avec un *w*. Et on n'est pas au courant. Je ne vois rien, là, a-t-il dit en déplaçant quelques formulaires qui traînaient devant son ordinateur. Pour quelle raison il serait chez nous ? m'a-t-il demandé.

— Celui que j'ai eu au téléphone ne m'a pas donné beaucoup de détails, mais j'ai eu l'impression qu'il était en détention. Mon père, je veux dire.

— Le dépôt, c'est pas ici.

— Comment ça ?

— Non, le dépôt est à Lillestrøm.

— Pourquoi il ne me l'a pas dit ?

— Je n'en sais rien, peut-être qu'il pensait que vous le saviez. Vous n'êtes pas d'ici ?

— Non, pas du tout.

— Bon, puisque vous le dites. Mais le dépôt est à Lillestrøm, que vous soyez d'ici ou non.

— Eh bien, je n'ai plus qu'à aller à Lillestrøm, alors.

— Ce n'est pas très loin. Vous prenez l'autoroute, vous pouvez rouler à cent, a dit le flic à la chemise bleu clair.

— Je sais où se trouve Lillestrøm.

— Bon, ça va, a dit le flic.

Et j'ai tourné les talons pour me diriger vers la porte. Et dans mon dos je l'ai entendu me lancer :

— Bonne chance. J'espère que votre père va bien.

— Je m'en fous de savoir s'il va bien ou mal, ai-je dit. Je dois seulement le récupérer.

Et je suis sorti. J'ai fait quelques pas sur le trottoir, puis je me suis installé au volant. Le sang battait dans mes tempes. Ce devait être ma tension. Je ne me rappelais plus si j'avais pris mes cachets. Sans doute que oui. C'était la première chose que je faisais le matin, dans la salle de bains. Et la journée avait d'ailleurs bien commencé, puisque j'avais rencontré Jim. Ça m'avait rendu si heureux. Mais maintenant mon cœur battait la chamade. J'ai pressé mes deux mains contre ma tête. Ce qu'il m'aurait fallu, c'était un scotch. Mais je ne buvais jamais avant le début du journal télévisé, à sept heures du soir. Et jamais après dix heures. Ou dix heures et demie, disons. Dans l'intervalle, cependant, je buvais pas mal, et il m'arrivait d'oublier l'heure et de continuer encore pendant un moment.

J'ai démarré, puis j'ai quitté le bourg et j'ai regagné l'autoroute. Et je suis reparti vers le sud.

Je suis entré dans Lillestrøm par Kjeller, en passant devant le terrain d'aviation, et j'ai suivi Storgata jusqu'au bout. Puis j'ai bifurqué près de la gare, dont l'élégance flambant neuve me surprenait à tous les coups. Après la gare routière, j'ai continué jusqu'à l'hôtel de ville, et j'ai réussi à trouver une place sur le parking ; ce n'était pas le moment de choper une contravention. J'ai pénétré dans le hall et je me suis dirigé vers le premier homme portant une chemise bleu clair. Je lui ai donné une tape sur l'épaule, et je me suis aperçu qu'il portait une chemise ordinaire, sans lion sur la manche. Il était délégué à l'éducation, m'a-t-il expliqué, son bureau était au second étage. Travailler là était un enfer, d'après lui, les directeurs d'école étaient tous nuls, si vous saviez. Et les inspecteurs, n'en parlons pas. Mais les gosses étaient formidables, c'était pour eux qu'il tenait le coup. Il était sympa, il m'a indiqué où je devais m'adresser, je m'étais trompé de bâtiment ; j'ai dû ressortir, traverser le parking, prendre un raccourci et traverser un second parking pour trouver le palais de justice.

J'aurais dû le voir en arrivant, il y avait une plaque sur le mur.

Il y avait pas mal de monde, et il fallait prendre un ticket pour accéder au guichet. Et les gens étaient là, leur ticket à la main, ils venaient faire renouveler leur passeport ou demander un extrait de casier judiciaire. Debout ou assis avec leurs dossiers, le regard dans le vide, ils attendaient dans un silence absolu que leur numéro s'affiche sur l'écran en faisant bling. J'ai pris un ticket et j'ai attendu un moment. Puis je me suis dit : merde, c'est eux qui m'ont téléphoné, il n'y a aucune raison pour que je poireaute comme ça. Et je me suis dirigé vers un guichet où il n'y avait pas la queue. J'ai répété les explications que j'avais déjà données à la gendarmerie, et la dame du guichet a dit un instant. Puis elle a décroché son téléphone. Au bout d'un moment, un agent est arrivé ; il portait la chemise bleu clair réglementaire, avec le fameux lion sur la manche.

— Enfin, vous voilà, a-t-il dit. On vous attendait. Venez avec moi.

Et je l'ai suivi. Nous avons descendu un escalier, puis nous avons parcouru un couloir bordé de portes grises, on se serait cru dans un bunker. Triste spectacle. Et il a ouvert une des portes, et là, dans la cellule, mon père était couché en chien de fusil sur un matelas en mousse recouvert d'une housse en plastique bleu. Comme on m'avait dit que c'était lui, je l'ai reconnu. Dans la rue, j'en aurais été incapable ; je serais passé devant lui sans même le voir. Il avait remonté ses pieds sous ses fesses ; avec ses chaussettes à rayures, il ressemblait à un enfant. Mais c'était un vieillard. Il avait les cheveux longs, il portait une grande barbe et il était tout gris ; ses vêtements étaient gris, ils étaient tachés de gris, et la lumière crue de l'ampoule électrique éclairait violemment ses yeux grands ouverts et semblait s'y perdre.

Ce n'était pas précisément un éclairage pour lire, alors que mon père avait toujours aimé les livres : des romans de cow-boys, des Zane Grey, ce genre de bouquins. Il les lisait le soir, quand j'étais couché; le matin, quand je descendais, je les trouvais posés à l'envers sur la table. Il y en avait un qui s'appelait *La Dernière Horde* et un autre qui s'intitulait *L'Héritage du désert*. Sur certains, il y avait une jaquette avec un joli dessin; d'autres avaient une reliure bleu clair, avec un fer à cheval doré imprimé en creux sur la couverture. Et son cendrier débordait de mégots, et la maison débordait de fumée; elle s'infiltrait partout, envahissait toutes les pièces, même la salle de bains sentait le tabac. Mais dans sa cellule on ne pouvait pas lire; on ne pouvait même pas s'y laver les dents. Les murs étaient badigeonnés de peinture crème, ou plutôt café au lait, une couleur franchement désagréable. Et tout était lisse, on n'y voyait pas la moindre tablette, pas la moindre baguette, rien. Le sol était en double pente; dans un coin, il y avait un écoulement en inox où mon père pouvait faire ses besoins, et un dessin indiquant l'endroit où poser ses pieds. En voyant l'homme gris et maigre recroquevillé comme un enfant sur son mince matelas bleu, on l'imaginait difficilement tenir sur ses jambes au-dessus du trou. Et j'imaginais tout aussi difficilement que le torse de cet homme puisse être celui de mon père.

— Vous étiez obligé de le mettre dans un endroit pareil?

— Il était assez violent.

— Mais c'est un vieillard tout maigre.

— Vous auriez vu les dégâts qu'il a faits.

Mon père est soudain sorti de sa léthargie. Quittant l'univers où il flottait depuis quelques heures, il s'est péniblement remis debout. Et il a failli perdre son pantalon, car on lui avait retiré sa ceinture. Glissant sur ses hanches décharnées, le pantalon allait tomber par terre comme un sac vide, mais mon père a réussi à le rattraper. Puis il m'a adressé un sourire radieux derrière sa barbe hirsute. Ça alors, a-t-il dit, c'est toi, mon garçon ? Et il s'est tourné vers l'agent : C'est Tommy, mon fils. Mais il ne savait pas quoi faire de son pantalon, qui est resté suspendu à mi-cuisse, au-dessus de ses genoux. Ne se décidant pas à le laisser s'affaisser autour de ses chaussettes à rayures, ne parvenant pas non plus à le remonter, il était sacrément embarrassé ; à moins de l'enlever, il ne pourrait pas faire un pas sans trébucher. Sinon, il m'aurait certainement donné l'accolade, ce que je redoutais par-dessus tout. Il s'y apprêtait manifestement, il faisait mine de se diriger vers moi, et j'étais gêné de le voir dans cet état. Il ne rougissait pas, n'avait honte de rien. Ni de son pantalon ridicule, ni du spectacle affligeant qu'il offrait à un fils qu'il n'avait pas vu depuis des années. Sur son visage, je lisais seulement un enthousiasme absurde et obscène.

Il s'est ensuivi un silence total. Mon père était là, plein d'espoir, serrant son pantalon au point de faire blanchir les jointures de ses doigts. Que faire ? L'agent ne bougeait pas. Je ne l'entendais même pas respirer. Il regardait le plafond ; il voulait sans doute laisser père et fils tranquilles dans un moment aussi délicat, il cherchait à se rendre invisible, inaudible, mais je ne voulais pas qu'on me laisse tranquille avec mon père. Je ne voulais pas être là. Mais je ne pouvais pas m'en aller sans lui, c'était trop tard.

— Ça va, ai-je dit. Viens. Je te ramène chez toi.

J'ai entendu l'agent vider lentement ses poumons. Et mon père a fait un large sourire derrière sa barbe en me lançant :

— T'en as un beau manteau, dis donc. Il a dû te coûter cher.

— Oui, il m'a coûté cher, ai-je dit en tournant les talons.

J'ai quitté la cellule le premier. Mon père me suivait, retenant son pantalon, et l'agent fermait le cortège. Nous avons parcouru le couloir, et on lui a remis ses affaires. En tant que plus proche parent, j'ai dû signer un reçu pour chaque objet; mon père tremblait tellement des mains qu'il en aurait été incapable. J'ai dû signer pour sa ceinture et pour ses chaussures, pour son portefeuille et le peu d'argent qu'il y avait dedans. Mais son couteau, on le garde, hein, a dit l'agent. Et j'ai dit d'accord. Et j'ai aussi dû signer pour sa veste. J'aurais juré que c'était celle qu'il portait la dernière fois que je l'avais vu, devant la gare située à deux cents mètres seulement du grand bâtiment où nous étions, et qui n'existait pas à l'époque. La vieille gare, faite de tonnes et de tonnes de pierres lourdes et grises, pas la construction moderne et aérienne qui l'avait remplacée.

L'agent nous a fait sortir par-derrière, pour nous éviter de devoir nous faufiler entre les gens qui attendaient dans le hall, leurs passeports, leurs tickets et leurs dossiers à la main. En traversant le premier parking, puis le second, pour rejoindre ma Mercedes aux vitres fumées, j'ai remarqué que mon père boitait de la jambe droite. Et il m'a dit :

— Oh, la bagnole ! Quelle classe ! Ça et le manteau, ça a dû te coûter un paquet de fric.

— En effet, ça m'a coûté pas mal d'argent, ai-je dit.

— Avec mes fringues, je peux pas monter là-dedans.

Je l'ai regardé. Il n'avait peut-être pas tort.

— Installe-toi, ai-je dit.

Et il a ouvert la portière pour s'asseoir sur la banquette arrière.

— Non, mets-toi devant.

— Je peux ?

— Assieds-toi devant, tu ne vas quand même pas rester à l'arrière.

Et il s'est installé sur le siège passager, essayant autant que possible de laisser une fine couche d'air entre le fond de son pantalon et le cuir immaculé qui sentait encore le neuf; cela faisait quelques jours seulement que j'en avais ôté le plastique. Puis nous avons quitté le parking du palais de justice et je suis sorti de Lillestrøm par le même itinéraire que j'avais suivi pour y entrer. Je me suis engagé sur l'E6, laissant défiler les pancartes annonçant des localités où vivaient des gens que je n'avais aucune envie de connaître. Et j'ai continué jusqu'à la gare de Mørk.

Je me suis arrêté devant la maison qu'il disait être la sienne, une maison que je n'avais jamais vue. Elle se trouvait au nord de Mørk, au nord-ouest plus précisément. La ligne de chemin de fer était loin, le train n'était jamais arrivé jusque-là; quant aux bus, il y en avait un par jour, et l'arrêt était à un kilomètre. Et le week-end il n'y en avait pas du tout. Des bleds comme ça, seuls ceux qui y vivaient leur trouvaient un attrait, et encore. Quand j'étais gosse, j'étais parfois passé par là à vélo; avec Jim, on allait pêcher dans une petite rivière, encore plus loin. Il y avait des rapides, et une centaine de mètres plus bas se trouvait un petit lac; c'était un bon endroit pour pêcher. C'était Jim qui aimait pêcher, mais je l'accompagnais toujours; c'était mon meilleur ami. Du coup, j'avais demandé une canne avec une cuiller pour mon Noël. Et c'est Jonsen qui me l'avait offerte; il était le seul à faire attention à moi. Puis la municipalité a eu l'idée de construire un barrage qui a asséché les rapides, et on a cessé d'y aller. Ça nous était égal, on connaissait d'autres endroits.

Il a réussi à s'extirper de la voiture tout seul ; depuis qu'il avait récupéré sa ceinture, ça allait mieux, a-t-il dit.

Je suis sorti de mon côté. Faisons les choses jusqu'au bout, ai-je pensé. Mais après, je m'en vais. Je l'accompagnerai à la porte. Mais après, je me tire.

Devant la maison d'à côté, un homme fumait une clope sur son perron. Il s'est tourné vers nous comme s'il avait quelque chose à nous dire. Je l'ai regardé sans hostilité, prêt à l'écouter ; après tout, c'était le voisin de mon père. Mais il m'a adressé un vague signe de tête en prenant un air indifférent, et il s'est détourné pour contempler la route par laquelle nous étions venus.

— Je vais t'accompagner jusqu'à la porte, ai-je dit.

— C'est gentil, a dit mon père. Faut bien ça, un fils doit accompagner son père jusque chez lui, c'est normal. Et puis, faut que tu entres prendre un café, tout de même, faut bien ça, je vais mettre de l'eau à bouillir, ça va pas être long. Mais j'ai pas autre chose que du café soluble. Tu dois plus boire ça, maintenant ; avec ta bagnole et tout, tu dois boire un de ces trucs français, j'sais pas comment ça se dit. Du finamento, c'est pas ça ?

C'est vrai que je buvais du café quand j'étais gamin ; mon père m'y avait forcé dès l'âge de dix ans, et j'en étais devenu dépendant. Il le mélangeait avec du lait, y ajoutait plein de sucre et me regardait l'avaler ; encore une tasse, disait-il. Et je le bois toujours comme ça, avec du sucre et du lait. Mais je ne sais pas si c'était du café soluble que nous buvions, je ne sais pas si ça existait déjà. Je ne crois pas. Ou alors en Amérique seulement. Ça devait être du café ordinaire que mon père me préparait.

Nous arrivions en haut des marches. Il avait parcouru les dalles de l'allée en boitant et en titubant, mais il n'était plus soûl, il avait simplement les jambes en coton, il était si maigre, et j'ai dit :

— Bon, on y est. Ce n'est pas fermé à clé ?

— Non, c'est pas fermé à clé. Mais faut que tu entres prendre un café ; tu peux pas quitter ton père sans prendre un café, ça fait une éternité qu'on s'est pas vus. T'as pas changé, pourtant. Je le savais ; mon Tommy, il est toujours le même, j'ai dit aux flics.

On ne s'était pas vus depuis quarante ans, comment pouvait-il dire une chose aussi absurde ? Toujours le même, et la batte de base-ball ? Je n'étais plus du tout le même, chaque jour je l'étais de moins en moins. Je changeais vite, désormais, et pas en mieux.

Et puis c'était quand même fermé à clé. Il paraissait déboussolé ; écarquillant les yeux, il s'est mis à fouiller dans ses poches. Mais ses clés n'étaient ni dans celles de son pantalon, ni dans celles de sa veste ; elles devaient être restées à Lillestrøm, sur une étagère du palais de justice. Ou alors il les avait perdues pendant sa cuite, Dieu sait où. Il ne se souvenait de rien.

J'ai reculé de quelques pas, et j'ai fait le tour de la maison à la recherche d'une fenêtre ouverte. Ça devait être facile de passer par une fenêtre ; la maison était de plain-pied et je n'étais pas invalide. Mais elles étaient toutes fermées. Mon père était toujours sur les marches, immobile et désemparé ; il n'avait aucun as dans sa manche. J'ai parcouru l'allée en regardant par terre, puis je suis revenu sur mes pas, et j'ai vu le voisin se diriger lentement vers la haie qui séparait les deux parcelles. J'ai hésité un instant ; ce type m'était antipathique, son regard ne me plaisait pas. J'ai pourtant fini par m'approcher, et il s'est arrêté. La haie lui arrivait à l'entrejambe ; parfaitement taillée de son côté, elle était laissée à l'abandon du côté de mon père, et elle m'arrivait à la taille. Cela avait quelque chose de mesquin.

— Beau temps, hein ? m'a dit le voisin.

J'ai penché la tête en arrière pour scruter le ciel. Il avait fait beau en début de matinée, mais des nuages lourds flottaient maintenant au-dessus du paysage.

— Pas vraiment.

— Ah, vous ne trouvez pas ?

Ce type était sournois. Les mecs comme ça, je les connaissais. Et je ne les supportais pas.

— Elles sont dans la boîte aux lettres, a-t-il dit.

— Comment ça ? Dans sa boîte aux lettres ?

— Non, dans la mienne. C'est là qu'il les a mises.

— Pourquoi vous ne l'avez pas dit tout de suite ? Ça fait un moment qu'on les cherche, vous l'avez bien vu.

Il n'a pas répondu.

— Pourquoi vous ne les avez pas mises dans sa boîte à lui ? Comme ça, il les aurait trouvées.

— Pourquoi j'aurais fait ça ?

— Pourquoi, en effet ? ai-je dit en tournant les talons.

Et je suis descendu jusqu'aux boîtes aux lettres. Et dans mon dos il m'a lancé : Pourquoi j'aurais fait ça, pour cette saleté de poivrot ? Mais il y avait plusieurs boîtes, pas seulement les leurs. Les maisons se succédaient le long de la route, toutes les boîtes aux lettres étaient regroupées en bas de l'allée, et le type ne m'avait pas dit son nom. Je ne savais pas où chercher, et j'ai dû fouiller dans toutes les boîtes, les unes après les autres, avant de trouver les clés. L'anneau du porte-clés autour de l'index, je me suis dirigé vers le voisin. Derrière sa haie, il arborait un large sourire. J'ai traversé la pelouse, puis je me suis planté devant lui en le regardant droit dans les yeux. Et j'ai dit :

— Connard.

— Toujours heureux de rendre service, a-t-il répondu en portant trois doigts à sa tempe, comme les scouts.

Souriant toujours, il a regagné ses pénates et je l'ai entendu répéter « saleté de poivrot ». J'ai rejoint mon père sur les marches, puis j'ai glissé la clé dans la serrure et j'ai ouvert la porte.

Je n'ai jamais rien vu de semblable. Ce n'était pas joli. Me bousculant pour passer devant, mon père donnait des coups de pied dans des cartons et dans toutes sortes de trucs innommables ; il se frayait un chemin en shootant dans des godasses tachées de peinture et des vêtements qui traînaient par terre, de vieilles fringues malpropres qu'il n'avait pas mises depuis longtemps. Il avait beau marcher d'un pas incertain, sa technique était restée impeccable et son coup de pied ne manquait pas d'adresse. Ce coup de pied, c'était un don du ciel. Ou de l'enfer. Il y avait une quantité ahurissante de chaussures éculées dans la petite entrée ; on se demandait pourquoi il conservait tout ça. Et il y avait des sacs d'ordures qui n'avaient jamais franchi le seuil, et plein de déchets pas même emballés qui jonchaient le sol. Et une odeur pestilentielle venait des deux autres pièces, dont les portes étaient ouvertes ; c'étaient la salle de bains et ce qui devait être sa chambre, où il dormait fenêtres fermées. Rien qu'à penser qu'il puisse dormir là-dedans j'ai eu un haut-le-cœur. Et une puanteur épouvantable arrivait de la cuisine, où mon père m'invitait à le rejoindre.

— Viens, disait-il. Viens, je vais nous faire du café, j'ai déjà mis de l'eau à bouillir, ça va pas être long ; ma cuisinière marche drôlement bien, tu sais. Et le café, je vais te le préparer comme quand tu étais gosse. Et enlève ton manteau ; il est chouette, ton manteau, il a dû te coûter un sacré paquet de fric, dis pas le contraire.

En effet, il m'avait coûté pas mal d'argent ; la plupart des choses que je possédais m'en avaient coûté pas mal. Voilà comment j'étais devenu. Les objets que j'achetais ne me procuraient aucun plaisir ; je les achetais simplement, et ils remplissaient les pièces de la maison où je vivais seul. Sur les murs il y avait des œuvres d'art que je ne regardais même pas, et j'accumulais les meubles dernier cri et les antiquités et les vases design et les cendriers italiens brillant de mille feux. Et tout ça, je ne le voyais pas ; ça ne me servait à rien, j'étais incapable de me rappeler pourquoi je l'avais acheté. Mais j'ai gardé mon manteau ; je n'allais pas m'attarder dans la maison de mon père.

Slalomant entre les détritus, j'ai traversé le couloir jusqu'à la cuisine. Je me suis efforcé de ne rien regarder. J'étais sur le point de m'asseoir quand il m'a dit : Fais attention à ton manteau, Tommy. Et il a miraculeusement déniché un magazine illustré tout propre qu'il a déplié sur le tabouret avant que je n'y pose mes fesses.

Il avait mis du café soluble dans ma tasse, et l'eau bouillait déjà ; c'était rapide, en effet. Et il a rempli ma tasse à ras bord. Elle aurait pu être plus propre.

— Tu boites, ai-je dit.

Pourquoi ai-je dit ça ? La phrase m'a échappé, je m'en serais mordu la langue. Je me serais rempli la bouche de gravier, je me serais broyé les dents, je me serais fracassé le crâne.

Il s'est détourné, fixant le mur du regard.

— Ça fait longtemps que je boite. Je me suis cassé la jambe dans les années soixante-dix, et elle s'est mal ressoudée. J'ai été renversé par une bagnole, je me suis retrouvé dans le fossé, près de Kløfta. Et ce salopard, il s'est même pas arrêté. Il s'en foutait, je devais pas avoir l'air assez important. C'était pas quelqu'un d'ici, ça se voyait, mais j'ai pas pu noter le numéro de sa plaque. J'ai voulu chercher de l'aide, mais, tu comprends, y avait rien à faire, je pouvais pas marcher. Mais j'ai quand même essayé. Et ça a dû aggraver les choses. Le fait de marcher. Et, du coup, je boite. C'était dans les années soixante-dix, par là, mais ça me gêne pas, a-t-il dit.

Il me racontait des bobards.

J'ai fini par m'asseoir. Il était toujours debout, et ça m'a énervé ; qui, de nous deux, était en mauvaise forme ? Pas moi. Lui, au contraire, semblait prêt à se casser en deux à tout moment. Et il souriait, jouait les malins ; il inventait des histoires, voilà ce qu'il faisait. Je n'avais même pas besoin de faire semblant d'y croire ; ce n'était pas ça le but. On savait très bien tous les deux pourquoi il boitait ; il n'avait rien oublié, rien refoulé. Mais il n'était pas question de parler de ces choses-là, surtout pas. Au contraire : nous allions nous regarder à la dérobée, sourire presque imperceptiblement et partager notre secret, nos souvenirs. Comme si c'était un bien que nous possédions en commun, lui et moi, quelque chose d'intime et de violent, un lien occulte et brûlant qui nous unissait. Un lien du sang.

C'est alors que je me suis levé. La paix, non, me suis-je dit. Un lien entre nous, certainement pas. Je refuse.

TOMMY. SEPTEMBRE. 2006

Il était presque trois heures de l'après-midi. Deux fois, je venais de parcourir dans les deux sens la région d'Øvre et de Nedre Romerike, où je n'avais pas mis les pieds depuis des années. À plus de cent sur l'autoroute, je roulais maintenant vers Oslo, et je me demandais comment autant de choses pouvaient se produire dans une journée tout à fait ordinaire de septembre. Le temps était-il un sac dans lequel on pouvait enfouir tout ce qu'on voulait ? Et s'il décrivait un mouvement circulaire au lieu de parcourir une ligne droite, nous ramenant sans cesse à notre point de départ ?

Ce n'était pas tout à fait ça, pourtant. Autrefois j'étais jeune, je ne l'étais plus. Et jamais je ne le redeviendrais.

J'arrivais de nouveau à la hauteur de Lillestrøm, que je venais de quitter, avec son palais de justice et ses cellules de dégrisement en sous-sol. Cette fois-ci je n'avais rien à y faire. Mais je n'avais pas envie de rentrer chez moi, ni de retourner à Oslo, dans mon bureau au neuvième étage où je déplaçais de l'argent qui existait à peine, qui affluait et refluait par vagues. C'était l'impression que j'avais ; l'argent arrivait et repartait, aussi transparent que l'eau. Mais l'eau, parfois, était trouble, souvent même. Et on ne savait pas toujours exactement ce qu'on faisait. J'ai soudain eu le pressentiment que je n'y retournerais plus jamais. C'était une pensée nouvelle, j'en ai été le premier surpris. Qui aurait imaginé qu'un jour je me retrouverais dans un endroit pareil, avec mon téléphone et mon ordinateur, à manipuler de l'argent invisible et à gagner des sommes exorbitantes ? C'était embarrassant ; en songeant au chemin parcouru, au fil ténu qui me reliait à mon enfance, il y avait de quoi être perplexe. Jonsen, en tout cas, l'avait bien été ; quand j'avais vendu la scierie, il était resté sans voix. Ça lui avait flanqué un coup. Mais je m'y étais senti obligé. Si on possédait quelque chose qui avait de la valeur, il fallait le vendre sous peine de perdre de l'argent ; c'était ce que j'avais appris dans les années quatre-vingt. En plus, je l'avais vendue à un concurrent de Valmo, qui s'est empressé de la fermer pour se retrouver seul dans le secteur. Je n'aurais pas dû, c'est ça qui m'a changé. Mais c'était Jonsen qui m'avait dit que j'étais doué pour les chiffres. Quand j'ai eu trente-cinq ans, il a mis la scierie à mon nom. J'ai autre chose à faire, m'a-t-il dit. Tu te débrouilleras très bien tout seul. Tu iras loin, bien plus loin que moi. Profite de tes dons, fais ton chemin.

Il ne devait pas imaginer que ce chemin me mènerait jusqu'à la tour du centre d'Oslo. Tout cela, il a dû le retourner dans sa tête. Et il y a certainement pensé avant de mourir. Mais il n'y a jamais fait allusion devant moi. J'aurais pourtant aimé qu'il le fasse.

Pour la deuxième fois, ce jour-là, j'ai quitté l'E6 au carrefour de Skedsmo. J'ai pris la bretelle de sortie, j'ai contourné le garage Shell et j'ai traversé le pont qui surplombait l'autoroute. Puis je suis descendu vers Kjeller en passant devant le terrain d'aviation, et j'ai pénétré dans Lillestrøm. Je me suis garé dans le centre, devant l'immeuble où se trouvait le Vinmonopol autrefois. Avec Jim, on avait hâte d'y faire la queue ; on voulait s'y pointer dès qu'on en aurait l'âge. Il n'y avait pas de Vinmonopol à Mørk, la seule idée qu'il puisse y en avoir un paraissait absurde, et celui de Lillestrøm était le plus proche. Mais ça aussi, c'est resté à l'état de projet ; on n'y est jamais allés ensemble.

À la place il y avait maintenant un restaurant. Ça m'a surpris, je ne sais pas pourquoi ; il était pourtant logique que le local héberge une quelconque activité. Le restaurant était ouvert, et je me suis demandé si on y servait à déjeuner. J'avais avalé un morceau aux aurores, avant de rencontrer Jim sur le pont et de filer à Oslo, mais il y avait une éternité de ça, et je crevais de faim.

On y servait à déjeuner. Mais c'était un drôle d'établissement. L'intérieur était lugubre, avec des boiseries sombres et plein de recoins obscurs. Tout au fond, derrière une grille, il y avait un squelette suspendu au plafond, et sur les murs il y avait des rayonnages de guingois, avec des livres faussement vieillis. Quand je suis allé aux toilettes, j'ai vu des affiches de films d'horreur au-dessus des urinoirs, et j'ai compris que tout ça était un concept, une idée qui avait germé dans la tête de quelqu'un ; il fallait que ce soit angoissant, mais c'était pour rire. Sauf que moi, ça ne m'a pas fait rire du tout. La noirceur, c'était la dernière chose dont j'avais besoin. Même si c'était une noirceur de pacotille. Du coup, je suis ressorti, j'ai traversé la rue jusqu'au nouveau centre commercial et j'ai franchi la porte à tambour à la recherche d'un autre endroit où déjeuner. Il y avait un salon de thé au rez-de-chaussée, mais des gâteaux, ça ne me disait rien. J'étais énervé, j'avais des picotements partout. J'avais faim, j'avais envie d'un schnaps. Un schnaps m'aurait détendu, j'aurais retrouvé mon calme. Si on m'adresse la parole, je serai capable de tout, ai-je pensé.

Je suis ressorti de l'autre côté et je me suis dirigé vers l'ancien centre. J'ai pris l'escalier mécanique jusqu'au niveau 2 et j'ai parcouru la galerie. Je suis passé devant quelques boutiques de fringues, l'une s'appelait Match et avait un côté faussement chic. Mon corps n'aurait pas été à l'aise dans ce qu'on y vendait, j'avais grossi, et de toute manière c'était trop jeune pour moi. Tout ce qu'on trouve maintenant dans les magasins, c'est pour les jeunes, ou pour des gens d'âge mûr qui veulent le paraître. Ils veulent être minces, on le voit dans les publicités, dans les magazines, sur les affiches ; ils veulent faire de la moto et jouer au squash, ils veulent courir le marathon en été et la Vasaloppet en hiver ; le lundi, à la cantine, ils commentent leurs exploits et analysent leur course, kilomètre par kilomètre, ils s'amusent des progrès et des reculs des uns et des autres, comparent les temps et les équipements ; ils achètent des tenues bariolées et ils partent à la montagne. Je n'étais pas comme eux.

Là-haut, dans un coin, il y avait une cafétéria donnant sur la galerie. Elle avait l'air correct, sans chichis. J'y suis entré, j'ai posé mon pardessus sur une chaise et je me suis dirigé vers le comptoir. Et j'ai commandé un copieux déjeuner tardif. Ou un dîner précoce. La femme au comptoir était souriante, elle m'a demandé comment j'allais. Je ne la connaissais ni d'Ève ni d'Adam ; je n'avais aucune raison de lui raconter ma vie.

— Très bien, ai-je répondu. Je vais très bien.

Merde, je crève de faim, ai-je pensé. Passons aux choses sérieuses.

— Tant mieux. Tout à l'heure, il y avait un type assis à la même table que vous. Lui, ça n'allait pas. Il vient assez souvent. Il ne sourit jamais. J'essaie de lui remonter le moral, mais il n'y a rien à faire. C'est assez déprimant.

— Je veux bien le croire. Mais ce type, je ne le connais pas. C'est la première fois que je viens.

— C'est vrai. Je ne vous ai jamais vu. Je m'en souviendrais, ça, j'en suis certaine, a-t-elle dit.

Et tout à coup j'ai lâché :

— Ce n'est pas vrai, ce que je viens de dire. Ça ne va pas bien du tout.

Elle est restée un moment sans bouger. Puis elle a dit :

— Ah. J'en suis désolée.

— Oui, c'est moche. J'aurais préféré que tout aille bien, mais ce n'est pas le cas.

— Et qu'est-ce qui ne va pas ?

— C'est très difficile à expliquer.

— Vous pourriez peut-être essayer.

J'ai regardé autour de moi. J'étais seul devant le comptoir. Je me suis tourné vers elle. Elle était jolie. Plus jeune que moi, dix ans de moins, peut-être davantage. J'ai regardé ses mains ; elle ne portait pas d'alliance. Mais je ne pouvais pas lui parler de Jim et de son bonnet en laine qui m'avait tellement marqué ; son bonnet surtout, et aussi son vieux caban élimé sous la lumière matinale du pont d'Ulvøya. Ni de mon père dans la cellule de dégrisement ; l'horrible couleur des murs, son ridicule pantalon sans ceinture et ses pieds revêtus de chaussettes à rayures, qui m'avaient fait penser à celles d'un enfant. Non, impossible de lui parler de tout ça devant le comptoir. Elle avait beau être jolie, j'en étais incapable. Et puis, j'avais tellement faim que je trépignais comme un gosse en proie à un besoin pressant.

— Alors il faut d'abord que je réfléchisse, ai-je dit. Et là, j'ai trop faim.

— Allez vous asseoir. Je vais vous préparer votre plateau.

J'ai payé, puis je suis allé m'installer à ma table. Comme je n'avais pas de journal dans lequel me plonger, je me suis contenté de regarder dans le vide. Et je n'ai même pas eu le temps de dire ouf qu'elle s'approchait déjà avec ma commande. Rien ne l'y obligeait, pourtant. Et ce n'était sûrement pas comme ça qu'elle faisait d'habitude. Normalement, on allait chercher son plateau soi-même. Mais ça sentait bon. Et elle sentait bon, elle aussi, quand elle s'est penchée pour déposer devant moi l'assiette, le pain et le couvert, avant de glisser le plateau vide sous son bras. Je voyais de près la peau de son cou; cette peau me troublait étrangement, je la devinais sous son chemisier, elle me paraissait familière, comme si je l'avais déjà touchée, et elle me remplissait de nostalgie. La jeune femme souriait. Son visage aussi m'était familier. Elle était belle. J'ai répondu à son sourire. Elle devait adresser le même sourire à tous les clients. En tout cas aux hommes. Elle avait dû sourire de la même façon à celui qui venait de partir, celui qui avait occupé cette table juste avant que je n'arrive dans mon pardessus mauve.

— Bon appétit, a-t-elle dit.

— Merci. Ça a l'air délicieux.

— J'espère que ça le sera.

Elle se dirigeait déjà vers le comptoir. Je l'ai suivie du regard.

— S'il vous plaît, ai-je dit.

Elle s'est arrêtée, puis elle s'est tournée vers moi.

— Ce serait indiscret, ai-je dit, de vous demander votre nom?

En s'éloignant, elle avait cessé de sourire. Sans doute pour plusieurs raisons, pas uniquement parce qu'elle avait fini de me servir et qu'elle voulait laisser reposer son visage jusqu'au prochain client.

— Non, ce n'est pas indiscret. Ça ne me dérange pas. Berit. Je m'appelle Berit.

— Berit. Merci. Je suis content que vous m'ayez répondu. C'est gentil.

Comment l'expliquer ? Je suis persuadé que c'est la peau de son cou qui m'a amené à lui poser la question. J'aurais aimé la toucher. L'effleurer *de nouveau*, aurais-je pu dire.

— Gentil ? Peut-être.

Elle ne souriait toujours pas. Elle paraissait plutôt soucieuse, comme si elle avait un gros problème. Avec son nom, peut-être. Ou avec autre chose, allez savoir. En tout cas, elle était jolie. J'avais du plaisir à la regarder.

— J'espère que tout va bien, ai-je dit.

— Je suppose que oui.

Mais quelque chose n'allait pas, c'était évident. Ainsi, nous étions logés à la même enseigne, embarqués dans le même bateau. Et j'ai hoché la tête, chaleureusement, mais avec suffisamment de réserve pour ne pas être obligé de lui parler. Cela nous aurait encore rapprochés l'un de l'autre, et nous étions déjà bien assez proches. Par ma faute ; j'aurais dû tenir ma langue. Restons-en là, me suis-je dit. Pour m'en sortir, il n'y avait qu'un seul moyen : ce qui était en train de surgir entre nous, j'allais gentiment le laisser s'éteindre. Par manque d'oxygène, par manque de volonté et de courage, aussi. C'est pour ça que je n'ai rien dit. Doucement, je me suis penché au-dessus de mon assiette, à laquelle je n'avais pas encore touché. Et, tout aussi doucement, elle s'est détournée. Elle paraissait plus âgée ; j'ai eu le temps de le remarquer avant qu'elle s'en aille. Quand elle ne souriait pas, elle paraissait plus âgée. Mais elle était toujours aussi belle.

J'ai mangé sans lever la tête. Avec un journal, *Aftenposten*, ou un quotidien économique comme *Dagens Næringsliv*, j'aurais eu meilleure mine. Ce n'était pas très naturel de rester penché en avant comme ça. Pas aussi longtemps. Mais que faire d'autre ? Et puis je me suis tout à coup demandé où Jim pouvait bien être. J'ignorais où il habitait. Je l'avais rencontré sur le pont d'Ulvøya, mais il ne devait pas habiter dans le coin. Parmi ceux qui pêchaient sur le pont, aucun n'habitait par là, tout le monde le savait. Ils n'y venaient qu'à des heures bien précises, on les voyait à peine dans l'obscurité ou dans la lumière imparfaite du petit matin. Le reste du temps, ils semblaient rayés de la surface de la terre ; personne ne savait rien d'eux. Moi, en tout cas, je n'en savais rien. Et Jim pouvait habiter n'importe où, à Oslo, à Enebakk, à Nesodden, à Drøbak. Non, pas à Drøbak. Sinon, toutes les hypothèses étaient possibles. Quand il avait quitté Mørk, on avait dix-huit ans tous les deux. Et pendant ces dix-huit années, on s'était toujours connus, ou presque ; il n'avait qu'un an quand sa mère était venue s'y installer, avec ses *r* grasseyés, son fils dans les bras, son sac de voyage et pas grand-chose d'autre. Et toute une vie s'était terminée le jour où on s'était séparés dans le hall de l'hôpital ; c'est ainsi que je l'avais ressenti à l'époque, c'est ainsi que je le ressentais encore. Ce qui s'était passé était totalement incompréhensible. Comment avais-je pu vivre si longtemps sans lui ? J'ai fondu en larmes, la tête penchée au-dessus de la table. Je pleurais aussi discrètement que possible au-dessus de mon assiette presque vide ; il n'y restait plus qu'une tranche de bacon ou deux. Mais ce n'était pas facile ; je serrais les paupières pour empêcher mes larmes de couler, je serrais les lèvres pour m'empêcher de respirer, mais mes épaules étaient secouées de spasmes. J'avais un mouchoir dans une de mes poches. J'ai commencé à y fouiller. D'abord dans celles de mon pantalon. Puis dans celles de ma veste, et enfin dans celles de mon pardessus, qui était posé sur le dossier de ma chaise. Comme je ne voulais pas lever la tête, j'ai dû me livrer à des contorsions pour glisser ma main dans la poche intérieure et en extirper enfin ce fameux mouchoir. Je me suis soigneusement essuyé le visage, puis je me suis mouché pour donner le change. Comme si j'étais enrhumé. D'ailleurs, je l'étais. Ça faisait plusieurs jours que je traînais un petit rhume, c'était pour ça que je me promenais avec un mouchoir. Que j'ai fini par ranger dans la poche de mon pantalon. Puis j'ai levé la tête. Et elle était là, entre la machine à expresso et la caisse. Elle m'observait attentivement par-dessus les tables. Il n'y avait personne à la caisse, personne dans la salle, et elle se tenait dans une position qui m'a frappé, une main sur le comptoir. Puis elle a posé l'autre main à côté, et j'ai encore pu constater qu'elle ne portait pas d'alliance. Elle ne souriait pas. Tout ça était ma faute. J'aurais dû tenir ma langue. C'était presque insoutenable. J'ai de nouveau baissé les yeux vers la table et je me suis essuyé la lèvre supérieure du dos de la main, comme je faisais quand j'étais petit. Puis je me suis levé et j'ai pris mon pardessus mauve. Il était lourd. Me tournant vers elle, je l'ai saluée d'un léger mouvement de tête en évitant son regard. Heureusement qu'il faut payer à l'avance, ai-je pensé. Et j'ai quitté la cafétéria, mon pardessus sur le bras.

J'ai pris l'escalier mécanique jusqu'au rez-de-chaussée. En me dirigeant vers la sortie la plus proche, je suis passé devant une porte vitrée donnant sur une cage d'escalier et un ascenseur. Sur le mur, une plaque indiquait : Caisse d'assurance maladie, 2e ét. Et je me suis retrouvé dans Storgata. Je suis resté un moment sur le trottoir. À ma gauche, au bout de la rue, se trouvaient la gare et le terminal des bus, mais je ne les voyais pas de l'endroit où j'étais. Et à ma droite, derrière le centre commercial, il y avait un immeuble que je ne voyais pas non plus. Ma voiture était garée devant, et un restaurant d'horreur y avait remplacé le Vinmonopol. J'ignorais où le Vinmonopol se trouvait maintenant, mais il y en avait forcément un à Lillestrøm.

Il faisait froid. Un air glacial montait de la Nitelva et du grand lac. Il faisait toujours plus froid à Lillestrøm que partout ailleurs dans la région. En hiver, c'était franchement pénible ; un air humide vous collait à la peau et vous brûlait, je m'en souvenais parfaitement. Et en ce jour de septembre c'était pareil. J'ai mis mon pardessus et je l'ai boutonné jusqu'au cou. Je me suis tourné à droite et à gauche, et rien n'a accroché mon regard. Je ne savais pas où aller.

Je suis resté là sans bouger. Incapable de faire un pas. Derrière moi, une femme a franchi la porte. Je ne la voyais pas, mais elle portait un parfum agressif qui me faisait mal à la tête. Je devais la gêner, car elle m'a bousculé si fort que j'ai failli tomber.

— Et merde, ai-je lâché.

— Poussez-vous, a-t-elle aboyé, me vrillant les tympans.

Elle mâchait du chewing-gum ; j'étais un chien, je flairais tout. J'ai pensé qu'elle devait être moche, et je me suis discrètement retourné pour voir si c'était le cas. Or je m'étais trompé. Elle avait de l'allure. Un visage assez dur, très maquillé, une moue légèrement méprisante.

Les femmes comme ça, je les connaissais, elles n'étaient pas d'Oslo, mais de la campagne ; j'avais grandi parmi elles. Elles m'étaient familières ; elles me rassuraient.

Les mains sur les hanches, j'ai répliqué :

— Un peu de patience, enfin.

— Pas question, vous me gênez.

Elle était sûre d'elle, belliqueuse. Je n'ai pas pu m'empêcher de rire :

— Désolé.

— Il n'y a pas de quoi. J'ai juste eu un peu mal là, quand la porte m'a heurtée.

Et elle s'est donné une tape sur les fesses.

— Dites donc, il est beau, votre pardessus. Quelle classe !

— Merci.

Et elle s'est penchée en avant pour me claquer une bise sur le front. Je n'en ai même pas été surpris.

— Je vous souhaite une bonne journée, a-t-elle dit avec un rire bien sonore.

Et cela m'a paru tout aussi naturel.

— À vous aussi.

Puis elle s'est éloignée, et je l'ai suivie du regard. J'ai sorti mon mouchoir et je me suis essuyé le front. Pour une bise, c'en était une. Après avoir parcouru la moitié de Storgata en direction de la gare, elle s'est retournée pour me faire un signe de la main. J'ai répondu à son salut. Puis j'ai franchi la porte dans l'autre sens. J'ai repris l'escalier mécanique et je suis monté au niveau 2.

Une fois en haut, je suis passé devant les boutiques de fringues sans même regarder les enseignes, et je me suis arrêté sur le rail incrusté dans le sol, qui permettait de fermer la cafétéria avec une grille en accordéon. Il y avait maintenant trois personnes devant le comptoir. Elles poussaient toutes des plateaux chargés de montagnes de nourriture ; il y en aurait pour un certain temps. Et d'autres clients allaient peut-être arriver. Pour dîner ; l'heure du déjeuner était définitivement passée. Je n'ai pas bougé, pourtant. Je n'ai même pas réfléchi. Je suis resté là, tout simplement. Je ne sais pas ce que je m'imaginais. Qu'elle allait surgir de derrière le comptoir, enlever son tablier et se diriger vers moi ? Qu'elle allait venir à ma rencontre, comme dans un film ? Qu'un nouvel événement allait s'ajouter à mes rencontres avec Jim et avec mon père, faisant de cette journée le début d'une nouvelle ère ?

Elle avait le regard inquiet, m'a-t-il semblé. Ses yeux allaient et venaient entre les plateaux et les touches de sa caisse, et elle tapait les sommes si rapidement qu'on voyait à peine ses doigts. Elle n'a levé la tête qu'après avoir expédié les trois personnes qui faisaient la queue, ainsi qu'une quatrième arrivée entre-temps, et qui se dirigeait maintenant vers une table près de la baie vitrée.

En levant la tête, elle m'a tout de suite aperçu. Je n'ai pas bougé. Un nouveau client est arrivé, un plateau à la main ; j'ai vu qu'il ne prenait qu'un gâteau et un café. Elle s'est penchée par-dessus le comptoir pour lui dire quelques mots. Et il a doucement hoché la tête. Puis elle a tourné la clé de sa caisse et elle l'a glissée dans la poche de son tablier. Et elle a surgi de derrière le comptoir et elle s'est dirigée vers moi. Cela m'a rendu un peu nerveux ; elle avait eu de la peine à cause de quelque chose que j'avais dit, ou que je n'avais pas dit. Ça avait jeté un froid, si tant est qu'il puisse y avoir un froid entre deux personnes qui se connaissent depuis cinq minutes seulement. Et maintenant je l'ennuyais en revenant ; elle allait être obligée de me dire qu'elle en avait assez, qu'il fallait que je m'en aille. D'ailleurs, je pouvais très bien m'en aller. Si c'était ça qu'elle voulait. Et puis elle est arrivée à ma hauteur et elle s'est plantée devant moi. Penchant légèrement la tête d'un côté, puis de l'autre, elle m'a regardé dans les yeux. Elle attendait. J'étais embarrassé. Finalement, elle s'est jetée à l'eau. Je suis sûr qu'elle a pensé : Je me jette à l'eau, je dis ce que j'ai à dire, et vogue la galère. Et elle m'a demandé :

— Vous pouvez m'attendre une demi-heure ?

— Oui.

— Parfait.

Elle est retournée derrière son comptoir, puis elle a rouvert sa caisse et elle a tapé un gâteau et un café. Et j'ai remarqué que ses gestes étaient bien plus lents que tout à l'heure.

J'ai commencé à m'éloigner. Une énorme vague de chaleur m'a envahi. Comme si j'avais sauté en parachute pour la première fois de ma vie. Et survécu.

TOMMY. SEPTEMBRE. 2006. APRÈS-MIDI

La demi-heure m'a paru interminable. J'en ai passé la majeure partie dans la librairie du niveau 1. Ses vitrines donnaient sur la place du marché et sur le kiosque à musique, mais aucune fanfare ne jouait dans le kiosque, et les étals étaient rares à cette époque de l'année. Chez mon père, il y avait eu des nuages ; ici le soleil inondait la place d'une irréelle lumière jaune. L'asphalte semblait pourtant pris dans la glace, il était presque bleu. Une femme passait sur le trottoir, un sac en plastique à la main. Sur le sac figurait le logo des magasins Match, un *M* inscrit dans un triangle rouge. Elle portait des gants en laine et un bonnet en tricot. Il ne faisait pourtant pas si froid que ça.

Dans la librairie je n'ai rien vu d'intéressant. Il y avait plein de romans récents dont je ne connaissais pas les auteurs. Et deux tables où s'alignaient des piles de gros romans policiers dont les auteurs ne me disaient rien non plus. Sauf un ou deux, dont les livres se vendaient comme des petits pains et dont on parlait dans les pages culture de *Dagbladet*. Et même dans *Dagens Næringsliv*, puisqu'ils gagnaient de l'argent. Je n'aimais pas les polars. J'avais lu ceux de Raymond Chandler, mais je m'étais toujours moqué de savoir qui avait tué qui, et comment : par balle, avec un couteau ou à l'aide d'un objet contondant. Ce qui m'avait plu, c'était le personnage de Philip Marlowe ; il m'avait touché, et ça m'avait d'autant plus étonné qu'il s'agissait d'un personnage de détective. Il avait quelque chose, une dignité, peut-être, ou une intégrité que j'avais sans doute perdue. Un livre surtout, *The Long Good-Bye*, m'avait remué ; en arrivant à fin, je m'étais trouvé dans un état de désespoir. Philip Marlowe apparaissait dans sept romans ; après les avoir tous lus, je n'ai pas cherché ailleurs. Aucun autre roman policier ne pourrait m'émouvoir comme ceux-là, j'en étais certain. Et c'était la seule chose qui m'intéressait à l'époque. Mais tout ça, c'était vieux. Depuis, je n'ai pas lu un seul livre. Sauf des trucs en rapport avec mon boulot. Je n'avais plus le temps d'être ému. Et puis, advienne que pourra, ai-je pensé.

Entre ces piles de polars étonnamment gros, j'avais du mal à me concentrer. Je regardais sans cesse ma montre. Il ne fallait pas rater l'heure. Et j'ai soudain eu peur. Qu'avais-je fait ? Tout va changer, ai-je pensé. Je ne le supporterai pas, c'est au-dessus de mes forces. Mais on me donnait une chance. Si je la laissais passer, j'étais foutu. Tout continuerait comme avant. Et ça ne pouvait pas continuer comme avant. C'était impossible. Tout devait changer. Sinon, j'étais foutu.

Quand je suis revenu, elle était devant la cafétéria. Je n'étais pas en retard, pourtant, elle m'avait bien dit une demi-heure. J'étais même en avance, mais elle m'attendait déjà. Elle avait mis son manteau. Un manteau vert qui lui allait bien. Elle paraissait différente. Ça m'a surpris. Dans ce manteau, elle semblait plus féminine, plus libre ; elle avait largué les amarres, elle était dangereusement disponible, je le sentais dans mon ventre. Et il était trop tard pour rebrousser chemin. En m'approchant, j'ai laissé ma main glisser sur la rambarde, comme je le faisais, enfant, quand toute sensation me parvenait à travers la peau. Et j'ai senti comme elle était polie par l'usure. J'ai senti le métal froid et lisse sous ma paume, j'ai senti les rivets contre mes doigts ; ils se succédaient à un mètre d'intervalle, comme des traverses de chemin de fer. Je suis passé devant les boutiques où on vendait des fringues et de la maroquinerie et toutes sortes d'objets inutiles, et j'ai continué jusqu'à la cafétéria. Quand elle m'a aperçu, elle a levé la main en guise de salut. Et la chaleur m'a de nouveau envahi. Une chaleur extrêmement agréable, électrique, mais pas douloureuse. Pas comme une décharge, juste une tension plus forte. Dans mon corps, le voltage avait augmenté, j'avais comme un bourdonnement dans les hanches. Et des vagues, quelque chose d'ample et de chaud, m'inondaient la poitrine. Je m'en fous, ai-je pensé. Advienne que pourra.

Je suis arrivé à sa hauteur.

— Salut, ai-je dit.

— Salut.

Comme il fallait dire quelque chose de gentil, je l'ai complimentée :

— Il est joli, votre manteau.

C'était vrai, je le pensais réellement.

— Merci. Le vôtre aussi. Enfin, votre pardessus.

Elle souriait. Je souriais aussi, je m'en suis rendu compte.

— On y va ?

— Oui. On y va.

Nous nous sommes dirigés vers l'escalier mécanique. Elle a glissé sa main sous mon bras, et nous sommes restés côte à côte en nous laissant porter. Si quelqu'un avait été pressé de descendre, nous l'aurions empêché de passer, me suis-je dit. Mais ce n'était pas le moment de nous tenir l'un derrière l'autre. Et, heureusement, personne d'autre n'a pris l'escalier. Arrivés en bas, nous avons continué bras dessus bras dessous jusqu'à la sortie. La plaque de la Caisse d'assurance maladie était toujours là. Il a fallu nous dépêcher pour entrer tous les deux dans le même compartiment de la porte à tambour. Coude à coude, nous sommes sortis dans Storgata en marchant à petits pas. Nous nous sommes arrêtés au bord du trottoir, et alors elle a éclaté de rire. Elle avait un rire de gorge qui m'a surpris, un rire comme je n'en avais jamais entendu. J'étais à la fois excité et nerveux, et je suis de nouveau resté là sans bouger. Comme tout à l'heure. Non, pas comme tout à l'heure.

— Et maintenant on fait quoi ? a-t-elle dit en souriant.

Je n'en avais aucune idée.

— Vous habitez où ?

— À Skjetten.

— On peut aller chez vous ?

— Non, c'est impossible.

Bon, c'était impossible.

— On n'est pas obligés d'aller chez quelqu'un. Ni d'aller quelque part. Si vous voulez, on peut se balader dans ma voiture. Je suis garé là-bas. Vous venez ?

— C'est pour ça que je suis là.

Son ton était parfaitement calme, sans la moindre nuance de soumission. Elle ne se laissait pas porter par le courant, mais elle n'avait pas non plus cette distance moqueuse que beaucoup auraient eue dans une pareille situation. Elle n'était pas ironique, ne jouait pas sur l'ambiguïté, ne se ménageait pas une porte de sortie. Et la chaleur m'a envahi pour la troisième fois. Elle est comme moi, ai-je pensé. Elle va de l'avant.

Après avoir fait le tour des deux pâtés de maisons, nous sommes passés devant le restaurant où j'étais entré un peu plus tôt. Et c'est alors seulement que je me suis aperçu que l'enseigne suspendue au-dessus de l'entrée portait le nom de *Jekyll & Hyde*. Et l'enseigne se balançait dans le vent, et je me suis dit : ceci explique cela. Sa main était toujours glissée sous mon bras. Cela fait longtemps que nous nous connaissons, ai-je pensé. À nous voir marcher ainsi, d'un pas si naturel, c'est ce qu'on aurait pu croire. Mais ce n'était pas vrai. Au contraire, je ne la connaissais pas, et cela me troublait. Et tout convergeait autour de cette main glissée sous mon bras, une main qui attirait les choses comme un aimant, mais qui était légère comme une plume, et entièrement nouvelle. C'était cela que je désirais : quelque chose d'entièrement nouveau. Et j'allais me raccrocher le plus longtemps possible à cette sensation. C'était à elle de m'aimanter, pas l'inverse. Je n'allais pas l'attirer vers moi. Elle devait me changer avant qu'il ne soit trop tard. En était-elle capable ? Avait-elle ce don ?

Nous nous sommes faufilés entre les voitures garées, et j'ai retrouvé ma Mercedes. Je craignais qu'elle fasse une remarque sur la voiture, du genre « elle a dû vous coûter cher », ou « ça alors, quelle classe », mais elle n'a rien dit. Elle n'y a même pas prêté attention. Fatalement, mon ticket de parking n'était plus valable depuis un moment, et on avait glissé sous l'un des essuie-glaces un PV jaune enveloppé de plastique pour le protéger de la pluie. J'ai ouvert la portière et j'ai jeté le PV sur la banquette arrière. Je n'avais pas eu de contravention depuis longtemps ; j'ignorais combien j'aurais à payer.

Elle m'a regardé en souriant.

— C'est votre faute, ai-je dit.

Elle a ri en haussant les épaules.

— Ah bon. C'est grave ?

— Pas du tout. Les choses se paient. Et ça doit être ridiculement bon marché.

— Vous ne regardez pas ?

— Non. Je la réglerai avec plaisir, quel qu'en soit le montant. Ça vaut le coup.

Je lui ai ouvert la portière, côté passager. Nous avons été éblouis par les violents reflets du soleil d'automne dans la laque gris métallisé, et j'ai dû fermer les yeux. Puis je les ai rouverts, et j'ai vu le vent balayer le parking et s'engouffrer entre les immeubles, et le docteur Jekyll et mister Hyde frapper contre la façade dans la lumière resplendissante ; j'ai vu sa peau émerger du col de son manteau, et j'ai de nouveau senti un bourdonnement dans mes hanches. C'était du désir, mais pas uniquement. Je me suis incliné :

— Je vous en prie, mademoiselle.

Elle a de nouveau eu un rire de gorge. Puis elle a serré son manteau autour de ses jambes et elle s'est assise en ramenant ses pieds. J'ai refermé la portière sans la claquer, puis je me suis installé au volant. Nous avions déjà bouclé nos ceintures et je venais de mettre le contact, quand elle a dit :

— Madame.

— Pardon ?

— Madame, pas mademoiselle.

— Vous êtes mariée ?

— Oui.

— C'est pour ça qu'on ne peut pas aller à Skjetten ?

— Oui.

Le moteur ronronnait sous le capot. On l'entendait à peine. Les Mercedes, elles n'étaient pas comme les autres voitures. Je me rappelais comme j'avais été fier quand j'avais acheté ma première. Elle était d'occasion, mais sa laque blanche était impeccable, sans la moindre tache de rouille. J'habitais encore à Mørk, chez Jonsen, j'étais jeune et j'avais économisé pendant deux ans pour l'acheter. Chez nous, personne n'avait jamais eu de Mercedes, et elle attirait les regards. Tout le monde me remarquait quand je roulais sur la route de Valmo ou de Dal, au nord, ou sur celle de Lillestrøm, au sud, et c'était bien le but de l'opération. Mais il y en avait qui étaient jaloux ; je me prenais pour qui avec ma Mercedes ? Ils me trouvaient frondeur, prétentieux, mais je ne devais rien à personne. Sauf à Jonsen, et peut-être à Lysbu. Et je me disais qu'ils pouvaient toujours continuer à circuler en tracteur et à se promener entre le moulin et le village dans leurs camions Bedford ou leurs vieilles Volvo pourries, ils ne m'atteindraient pas ; ils ne s'élèveraient pas au-dessus de moi, car moi je roulais en Mercedes. Mais à présent, en septembre 2006, devant l'immeuble qui avait abrité un Vinmonopol que je n'avais pas eu l'occasion de fréquenter avec Jim, tout cela n'avait plus la même importance. Cela n'en avait même aucune. Ça aurait pu être une Toyota, une Skoda, peu importe ; que faisais-je avec une voiture pareille, je me prenais pour qui ? Ça aurait pu être une Peugeot, une Mazda ; qui se laissait impressionner par une Mercedes ? Pas moi. Et certainement pas cette Berit Je-ne-sais-quoi qui était assise à mes côtés.

— Démarrez, a-t-elle dit.

J'avais pourtant remarqué ses mains. À la cafétéria, elle les avait posées sur le comptoir, comme pour me les montrer. En y réfléchissant, je me disais que c'était exactement ce qu'elle avait dû faire. Elle me les avait montrées. Et je n'avais pas vu d'alliance.

— Démarrez.

Je n'ai pas su quoi dire. J'ai regardé mes propres mains, l'une sur le volant et l'autre sur le levier de vitesses, prête à enclencher la première. Je ne portais pas d'alliance. Ni à la main droite, ni à la main gauche. J'aurais pu, mais j'avais reculé au dernier moment quand l'occasion s'était présentée. Plus tard, je me suis parfois demandé si j'avais bien fait. Je pense que oui.

— Démarrez.

Je me suis tourné vers elle. Elle regardait droit devant elle à travers le pare-brise. Elle avait peut-être les yeux légèrement embués. J'en avais l'impression. Elle avait un joli profil. Elle était jolie de partout.

— Bon, on y va.

J'ai commencé à rouler, mais je m'étais trompé de sens. Je me suis retrouvé nez à nez avec une autre voiture, une BMW noire, une bagnole de frimeur, de jeune con; où avais-je la tête? J'ai enclenché la marche arrière et j'ai reculé prudemment en tournant à droite, puis j'ai quitté le parking et je suis de nouveau passé devant le fameux restaurant. Il me sortait par les yeux.

Je ne voulais pas retourner à Oslo, je n'avais pas envie de refaire une troisième fois le même trajet sur l'E6, et il n'était pas question de monter jusqu'à Skjetten. Ça ne laissait pas beaucoup de choix.

J'ai traversé Lillestrøm et je me suis engouffré sous le pont de chemin de fer, où un train de fret fonçait vers Oslo dans un bruit assourdissant, les wagons chargés de bois provenant des vastes forêts au nord. Et je suis passé derrière la gare et j'ai continué jusqu'au pont de la Nitelva, que je voyais couler en contrebas, gonflée par plusieurs jours de pluie. Mais le froid était revenu et il y avait maintenant un soleil éclatant. Et au rond-point, juste avant le tunnel, j'ai bifurqué à gauche, et j'ai continué vers l'ouest, en passant par Fjerdingby et Flateby, des endroits où je n'avais jamais mis les pieds et dont je découvrais les noms sur les panneaux de signalisation.

— Vous devez avoir une alliance, non? Pourquoi vous ne la portez pas?

— Oui, j'en ai une. Je ne la porte pas parce que je ne veux pas.

— Et lui, il ne veut pas que vous la portiez?

— Bien sûr que si. *Je l'exige*, dit-il. Mais je refuse. C'est ce que je fais. Je refuse. Et maintenant j'en ai assez. Je ne resterai pas une heure de plus avec lui.

— Vous avez décidé ça quand?

— Aujourd'hui.

— Aujourd'hui? Quand je suis arrivé à la cafétéria?

— Non, un peu plus tôt.

— Quand l'autre type est arrivé? Celui qui est toujours si triste?

— Oui. C'est ça.

Je ne voulais pas qu'elle me parle de l'autre type. Il m'énervait. Son existence m'énervait. Il ne m'avait pourtant rien fait. Il s'occupait de ses affaires, n'ennuyait personne avec ses problèmes et ne déposait pas sa vie entre les mains d'inconnus. J'aurais pu faire comme lui. J'aurais pu tenir ma langue. Mais alors je ne serais pas là en ce moment. Avec elle.

— Pourquoi êtes-vous venue vers moi?

— C'est plutôt vous qui êtes venu vers moi.

Elle avait raison. Je l'avais déjà oublié. J'étais venu vers elle. Dix minutes seulement après mon départ, j'étais retourné au centre commercial. J'avais repris l'escalier mécanique, j'étais monté jusqu'à la cafétéria et je m'étais planté là pour qu'elle me voie et qu'elle comprenne pourquoi j'étais revenu. J'étais venu vers elle. Où en avais-je trouvé le courage ? Ce n'était pas dans ma nature. Jamais je ne m'en serais cru capable. Mais je n'avais pas eu le choix.

— Oui, mais pourquoi vous m'avez suivi ? Pourquoi moi ?

— Parce que vous m'avez demandé mon nom.

Cela, je l'avais compris. Je n'étais quand même pas idiot.

Nous avions quitté Lillestrøm et j'ai commencé à grimper la côte. J'ai longé le grand lac, j'ai laissé derrière moi la station-service à l'entrée de la plaine et je suis redescendu par l'autre versant. C'était agréable de conduire sans savoir où la route me mènerait, et j'ai bien négocié les virages. Roulant à cinquante, je suis passé devant Nordby, que je ne connaissais pas non plus. Mais j'avais aperçu le nom du village sur un panneau. Et une école silencieuse et fraîchement repeinte était visible de la route. Ses fenêtres étaient noires et désertes, on n'y voyait pas un enfant. On n'était pourtant ni samedi ni dimanche ; ce vide était un mystère. Mais ce mystère ne nous concernait pas.

— Oubliez cette alliance, a-t-elle dit. Ça n'a pas d'importance.

Et je n'y ai plus pensé, je l'ai laissée tomber, elle a heurté le sol avec un tintement, puis elle a disparu. Et le silence s'est de nouveau installé dans la voiture. À ma droite se dressait une colline escarpée ; des éboulements avaient dû s'y produire, on voyait de gros blocs de pierre dont certains étaient recouverts de mousse, et d'autres, menaçants, qui paraissaient fraîchement affûtés. À gauche, des champs jonchés de paille jaune descendaient en pente douce vers le lac, qui demeurait invisible. Mais il était là, nous le savions. Si ça n'avait tenu qu'à moi, nous aurions pu continuer à rouler ainsi pendant une éternité. Elle n'avait pas besoin de parler, je n'avais pas besoin de parler. Et puis elle a dit, tout doucement :

— À la cafétéria, je vous ai demandé ce qui n'allait pas. Vous m'avez répondu qu'il vous fallait y réfléchir. Vous vous en souvenez ?

Bien sûr que je m'en souvenais ; je me souvenais de chaque détail, de chaque mot qu'elle avait dit, de sa façon de marcher, de son dos quand elle s'était dirigée vers le comptoir, de son visage quand elle avait cessé de sourire ; je me souvenais de tout ; je me souvenais de Jim, car c'était à lui que j'avais pensé.

— C'était pour ça que vous pleuriez ? À cause de vos pensées ?

Je savais qu'elle allait me poser la question. Elle ne m'a pas pris au dépourvu. Elle voulait que je me lie à elle. Et j'étais obligé de lui répondre. Je devais déposer ma vie entre ses mains. Sinon, j'étais foutu. Nous n'avions pas le temps de suivre le parcours réglementaire.

— C'était à cause de Jim, ai-je dit.

— De Jim ?

— Oui. De Jim.

TOMMY. LA DERNIÈRE NUIT. SEPTEMBRE. 2006

Il se réveilla à côté de celle qui s'appelait Berit. Il était chez lui, bien au chaud dans son lit, avec le fjord et les autres îles comme seuls voisins. Il se redressa d'un seul coup. Sur la table de nuit qui était maintenant à elle et qui le serait aussi longtemps qu'elle le voudrait, le réveil affichait presque cinq heures. Elle dormait, il faisait noir dans la maison, tout était silencieux ; son sommeil était paisible, il n'entendait pas sa respiration. Il se pencha au-dessus d'elle, posa délicatement sa joue contre sa bouche et sentit son haleine chaude et vivante.

Il posa ses pieds par terre et resta assis sur le bord du lit ; à travers la fenêtre il aperçut quelques rares lanternes dont le reflet jaune et rouge brillait sur la mer d'huile. Sinon, tout était plongé dans l'obscurité.

L'île n'était pas grande. Entre sa maison et le pont, la distance était ridiculement courte ; en voiture il ne lui faudrait que deux minutes pour y aller. Il ne faut pas que j'arrive trop tard, se dit-il, si j'arrive trop tard, si jamais il est parti, c'est râpé. Mais je ne peux pas y aller en voiture, je ne peux pas prendre la Mercedes. Il regarda de nouveau le réveil. À pied, il lui faudrait bien cinq minutes, peut-être un peu plus, mais pas beaucoup, moins de dix. En réalité, il n'en savait rien : je vis sur cette île depuis six ans et je n'ai jamais fait le trajet à pied, pensa-t-il, c'est peut-être plus long que je ne crois. Il va falloir que je marche désormais, que je marche longuement; j'ai quelqu'un dans mon existence, il faut que je retrouve la forme. Et puis, je n'irai plus en ville; c'est fini tout ça, ma vie a changé. À partir d'aujourd'hui, je laisserai la voiture au garage.

Il se redressa péniblement et se dirigea vers le placard. La chambre était plongée dans le noir.

— Bonjour, dit-elle.

— Bonjour.

Il se retourna. Il sourit. Une voix résonnait dans la maison, une voix qui n'était pas la sienne.

— Je ne te vois pas, dit-elle.

— Ça ne fait rien.

— Tu souris?

— Oui.

— Alors ça va.

Il ouvrit le placard. C'était un grand placard, il y avait un éclairage à l'intérieur. Il l'alluma, et une lumière timide s'y répandit. Une grande glace recouvrait le fond; heureusement, il distingua à peine son propre corps entre les vêtements suspendus. Il se demanda si elle le voyait.

Il y avait là des vêtements qu'il n'avait jamais mis. Il les avait achetés sur un coup de tête, comme tant d'autres choses. Il regarda les chemises. Je ne sais pas laquelle choisir, pensa-t-il.

Derrière lui, dans l'obscurité, elle dit :

— Tu es drôlement bien équipé.

Puis elle eut son rire de gorge.

Il sourit :

— Oh, pas tant que ça.

— Ce n'était pas à ça que je pensais.

— Si c'est à mes chemises que tu fais allusion, j'en ai pas mal, c'est vrai.

Il les regarda de nouveau. Certaines avaient encore les manchettes attachées au plastron avec des épingles, ce qui leur donnait un air quasi napoléonien. Je ne sais pas laquelle choisir, pensa-t-il de nouveau. Et dans son embarras il le dit à voix haute :

— Je ne sais pas laquelle choisir. Si j'en mets une blanche, comme d'habitude, je serai obligé de porter un costume.

Je ne peux quand même pas me pointer là-bas en costume, se dit-il. Je ne vais pas au bureau, je ne vais pas prendre l'ascenseur jusqu'au neuvième étage. Il n'était pas habitué à ce sentiment, à cette irrésolution. Il avait toujours été déterminé, un peu trop, même ; il aurait parfois mieux fait de s'armer de patience. Et son trouble était tel qu'il faillit renoncer à son projet. Ça ne marchera pas, pensa-t-il. Je ne sais pas quoi mettre.

— Je vais jusqu'au pont, c'est tout. Et j'y vais à pied. Et je ne peux quand même pas me promener sur l'île en costume et pardessus. Je ne peux pas me pointer là-bas dans mon pardessus mauve. Qu'est-ce qu'il dira s'il me voit arriver dans ce pardessus qui a coûté la peau des fesses ? Mais il faut que je me fasse beau. Pour qu'il se rende compte que c'est sérieux. Il faut que je me fasse beau pour Jim.

— Il faut que tu te fasses beau ?

— Oui. Il faut que je me fasse beau. Ou peut-être que non. Ce serait peut-être trop. Je ne sais pas. Je ne sais pas quoi mettre.

Il entendit un froissement de draps. Elle s'était levée. Il se retourna et la vit traverser la chambre, drapée dans la couette. Elle s'arrêta à côté de lui. Éclairés par la faible lumière du placard, on apercevait leurs corps dans la glace du fond. Ou plutôt une partie de leurs corps.

— Tu trembles, dit-elle. Tu as froid?

— Non.

Elle prit une chemise dans le placard. Ce faisant, elle fit tomber la couette. Elle éclata de rire, et il se dit : ce n'est pas une gamine. Tant mieux.

C'était une chemise bleu clair qu'il avait depuis des années. Elle n'était pas repassée, mais elle avait l'air présentable. Elle la lui tendit :

— Celle-ci.

Docilement, il enfila la chemise.

— Un jean, ça n'ira pas, réfléchit-elle à voix haute. Ce n'est pas ton style. Celui-ci devrait faire l'affaire.

Et elle décrocha un pantalon de ce qu'il appelait « tissu kaki », une sorte de toile que son père avait toujours nommée ainsi, quelle qu'en soit la couleur. Et elle lui tendit un pull gris en V. C'était elle qui l'habillait. Lui, Tommy Berggren, se laissait habiller comme un gamin, il s'abandonnait entre ses mains. Ça ne peut pas continuer, pensa-t-il. Mais pour l'instant ça lui allait.

Il sortit dans le couloir et se regarda dans la grande glace. Il portait une veste dont il ne se souvenait pas, une veste en toile bleue, à l'allure sportive et un peu snob. Jamais je n'ai ressemblé à ça, pensa-t-il. Mais peu importe.

Elle apparut sur le pas de la porte. La couette formait une traîne derrière elle. Elle la remonta jusqu'au menton. Elle souriait.

— J'ai le trac, dit-il. Imagine qu'il ne soit pas là. Dans ce cas, qu'est-ce que je fais? Et puis, je n'ai que des chaussures de ville, des chaussures noires, toutes cirées. Ça va avec un costume, pas avec cette veste.

— Il fait encore nuit. Personne n'y fera attention.

Il choisit une paire de chaussures pas trop neuves. Mais elles brillaient quand même de mille feux. On les verrait, elles luiraient dans l'obscurité.

— Arrête de te prendre la tête, dit-elle.

Et il s'agenouilla lentement pour lacer ses chaussures, et il prit son temps, et il pensa : qu'est-ce que je vais lui dire? Une fois là-bas, je ne saurai pas quoi lui dire. Si jamais il y est.

Il leva la tête vers elle :

— Une fois là-bas, je ne saurai pas quoi lui dire.

Elle se contenta de sourire. Il se redressa :

— Bon, j'y vais.

Elle souriait toujours. Elle était si jolie. Elle leva la main droite, la paume en avant, et l'agita doucement. Puis elle retourna dans l'obscurité de la chambre. Et la lumière de l'entrée l'éclairait encore quand sa couette se défit, la laissant nue de la tête aux pieds.

Contrairement à son habitude, il n'alluma pas la lumière au-dessus de la porte d'entrée. Il faisait froid; il remonta le col de sa veste et se frotta les mains en soufflant dessus. Le froid était pourtant supportable, c'était juste pour se donner une contenance. Doublée de faux mouton, sa veste faisait coupe-vent et lui tenait chaud. Jusqu'au point culminant de l'île, la côte était assez raide, et il mit plus de temps que prévu à la monter. Il regarda sa montre, dont il distinguait à peine le cadran. Merde, se dit-il. Merde. Mais après l'épicerie du Pakistanais il ne lui restait plus qu'à descendre. Et dans le tournant il aperçut le fjord, noir et luisant comme de l'huile, et le reflet des lampadaires de l'autre rive. Puis il vit le pont suspendu. Il s'arrêta pour le regarder. D'un blanc luminescent, le pont semblait tendu entre deux puits noirs. Je ne l'ai jamais réellement vu, pensa-t-il. Alors que Jim, si.

Il continua jusqu'en bas. En arrivant au pont, il se dit : j'y vais, je n'attends pas. Et les pêcheurs étaient là, avec leurs cannes et leurs bobines et leurs lignes, et ils tiraient leurs lignes vers eux, puis ils les laissaient de nouveau filer juste avant qu'elles touchent le parapet, et Tommy n'arrivait pas à saisir leur rythme, car chacun avait le sien. Et ils se tenaient tous du même côté du pont. À cause des lignes, pensa-t-il. Pour éviter qu'elles s'emmêlent. Il passa derrière eux, et ils se retournèrent à peine. Mais il les dévisagea les uns après les autres, à la recherche d'un bonnet bleu et d'un caban qui lui étaient familiers. Ils étaient six. Il parcourut le pont jusqu'à Mosseveien, puis il fit demi-tour. Jim n'était pas parmi eux. Il s'arrêta derrière le dernier, une espèce de clochard ; il portait deux pulls, l'un sur l'autre, et tous les deux tombaient en lambeaux. Avec un peu de bonne volonté, celui du dessus pouvait être qualifié de bleu, tandis que celui du dessous était d'une espèce de blanc cassé. Aux mains, il avait des mitaines roses. Cet accoutrement lui donnait un drôle d'air.

— Bonjour.

L'homme se retourna.

— Pardon, celui qui était là, hier, à côté de vous, il est venu ce matin ?

L'homme secoua la tête.

— Normalement, il vient tous les jours ?

L'homme secoua de nouveau la tête.

Merde, se dit Tommy. C'est râpé. Qu'est-ce que je fais, maintenant ? Qu'est-ce que je fais ?

L'homme se mit soudain à tousser, une toux sèche et caverneuse qui se prolongea de façon alarmante. Il devrait voir un médecin, pensa Tommy. Quand les quintes cessèrent enfin, il dut se racler la gorge plusieurs fois.

— Parfois il vient un peu plus tard, vers six heures. Et alors il ne reste pas longtemps. Il a la bougeotte.

— Ah bon ?

— Oui. Il a la bougeotte.

— Vous, vous n'avez pas la bougeotte.

— Non.

— Vers six heures ? Mais il est six heures, non ?

— Peut-être.

— Merci quand même.

— C'est une perte de temps.

— Qu'est-ce qui est une perte de temps ?

— Avoir la bougeotte.

— Vous avez raison.

L'homme le salua en touchant sa casquette avec trois doigts, comme les scouts. Puis il se tourna de nouveau vers le parapet et se mit à tirer énergiquement sur sa ligne. Pour rattraper le temps perdu, sans doute.

Tommy se dirigea vers le parking. La veille, il y avait vu une voiture. Maintenant il n'y en avait pas. Il s'appuya contre la paroi rocheuse. Malgré sa veste, il sentit le froid de la roche. Il regarda sa montre. Il était six heures pile et il faisait toujours nuit ; seul le pont luisait dans l'obscurité, blanc et fantomatique. Et il pensa : tu ne peux pas ne pas venir, Jim. Tu ne peux pas.

JIM. LA DERNIÈRE NUIT. SEPTEMBRE. 2006

Jim se dirigea vers la place derrière le vieil immeuble en brique où se trouvait le club de gym. Sa voiture y était garée, et les rails scintillants du chemin de fer émergeaient de l'obscurité des tunnels qui se succédaient entre Lillestrøm et Oslo. Et une centaine de mètres plus bas, la Nitelva tout aussi scintillante se jetait dans le lac d'Øyeren. En s'approchant, il vit le PV ; maintenu par l'essuie-glace, il claquait au vent comme un fanion. Il avait pourtant payé pour vingt-quatre heures ; vingt-cinq couronnes, c'était la somme qu'il avait introduite dans le parcmètre. Et il avait posé le ticket bien en vue sur le tableau de bord. En ouvrant la voiture, il le découvrit par terre. Il l'avait fait s'envoler en refermant trop brutalement la portière, c'était la seule explication. Je n'ai pas les moyens, se dit-il, désespéré, je n'ai même pas de boulot. Mais il se calma rapidement, arracha le PV et le glissa sous la clôture en fil de fer qui bordait les rails. Et il sentit comme l'herbe était froide sous ses doigts, aussi froide que le plastique enveloppant le papier. Puis il regagna sa voiture, s'installa au volant et mit le contact.

Il se pencha en avant, scruta le ciel à travers le pare-brise. On était en fin d'après-midi. La Sécurité sociale, l'Agence pour l'emploi et les bureaux étaient déjà fermés. Les gens rentraient chez eux. Un flot de piétons quittait le centre de Lillestrøm et remontait par Storgata, passant devant le centre d'art contemporain et le centre médical pour se diriger vers la gare, tandis qu'un autre flot s'écoulait avec une lenteur exaspérante par les escaliers qui reliaient les quais à la salle des pas perdus. À la sortie, le second flot se divisait en deux ; une partie tournait à gauche pour gagner le centre-ville, tandis qu'une autre se hâtait vers le parking situé au bord de la rivière, où se dressaient l'hôtel de la chaîne Thon et le palais des congrès. Mais Jim ne rentrait pas chez lui ; il était encore trop tôt. Contrairement à tous ces gens, il ne sortait pas du travail. Et dans son appartement il ne se sentait pas chez lui. Rien là-dedans ne lui paraissait familier. Il y avait bien ses livres, mais ils ne lui étaient plus d'un grand secours. Quand il en ouvrait un, il n'y trouvait aucune aide. Quelle était la dernière chose qu'il avait lue ? Probablement les vingt Maigret qu'il avait achetés à l'homme qui s'était présenté à sa porte, un an plus tôt. Il les avait lus d'un seul trait, ne quittant son lit qu'après avoir terminé le dernier. Que faire pendant toutes ces heures d'attente ? se demanda-t-il.

Il ne lui restait qu'à trouver un moyen de faire passer le temps. Il prit de nouveau la nationale 120 en direction d'Enebakk. Il pourrait éventuellement bifurquer vers Oslo en prenant le pont de Tangen, comme la nuit précédente, ou il pourrait rebrousser chemin près du petit centre commercial et rentrer chez lui, peu importe. Vingt ans plus tôt, alors qu'il fréquentait une jeune femme qui habitait par là, il avait souvent pris cette route pour aller chez elle. Ou alors c'était elle qui venait chez lui. Quand elle sonnait à sa porte à l'improviste, ça lui faisait un tel plaisir qu'il tardait parfois à ouvrir ; il voulait la voir encore un peu devant son œil intérieur. Il l'imaginait des pieds jusqu'à la racine des cheveux, il se représentait ses yeux ; alors qu'elle était encore invisible, il voulait se plonger dans son regard, deviner son excitation, son attente, avant de voir son image confirmée. Qu'elle ait pu faire tout ce chemin pour dormir à ses côtés, pour rester allongée dans son lit, pour coucher avec lui et ne lui vouloir que du bien, le remplissait de fierté et d'étonnement. La nationale 120, c'est notre route, disaient-ils. C'est notre ligne de vie. Mais tout cela était loin maintenant. Quand il pensait à elle, ce qui lui arrivait souvent, il n'y avait pas la moindre note discordante. Il l'avait beaucoup aimée, il avait beaucoup aimé parcourir les quarante kilomètres qui les séparaient, l'imaginant dans toutes sortes de situations pendant qu'il conduisait et que le bleu du soir descendait sur le lac. Et quand il mettait de la musique, quand il passait un morceau de cette époque-là, du Led Zeppelin par exemple, il chantait à l'unisson ; il chantait *Good Times Bad Times* à tue-tête dans la lumière du tableau de bord. Et ce n'était pas sa faute à elle si cette histoire avait pris fin.

À Flateby, il s'arrêta à la station-service. Il resta là quelques minutes sans bouger. Il n'était pas triste. Il réfléchit ; non, il n'était pas triste. Il se sentait bien, il avait chaud, il était confiant et légèrement impatient. Il aurait volontiers mangé quelque chose, mais son déjeuner tardif lui pesait encore sur l'estomac. Il regarda sa montre : moins de deux heures s'étaient écoulées depuis la fin du repas.

Il descendit de voiture et pénétra dans la boutique. Derrière le comptoir, une jeune fille était occupée à griller des saucisses qu'elle sortait du congélateur. Elle avait de longs cheveux bruns qui lui retombaient dans les yeux chaque fois qu'elle se penchait en avant, l'obligeant sans cesse à redresser la nuque pour les passer derrière ses oreilles avec le doigt.

En l'entendant arriver, elle leva la tête, dégagea ses yeux et lui sourit :

— Bonjour.

— Bonjour.

Peut-être répondit-il aussi à son sourire ; elle avait l'air sympa. Et elle était jolie, en plus.

Il prit *Dagbladet* et *VG* sur le présentoir à journaux, jeta un œil sur les unes et remit *VG* sur le présentoir. Il aurait tout aussi bien pu remettre l'autre. Il prit aussi du chocolat au lait de la marque Freia, le grand modèle qui valait vingt-cinq couronnes, puis il posa le tout sur le comptoir.

— Vous désirez autre chose ? Une boisson, peut-être ?

— Pourquoi pas.

Il se dirigea vers les vitrines réfrigérées et y prit une bouteille de coca, la plus grande, d'un litre et demi. C'était absurde, qu'allait-il faire d'un litre et demi de coca ? Mais il posa la bouteille sur le comptoir, et la jeune fille lui sourit de nouveau. Sans doute avait-elle compris qu'il se laissait guider par le hasard. Puis elle passa les trois articles en caisse.

— Flateby, c'est comme ça que s'appelle ce village ? demanda-t-il.

— Oui.

— Vous habitez ici ?

— Bien sûr.

— C'est agréable comme endroit ?

— Agréable ? Ce n'est peut-être pas le mot. Mais c'est OK.

— Et les jeunes, qu'est-ce qu'ils font, à Flateby ?

Elle éclata de rire :

— Ici, il n'y a qu'une chose qui les intéresse. Les bagnoles.

Elle rit de nouveau, en secouant la tête.

— Mais vous, ce n'est pas votre truc.

— Non. Ce n'est pas mon truc.

Cela n'en avait pas l'air, en effet. D'un autre côté, l'intérêt pour les voitures n'avait rien de génétique. Les fanas de mécanique pouvaient ressembler à n'importe qui. Il s'en était bien rendu compte à Mørk.

— Je bosse ici pour me faire de l'argent, dit-elle. Dès que j'en aurai assez, j'irai en ville. Mais la ville, c'est cher. Il me faut de l'argent pour y vivre.

— Ça me paraît évident.

Il glissa son journal sous le bras et mit le chocolat dans sa poche. Un bout de l'emballage dépassait; on y voyait des vaches paître devant des montagnes. Puis il prit la bouteille de coca et dit :

— Bonne chance avec ce que vous comptez faire, alors.

— Ce que je compte faire, c'est des études de littérature.

— Ah oui?

— De littérature anglaise.

— Dites donc, vous vous lancez un sacré défi, là.

Alors elle redressa le dos et leva l'index :

— « Do you think I am an automaton? – a machine without feelings? Do you think, because I am poor, obscure, plain, and little, I am soulless and heartless? »

— « You think wrong », dit Jim.

— Exactement.

— Il est quand même assez lacrymogène, ce roman, vous ne trouvez pas? dit-il.

Mais il était étonné, et un peu secoué.

— Je ne suis pas d'accord.

— C’est normal.

Jim se demanda s’il devait poursuivre, lui parler de littérature peut-être, de l’Angleterre et de *Jane Eyre* ; il s’y connaissait un peu, c’était quand même son métier, un de ses métiers, en tout cas. Mais il ne trouva rien d’autre à dire.

— Je vous souhaite beaucoup de chance dans la vie, dit-il.

— À vous aussi.

En regagnant sa voiture, il versa quelques larmes. Quand est-ce qu’il avait cessé de se retenir ? Ce matin, sur le pont, ou bien avant ? De toute façon, la jeune fille ne le voyait pas. Et puis, quelle importance ? Il ne retournerait plus jamais dans cette station-service.

Il se contentait de rouler. De rouler en mangeant du chocolat. Il engloutit toute la plaquette, il n’en resta plus un seul carré. Et dix minutes plus tard, il dut s’engager sur une petite route latérale et se précipiter dehors pour vomir. Ce fut interminable, et assez douloureux. Quand il parvint enfin à se redresser, il recula de quelques pas pour contempler les dégâts. Il faisait frisquet. Le soleil était bas. Les champs moissonnés s’étendaient à perte de vue. Sur chaque parcelle, les chaumes se dressaient, jaunes et hérissés. Un peu plus loin, le chemin descendait en lacets vers Solbergfoss, où l’Øyeren se déversait dans la Glomma. Là-bas, il y avait des rapides, et une centrale électrique qui lui faisait penser à une forteresse qu’il aurait vue dans un film, un film de guerre se déroulant en Norvège, avec plein d’anoraks blancs dans la neige blanche, et des actions casse-cou. Et une grande explosion, et des trombes d’eau, et des gens déployant un courage sans bornes sur le barrage vertigineux. Et puis une chute fatale, un visage qui bascule soudain, mais sans s'affoler, qui plane doucement, presque étonné, libéré des peines et des doutes, et un corps qui plonge dans les masses d'eau couronnées d'écume blanche. Que va-t-il se passer, dit le visage, que va-t-il se passer? Et le fleuve suit son cours vers le sud, entre les usines désaffectées, jusqu'aux villes de la côte, puis il se jette dans le fjord, où il rencontre l'eau salée et caustique de la mer du Nord, et il se dilue et se dissout au large des côtes écossaises.

Il retourna à la voiture et s'installa au volant. Dans la boîte à gants, il découvrit un rouleau de papier absorbant dont les feuilles s'ornaient d'une frise représentant des Pères Noël et des sapins. Il arracha une dizaine de sapins et s'essuya soigneusement le visage, la bouche et les yeux. Puis il ouvrit la bouteille de coca et en but une longue gorgée. Il lui trouva un goût merveilleux. Il en but encore une gorgée, puis il revissa le bouchon, posa la bouteille sur le siège passager et s'endormit aussitôt. Quand il se réveilla, il fut désorienté par l'obscurité. Il regarda sa montre; il n'avait pas dormi longtemps, à peine plus d'une demiheure, mais la nuit tombait vite quand il n'y avait plus de soleil. Il ignorait totalement où il était. Ce qu'il voyait autour de sa voiture ne lui disait rien. Il pensa : je m'appelle Jim. En réalité, je dois bien savoir où je suis. Mais ce n'était pas vrai. Il ne s'en souvenait pas.

Il tourna la clé de contact, le moteur démarra immédiatement et les phares s'allumèrent, éclairant les arbres et les bords de la route. L'endroit n'en parut que plus insolite; il eut le sentiment de se trouver entre quatre murs, à l'intérieur d'une maison. Si j'ai pu conduire jusqu'ici, je dois pouvoir revenir en marche arrière, se dit-il. Après quelques mètres seulement à manœuvrer à la lumière des feux de recul, il vit apparaître les panneaux jaunes annonçant les prochains villages et les kilomètres qui l'en séparaient. Neuf kilomètres pour l'un, cinq kilomètres pour l'autre. Et ces endroits-là, il pouvait les situer sur une carte. Il se remit en marche avant, les arbres défilèrent dans la lumière des phares et il retrouva la nationale 120. Il traversa lentement Enebakk et Flateby, puis il accéléra à l'approche de Lillestrøm et monta la côte jusqu'à son immeuble.

En quittant le sous-sol, il croisa le voisin du dessus. Le voisin s'arrêta et lui adressa un sourire ; il s'appelait Sandem, et Jim se crut obligé de s'arrêter également. Sandem était un brave type, bien plus jeune que Jim, il devait avoir vingt ans de moins. Il vivait là avec sa femme et ses enfants ; les gosses étaient encore à la maternelle. Toute la famille était très sympa.

— Tu comptes regarder le match ce soir ? demanda-t-il.

Jim ignorait de quel match il parlait. Était-ce un match important ? La demi-finale de la coupe, peut-être ? Vålerenga avait été battu en quart et il en avait été très déçu ; du coup, il s'était désintéressé de la suite. Après avoir soutenu Lillestrøm, il était devenu supporter de Vålerenga, ce qui n'était pas une chose à claironner sur les toits. Mais la demi-finale se jouait toujours un dimanche, ce devait donc être un autre match. Jim n'osa pas lui demander lequel.

— Non, il faut que je me couche de bonne heure.

— C'est vrai qu'il passe tard.

— En effet.

— Sinon, on aurait pu le regarder chez moi. Demain, je travaille de nuit. Et j'ai de la bière au frigo, dit Sandem en souriant.

Il travaille de nuit, pensa Jim. Il se demanda si le voisin savait qu'il était en congé de maladie. Ou plutôt, qu'il l'avait été. Il avait dû le lui dire, mais Sandem n'était pas du genre à y faire allusion. C'était un homme plein de tact.

— Ce sera pour la prochaine fois, alors. Pour la finale de la coupe, par exemple.

Là, au moins, il ne prenait pas de risque.

— Ce serait super. Ma femme n'aime pas le foot. Dès qu'elle voit un short sur l'écran, elle quitte la pièce. Et les gosses sont encore trop petits. Regarder un match tout seul, c'est pas marrant, dit Sandem.

Puis il demanda :

— Tu vas encore pêcher cette nuit, je suppose ?

Et il sourit de nouveau.

Comment peut-il savoir que je vais à la pêche ? se demanda Jim. Je ne lui ai jamais parlé de ça. Puis il se rappela qu'il l'avait parfois croisé en revenant du pont, alors que Sandem rentrait du travail. Ils s'étaient à peine salués ; Sandem était crevé, et Jim aussi. Et c'en était resté là. Mais son vieux caban devait sentir le poisson. Ou sa sacoche. C'était probablement la sacoche, il y mettait le poisson quand il en attrapait. Avant de le donner.

— Oui, dit-il. C'est ce que j'ai prévu.

Mais ce n'était pas du tout ce qu'il avait prévu. Pourquoi avoir dit ça ? C'était idiot. C'est idiot de dire les choses à voix haute, pensa-t-il, ça vous lie, vous n'arrivez plus à les chasser de votre tête.

— Bonne pêche, dit Sandem.

Et Jim dit merci, et Sandem dit à la prochaine.

Il suspendit sa veste sous l'étagère à chapeaux, qui n'avait jamais accueilli le moindre couvre-chef. Il prit son portefeuille, ôta ses chaussures et traversa le séjour en chaussettes. Il posa le portefeuille sur le plan de travail de la cuisine. Puis il fouilla dans sa poche à la recherche de ses clés de voiture, qu'il mit à côté du portefeuille. Et il enleva sa montre et aligna tous les objets dans un coin près de la cuisinière, à égale distance des deux bords du plan de travail. Il avait faim maintenant, son estomac l'élançait, et il se précipita vers le réfrigérateur, en sortit du beurre et deux œufs et mit une poêle à chauffer. Puis il commença à beurrer des tranches de pain. Trépignant d'impatience, il tenta d'accélérer la cuisson des œufs par la seule force de sa volonté. Et il prit à peine le temps de s'asseoir pour manger.

Il fit la vaisselle. Puis il vida entièrement le réfrigérateur, lava soigneusement l'intérieur, jeta tout ce qui était périmé et y remit le reste. Il fit la poussière partout, dans la cuisine et le séjour. Passa l'aspirateur dans toutes les pièces. Rangea sur les étagères des livres qui traînaient, en les classant par ordre alphabétique. Il fit son lit au carré, comme à l'armée ; du moins, c'est ce qu'il croyait. Il était fatigué, vraiment fatigué, mais il ne s'allongea pas. De retour dans le séjour, il y promena son regard. Il n'y avait plus grand-chose à faire.

Il s'assit sur le canapé. Il prit une cigarette, craqua une allumette. Voyons, Jim, pensa-t-il, tu avais décidé d'arrêter cette semaine. Et il ne put s'empêcher de rire. Mais personne ne l'entendait, et il cessa tout de suite. Il inhala profondément la fumée ; cela lui fit du bien, il n'eut pas un seul accès de toux. Il fuma sa cigarette jusqu'au bout avant de l'écraser dans le cendrier. Puis il s'allongea sur le dos et contempla le plafond à travers la fumée bleue. Pour y fixer quelque chose, un crochet en métal par exemple, il lui faudrait descendre à la cave chercher sa perceuse à percussion ; c'était une Black & Decker qu'on lui avait offerte pour ses cinquante ans. Et il aurait aussi besoin d'une grosse cheville pour empêcher le crochet de s'arracher. Mais il n'était pas question de faire vibrer les murs ; pour tous les enfants de l'immeuble, c'était l'heure du coucher, et il ne fallait pas les déranger pendant leur conte. Je ne peux pas leur faire ça, pensa-t-il.

JIM. LA DERNIÈRE NUIT. SEPTEMBRE. 2006. SUITE

Jim ignorait depuis combien de temps il était allongé. Il ne dormait pas. Il n'était pas non plus réveillé ; il rêvait, mais de quoi ? Un rêve pouvait-il être vide ? pouvait-il n'être qu'une couleur ? Alors le sien devait être violet.

Dehors il faisait noir désormais, et dans le séjour il faisait presque aussi sombre. C'était le soir, ou peut-être le matin. C'était la nuit. Seule la lampe du couloir était allumée, et sa lumière blanche et oblique se propageait dans le séjour. De son canapé, il ne voyait pas le poste de télévision, mais il savait qu'il était éteint. Et il demeura immobile, à contempler le plafond. Où aurait-il tourné le regard, sinon ? Vers la fenêtre ? Mon Dieu. Rester là, comme une petite vieille derrière sa vitre, à observer la vie des autres.

Il prit appui sur l'accoudoir et alluma la télévision. De quel match Sandem avait-il parlé ? Faisant défiler les chaînes, il finit par trouver Eurosport, qui diffusait effectivement un match de football. Manchester United contre Reading. Ce devait être celui-là ; en Norvège il y avait plein de supporters de Manchester United. Mais le match était en différé, car l'heure qui s'affichait sur l'écran ne coïncidait pas avec celle du poste. Sur le poste, il était deux heures un quart. Le match se termina à 1 partout. Le jeune Ronaldo avait encore une fois sauvé un point pour United. Le Ronaldo portugais, pas le Brésilien. Un sacré talent. Et Solskjær faisait partie de l'équipe, et dans les tribunes les supporters l'encourageaient en chantant « you are my Solskjær, my only Solskjær ». C'était touchant ; Jim faillit se mettre à pleurer de nouveau. Puis il se redressa complètement et se dit : non, ça suffit.

Il quitta le canapé, alla dans la salle de bains, remplit le lavabo à ras bord et y plongea son visage. Du coup, il fit déborder l'eau, qui se répandit sur le sol et mouilla ses chaussettes. Il tenta de garder les yeux ouverts, mais n'y parvint pas. Dans la mer, c'était pourtant facile ; on voyait les algues onduler et les méduses nager obliquement à contre-courant et les soles décoller du fond, se poser ailleurs et s'enfouir dans le sable pour se rendre invisibles. Il redressa la tête ; l'eau dégoulina de ses cheveux et de son front, lui coula dans les yeux et jusque sur le menton. Puisque j'ai dit que j'allais à la pêche, je vais être obligé d'y aller, pensa-t-il. D'ailleurs, être là ou ailleurs, quelle importance ? Il s'essuya énergiquement le visage et se sentit plus vif, plus aiguisé. Il enleva ses chaussettes trempées et en prit une paire sèche dans le panier à linge. Puis il alla dans l'entrée, ouvrit le placard, sortit la sacoche noire et la jolie boîte à biscuits de chez Sætre. Il mit la boîte dans la sacoche. Et il décrocha la corde de remorquage suspendue en haut du placard. La corde était munie de mousquetons à chaque extrémité. Elle était vieille, elle avait tiré pas mal de voitures, et il l'examina soigneusement. Elle était en parfait état. En terrain plat, elle supporterait aisément une tonne, voire plus ; sans doute nettement moins si on l'accrochait à un arbre, ou à un pont. Mais ce serait suffisant. Il enroula la corde et la mit également dans la sacoche.

Il posa la sacoche près de la porte, retourna dans le séjour, s'assit sur le canapé, alluma encore une cigarette et la fuma lentement jusqu'au bout. Il n'avait pas changé d'avis, mais il se sentait soulagé et moins pressé. Sandem travaillait de nuit, il devait encore dormir. Ils ne se croiseraient pas dans l'escalier.

Il eut quelques quintes de toux, mais n'y prêta guère attention. Il alla dans la cuisine, nettoya le cendrier et le mit à sécher sur la paillasse. Puis il emporta les mégots sur le balcon et les enfouit dans le bac à fleurs. C'était sans conséquence, le bac n'avait pas été fleuri depuis des années.

En sortant sur le palier, il s'arrêta net, lâchant sa sacoche. Mon Dieu, se dit-il, c'est chaque fois pareil. Et il se précipita dans la cuisine pour vérifier si les plaques électriques et le four étaient éteints. Ils l'étaient, bien sûr. Mais ça l'avait secoué, et il dut s'appuyer contre le chambranle pour respirer à fond. Il retint son souffle en comptant – quinze, seize, dix-sept – puis il inspira encore et compta dix-huit, dix-neuf avant de libérer progressivement l'air. Il en éprouva un agréable étourdissement, comme après une première bière dans un café. Il répéta l'opération et se sentit plus calme. En descendant l'escalier jusqu'au parking, il ne put s'empêcher de sourire.

Il ouvrit la portière et posa son caban sur le siège passager. Et il mit la sacoche dans le coffre ; il aurait pu se contenter de la jeter sur la banquette arrière, mais la voiture était toute propre et il ne voulait pas d'odeurs à l'intérieur. Même pour un dernier trajet.

En volant silencieusement à travers la nuit – non pas en hélicoptère, mais comme dans un rêve, tel Peter Pan –, en s'élevant au-dessus des pins à flanc de colline pour survoler la crête et la piste de slalom, on aurait facilement pu observer Jim quand il entama la descente vers Lillestrøm. Il y avait peu de circulation à cette heure et sa voiture était parfaitement reconnaissable. Elle semblait pousser devant elle un rectangle lumineux ; peut-être n'aurait-on pas distingué la voiture, seulement ce rectangle jaune et blanc qui avançait sans hâte et ne paraissait émaner d'aucune source. Mais à l'endroit où la rivière se jette dans le lac, juste avant la gare et le parking, le club de gym et le palais des congrès, Jim quitta sans raison apparente la Ligne de vie pour traverser Lillestrøm et se diriger vers Fetsund. Il parcourut la vaste plaine que la rivière Leira divise en deux, puis il prit le grand pont au-dessus de la Glomma, entre les vieux barrages flottants et l'ancien pont de chemin de fer. Ni les barrages ni le pont de chemin de fer n'étaient visibles à cette heure, mais Jim savait qu'ils étaient là.

Bifurquant vers le sud, il aborda les virages qui longeaient le lac d'Øyeren sur plusieurs kilomètres. Il n'était ni tôt ni tard ; il lui restait suffisamment de temps pour faire un détour plus long avant de s'approcher d'Oslo et du fjord, tranquillement assis dans l'obscurité de sa voiture qui ronronnait dans la nuit. Après avoir roulé pendant une heure sur l'E18, il s'aperçut cependant qu'il était plus tard qu'il ne pensait. L'inquiétude le saisit. Il alluma la radio. Elle diffusait un morceau de musique classique ; il crut reconnaître un quatuor de Beethoven. Une musique très belle, mais qui à ce moment précis lui parut agaçante. Et il éteignit le poste. Je serai en retard, pensa-t-il, il est presque cinq heures et demie. Mais en retard pour quoi faire ? Il arriverait bien assez tôt. Et il faisait encore nuit. Après une demi-heure sur ces petites routes qu'il préférait à la nationale, il vit enfin apparaître Hauketo et la ligne de chemin de fer. Il continua sur la route qui surplombait Herregårdsveien. Avant la gare de Ljan, il tourna à gauche et prit le pont qui enjambait les rails ; le feu était au rouge, mais il n'y avait personne et il n'hésita pas. Après le pont, au moment où il passa devant la supérette en contrebas, personne ne surgit du noir pour se précipiter dans la lumière de ses phares ; rien ne bougeait au bord de la route, tout était silencieux. Dans la côte, deux autres phares approchaient, mais Jim était maintenant parfaitement calme, sa respiration était régulière, et il croisa sans la moindre difficulté la voiture qui montait dans l'autre sens. Puis il descendit jusqu'à Mosseveien. En bas, il prit à droite, en direction d'Oslo et du pont blanc. Et il se dit : j'arriverai bien assez tôt.

IV

SIRI. 2003

Il faut quand même que je raconte ceci.

Je devais me rendre en Afghanistan pour Save the Children. Je partais en mission pour eux depuis quelques années déjà, j'avais travaillé dans les coins les plus reculés du globe, je m'étais occupée de familles ayant encore un pied au Moyen Âge, j'avais soigné des enfants malades et créé des écoles. Mes bagages étaient faits et j'étais prête à partir. J'étais allée deux fois en Afghanistan et je savais exactement ce qu'il fallait emporter et ce qu'il valait mieux laisser à la maison : certains livres, certains vêtements, certains bijoux à valeur symbolique et toutes sortes de trucs de fille que je ne vais pas énumérer ici. Mais, pour des raisons personnelles et professionnelles, je suis d'abord passée par Singapour, où je connaissais un homme. Qui était là-bas à l'époque, je veux dire. C'était un journaliste, il était norvégien, et nous avions eu une relation quelques années plus tôt. Une relation agréable, qui nous avait comblés tous les deux. Quand notre histoire avait pris fin, nous nous étions séparés sans aucune aigreur. Je n'étais pas douée pour partager la vie de quelqu'un, c'est tout. Et il ne devait pas l'être pour partager la mienne. Mais nous dormions dans le même lit chaque fois que nous nous retrouvions. Et nous nous retrouvions dans les endroits les plus divers ; il voyageait beaucoup, et moi aussi. On s'est vus à Sarajevo, au milieu des années quatre-vingt-dix, mais pas à Pristina, peu de temps après. Et on s'est revus en Libye, dans un endroit aussi improbable que Benghazi ; je ne me rappelle plus ce qu'il y faisait, sur quoi il enquêtait. On continuait de se voir alors qu'il était marié. Sa femme aussi était journaliste, elle était de Genève, m'a-t-il dit. Mais elle n'était pas un sujet de préoccupation ; penser à celle qu'il trompait, savoir qu'il appartenait à une autre me laissait indifférente. Je ne me représentais pas les choses de cette manière ; pour moi, on n'appartenait pas à quelqu'un. Il était intelligent et plein d'égards, et il était doué pour beaucoup de choses, il faut bien l'avouer. Je n'ai connu personne qui m'ait embrassée aussi bien. J'y attache beaucoup d'importance.

Mais je ne suis pas partie à Singapour sur un coup de tête, uniquement pour retrouver cet homme. Il n'était pas assez important. Et pour un simple coup de tête, cela m'aurait coûté trop cher.

Je devais m'occuper d'un lot de matériel éducatif et médical qui venait d'y arriver par bateau, et qui devait être expédié à Kaboul. Or la petite compagnie d'aviation que nous avions contactée ne voulait plus s'en charger ; ils avaient peur que leur avion se fasse descendre. Ils m'ont d'ailleurs paru plus inquiets pour leur appareil que pour l'équipage. C'était vers la fin de l'hiver 2003, juste avant l'invasion de l'Irak, mais un vol vers l'Afghanistan ne présentait aucun risque à ce moment-là. Nous maintenions le dialogue avec toutes les parties et nous maîtrisions parfaitement la situation. Mais j'avais beau me démener, il n'y avait rien à faire ; j'ai dû réorganiser le transport et trouver une autre compagnie. Ça m'a pris du temps, mais j'y suis parvenue. J'ai dû courir partout avec mes documents et mes formulaires, en brandissant mon passeport norvégien. Mais il y avait plus embêtant : la première compagnie avait abandonné la cargaison, qui se trouvait maintenant dans trois endroits différents, enlisée dans les sables mouvants de la bureaucratie. Ma tâche, c'était ça : amadouer les instances concernées, réunir le matériel dans un seul lieu et veiller à ce que rien ne disparaisse en cours de route. Aider la nouvelle compagnie, qui n'était pas très débrouillarde, à faire en sorte que l'ensemble soit acheminé au plus vite. Et partir moi-même quand tout serait réglé.

Mon ami était content de me voir. En attendant que la bureaucratie ait fini de mouliner, nous avons passé quelques jours très agréables. Puis il a dû se rendre en Thaïlande, à la frontière birmane, où des événements se préparaient. Après coup, j'ai compris qu'il s'agissait d'une fausse alerte, car rien de ce qu'on craignait n'est arrivé.

Nous nous sommes séparés avec le sourire. Je l'ai embrassé. Tu es mignon, ai-je dit. Il a secoué la tête en riant. C'était pourtant vrai.

Et je me suis retrouvée seule dans cette gigantesque métropole. J'ai éprouvé une soudaine lassitude ; j'étais contrariée à l'idée de devoir parler anglais, de reprendre le train-train habituel et de me replonger dans le travail, et j'ai décidé de me rendre à l'église norvégienne. Accueillant surtout les navigants de la marine marchande, elle était située sur la colline la plus haute de Singapour et elle surplombait le port de conteneurs, un des plus grands du monde, d'après ce que j'avais lu. Drôle de coïncidence, étant donné la raison de ma présence dans la ville : là-bas, des tas de choses devaient certainement s'égarer et disparaître à tout jamais, ai-je pensé.

On m'a servi du café et des gaufres. Je n'avais pas mangé de gaufres depuis le jour où on avait ressorti le vieux gaufrier de ma mère. Il était dans le bas du placard de la cuisine, et on avait préparé la pâte dans un bol vert en nous aidant de nos souvenirs. Des souvenirs de Tommy, je veux dire. Quand il fermait les yeux et se concentrait, il voyait ma mère. Il voyait ses mains aller et venir, ajouter du sucre, monter le mélange avec un fouet mécanique, verser la farine. Et on a fait des gaufres pour que les jumelles puissent retrouver les bonnes odeurs de cuisine et s'endormir rassasiées et heureuses, en se sentant en sécurité dans la maison. On en avait discuté avec Tommy, et on s'était dit que les gaufres et le sentiment de sécurité, ça allait de pair. Et je me rappelle qu'on a eu du mal, car on avait d'abord oublié de beurrer le gaufrier. Et on en a raté tellement qu'on a dû se contenter d'une gaufre chacun, Tommy et moi, et laisser les autres aux jumelles. Après tous nos efforts, ça nous a paru dur.

Deux jours plus tard, le brigadier de gendarmerie est venu nous chercher.

Le pasteur était jeune et très sympathique. Je me suis présentée, et on a bavardé en sirotant notre café. Il s'est montré très intéressé par mon travail et je lui en ai longuement parlé. Je lui ai raconté ce que j'avais vu, j'ai cité les endroits où j'étais allée en mission, j'ai expliqué que j'avais souvent senti le sol brûler sous mes pieds. Mais il fallait bien que quelqu'un y aille. Il m'a dit que j'avais un esprit chrétien. Ça m'a fait sourire ; j'ai renoncé à lui faire comprendre que l'esprit chrétien n'avait pas grand-chose à voir là-dedans. Cela n'aurait servi à rien, je ne le connaissais pas et je n'étais pas du genre à déposer ma vie entre les mains d'un inconnu. Même si je le trouvais sympathique.

— Berggren, a-t-il dit. Ça me rappelle quelque chose. Quelqu'un qui s'appelait Berggren est venu ici. C'était avant mon époque, je ne sais pas exactement à quel moment. Si cela me revient, c'est parce que j'ai dû mettre de l'ordre dans toutes sortes d'affaires que des gens de passage ont abandonnées ici. Des objets qu'ils ont oubliés ou laissés volontairement, on ne sait pas trop. Et nous avons un carton contenant des affaires ayant appartenu à une personne du nom de Berggren.

— En Norvège il y a une foule de gens qui s'appellent Berggren. Et en Suède aussi. Dans la marine marchande, il doit y en avoir pas mal, également.

— Vous avez raison. Mais là, il s'agissait d'une femme d'un certain âge. J'ignore si elle naviguait encore ou si elle avait simplement fini par échouer ici, à Singapour. Mais elle portait un prénom assez singulier : elle s'appelait Tya. Tya Berggren. C'est pour ça que je m'en souviens. À cause du prénom.

Je n'ai pas su quoi répondre.

— Elle est venue nous voir. Elle ne se sentait pas bien. Les responsables de l'époque l'ont fait hospitaliser. Elle est morte à l'hôpital. On ne sait pas de quoi elle souffrait. Elle n'avait aucune adresse en Norvège. Et on ne lui a découvert aucune famille.

J'ai continué de me taire. Puis j'ai dit :

— Ma mère s'appelait Tya Berggren.

— Ah oui ? Elle était dans la marine marchande ?

— Je n'en sais rien.

— Ne bougez pas.

Il s'est levé, puis il est sorti. Quand il est revenu, il avait une boîte à chaussures sous le bras. Pendant son absence, j'ai regardé par la fenêtre. Il faisait une chaleur accablante. Et puis, toutes ces couleurs. Il y en avait trop. Un air immobile et réverbérant stagnait au-dessus des conteneurs. La chaleur le faisait vibrer. Le métal était brûlant, on ne pouvait pas le toucher. C'était épuisant, oppressant. Ces quais hérissés de grues. J'ai soudain eu hâte de me retrouver à Kaboul. Là-bas, c'était le début du printemps. La ville était en altitude, près de l'Hindou Kouch, le toit du monde, il y faisait froid.

Il a posé la boîte sur la table.

— Voulez-vous qu'on y jette un œil ?

— Pourquoi pas.

Il a ouvert la boîte, puis il en a sorti les objets, les uns après les autres, avant de les poser sur la table ; il y en avait étonnamment peu, et je me suis dit – en anglais, allez savoir pourquoi – how strange, I would have expected more.

— Il n'y a pas grand-chose, a dit le pasteur.

— En effet.

— Y a-t-il des choses que vous reconnaissez ?

J'ai étalé les objets. Des clés, une montre, quelques bijoux très jolis, une coupure de journal avec la photo d'un homme portant des gants, un ballon de football entre les mains. De l'argent, des dollars, assez nombreux. Et des feuilles de papier à lettres où figuraient les logos de divers armateurs. Aucun n'était norvégien. Mais son nom y figurait aussi. Et son nom était norvégien. Il y avait aussi un passeport, qui n'était pas norvégien. Je l'ai ouvert, et j'ai regardé la photo. Son visage. Je ne l'ai pas reconnu. Puis j'ai eu un doute. Je me suis sentie mal à l'aise.

— Non, ai-je répondu. Mais cela n'a rien de surprenant. Je me souviens à peine de ma mère, j'étais très jeune quand elle a disparu. Là, c'est une dame âgée. Vraisemblablement, ce n'est pas elle.

— Vous avez sans doute raison.

Puis il a sorti du fond de la boîte une série de petites photos encadrées.

— Et celles-ci?

Il y en avait trois; il les a alignées devant moi. Je me suis penchée en avant. J'ai cru recevoir une décharge dans le ventre. La première photo était celle d'un garçon, il devait avoir treize ans, pas plus. La suivante était celle d'une fille, elle avait probablement deux ans de moins que le garçon. Et sur la dernière on voyait deux fillettes plus petites; à l'évidence, elles étaient jumelles, et elles portaient des couettes avec des nœuds identiques. J'ai soulevé les photos, l'une après l'autre, et je les ai soigneusement examinées. Et je me suis dit : ce n'est pas nous. Tout concordait cependant. Mais ce n'était pas nous. Il n'y avait même aucune ressemblance. Et c'est alors que je me suis aperçue que ce n'étaient pas des photographies à proprement parler. C'étaient des images découpées dans un magazine. Dans plusieurs magazines différents plutôt, car la qualité du papier n'était pas la même. Et je me suis dit : est-ce que ça doit me rendre triste? Et pour quelle raison? Je n'avais pas été triste depuis très longtemps. Pourquoi l'aurais-je été?

Ça ne m'a pas rendue triste. Ça m'a étonnée, plus qu'étonnée, même. Il faut que j'appelle Tommy, ai-je pensé. Il faut que je lui en parle. Mais pour lui raconter quoi? que j'avais découvert les portraits de quatre enfants qui n'étaient pas nous, dans une boîte à chaussures à l'église norvégienne de Singapour?

— Non. Je ne sais pas qui sont ces enfants, ai-je dit.

Et c'était la stricte vérité.

— Ça valait quand même le coup de vous les montrer, a dit le pasteur.

— Oui.

En partant, j'ai serré la main du pasteur en le remerciant pour les gaufres ; elles étaient délicieuses, ai-je dit, je n'en ai pas mangé depuis mon enfance. Et alors il a eu cette réplique : Les gaufres et les enfants appartiennent au royaume des Cieux. C'était une réplique étrange, mais amusante aussi, et belle ; ce pasteur est un homme bien, ai-je pensé, il a un esprit chrétien. Ne vous égarez pas sur le chemin de Kaboul, a-t-il dit, et bonne chance pour votre travail. Du coup, je l'ai pris dans mes bras, et il est devenu rouge comme une pivoine. C'était un bel homme, il avait des boucles marron et il devait avoir quinze ans de moins que moi. Mais il a ri, aussi, comme s'il était fier. Je ne peux quand même pas l'embrasser, ai-je pensé.

Et j'ai quitté cette église qui ne ressemblait pas à une église. Je m'en suis rendu compte quand je me suis retournée pour faire un signe de la main au pasteur. Elle avait plutôt l'allure d'un temple asiatique. Sans doute à cause du toit. Et j'étais toujours aussi étonnée de ce que j'avais vu, mais heureuse en même temps. Oui, c'était ça : je me sentais heureuse.

Trois jours plus tard, j'étais dans l'avion.

Composition CPA/CMB
Achevé d'imprimer par CPI Firmin-Didot,
à Mesnil-sur-l'Estrée.
Dépôt légal : septembre 2014.
Numéro d'imprimeur : 124183.
ISBN 978-2-07-014151-7/Imprimé en France.

252756